有多少母爱
可以重来

紫萱 著

云南人民出版社

果麦文化 出品

目录

第一章
女儿铩羽而归

因郁休学	2
代女问诊	7
错用药物	11
"只要不自杀"	15
身处"动物世界"	20
耽于自囚	25

第二章
抚今追昔

走出家门	32
口无遮拦	36
祸不单行	40
无边的隧道	45

第三章	女儿眼角的泪	52
"断层"的母爱	"你让她回来!"	54
	女儿出离的变化	58
	创业败走麦城	60

第四章	婚姻之塔轰然倒塌	66
家庭"塌方"	强"女"所难	71
	女儿的留学之路	73
	"不回国,毋宁死!"	80

第五章	"焐"不热的女儿心	86
为了爱的抉择	女儿的《独活杂记》	89
	令人毛骨悚然的转帖	99
	"妈妈,帮帮我!"	104
	圆梦"港澳游"	111

第六章	为何药不能停	118
误区重重	病急乱投医	125
	爱莫能助	128
	旁观者"蒙"	133
	"我不是残疾人！"	136
	为了孩子	140
	如何用"心"做父母	145

第七章	学以致用	152
母爱回归	用爱疗心	157
	心门渐开	160
	为母则"弱"	165
	女儿的"大朋友"	169
	双份的父爱和母爱	174
	有一种朋友叫舒薇和方毅	180

第八章	人生第一份工资	184
一波三折	"应该谢谢妈妈"	189
	伴女远行	196
	纠结的放飞	203
	牵肠挂肚	211
	回京风波	218
	天使降人间	224

第九章	母女同疗	232
浴火重生	"最重要的工作"	238
	"这里是你们的家"	244
	"生活博士"	251
	"我们是亲人"	256
	蚌病成珠	260

尾声	271
后记	275

第一章

女儿铩羽而归

因郁休学

"这个地方我一分钟也不想待了,我要回家!"

"如果再不答应让我回国,你们不久就会听到我客死他乡的噩耗!"

……就这样,我的女儿心笛,一个俄罗斯某名校金融信贷专业的大四学生,却因罹患抑郁症,于2008年12月休学回国了。

而她,曾经是那么优秀!

记得2005年的暑假,出国了一年的心笛终于要回国了。我早早来到机场,想象着在家时既不会做饭也不善捯饬的女儿,会是怎样单薄又不修边幅的样子。

"出来了!"我循声望去,只见心笛拉着行李箱抿嘴儿笑着走过来,身着紫色高领衫,外套枣红色马甲,头发用彩色皮圈扎着两个可爱的小辫子。一阵拥抱过后我定睛细看,还真没瘦,只是,也许水土不服的缘故吧,脸上,特别是脑门儿上,长了不少小红疙瘩,但丝毫不影响她的健康、靓丽!

……

此刻,我努力让自己回过神儿来,想到这次她是休学回来,心里肯定不好受,做好了思想准备,准备拥抱过后为她擦去泪水,还酝酿好了如何劝她的话。人流中出现了心笛的身影,我看到她身着在俄罗斯买的白色羽绒服,一头过肩散发有些凌乱。

我迎上前去拥抱女儿,刚要开口,她先说话了:"有个同学托我给他朋友捎个东西,这是手机号码,你先跟这同学的朋友通个话吧。"没有泪水。如此淡定,让我大感意外,悬着的一颗心暂时落了下来。

接连几天,看不到心笛情绪上有任何变化,她还跟我一起去看话剧、吃北京小吃。

看话剧时遇到个熟人,看见心笛,她有些奇怪地问:"这孩子不是在俄罗斯留学吗?都毕业了?"

为避免心笛受到刺激,我替她搪塞道:"哦,快了。"

对方听不出来这"快了"的意思是快回俄罗斯呢,还是快毕业了。幸好这时大幕拉开,也就不再继续这本来就是寒暄的话题。而心笛像没听见一样,毫无反应。

这就是抑郁症?

一周后,心笛开始时常默默发呆,修长的秀眉下,曾经那么灵动清澈的双眸如今却空洞无物,时常久久失神地盯着窗外。

为了能让她开心起来,我使用了各种招数。首先想到的是看电影。当时由刘德华、李连杰和徐静蕾主演的影片《投名状》正在热映,我知道心笛是老徐的"粉丝",凡是老徐主演的电影从没落下过,便问她去不去看,顺便还可以吃顿日式火锅。如此具有诱惑力的建议,若是往常,心笛会立马响应,拉上我就走。可那天,我连

3

问几次,她都没有应声。

我把王朔、郭敬明、韩寒等人的书放在她眼前,以往,她会一下子扑过去,还会高兴地说:"谢谢妈妈!"可现在她连眼珠都没有动一下,目光依然定定地直视窗外。

我又帮她打开电脑,让她上网跟熟人聊聊天,然后便去厨房做午饭。而当我做好饭再到书房叫她时看到,坐在电脑前的心笛如泥塑木雕一般,盯着电脑屏幕。屏保图案的"三维花盒",在懒洋洋地变幻着五彩斑斓的立体图像。

又过了两天,心笛突然一看到我就用手去遮脸,问她话一句也不说,去掰她的手,她怎么都不肯松开,还烦躁地抱怨:"你干吗呀!"

这是怎么了?

回想中学时代的心笛,只要坐在书桌前,无论做作业还是看书,人仿佛被钉在了椅子上,一坐就是几小时。我心疼她,劝她休息一会儿,可她从来就像没听见一样。

为了能让心笛有事做,不再整天坐在家里发呆,我去给她报了一个国内大学与她所学同专业、同年级的旁听班。我往校办公室打电话咨询,一听说心笛是俄罗斯某名校金融信贷专业的学生,校办老师惊讶地说:"放着那么好的大学不去读,反倒在国内二流大学旁听,不是太屈才了吗?"

我只好如实说明了情况,老师才明白我的良苦用心。

在这之前,我征求过心笛的意见,她并没有反对。不想第一天上课的早晨,她却无论如何也不肯起床。问原因,她大声喊了一句:"你能不能让我安静几天?!"然后一把抓过被子,紧紧捂住了头……

这还是那个从小一直乖乖、甜甜的心笛吗？

记得心笛刚刚三四岁时，就特会哄我和她爸爸方毅开心。

一天傍晚，我在厨房做饭，她在客厅里给方毅表演从幼儿园学的新歌："我的好爸爸，下班回到家。工作了一天，多么辛苦啊！爸爸、爸爸快坐下，请喝一杯茶。让我亲亲你吧，让我亲亲你吧——"

当方毅幸福地闭上眼睛把脸凑过去，等待宝贝女儿亲他的瞬间，心笛却转脸把小嘴儿凑近端着饭菜从厨房走到客厅的我，跟着唱了句："我的好妈妈！"全家哄堂大笑……

那真是天伦之乐啊！而今，心笛反常的举止让我十分担忧。那段时间，我白天上班，夜晚翻来覆去睡不着，索性一次次翻身起来，上网查阅青少年早期抑郁症的发病原因和治疗方法。其中一篇中医专家的论述引起了我的注意："青少年发病多是由于学习压力过重，或是对某门学科不感兴趣，或和同学关系处理不好，等等。"常年留学国外，心笛的抑郁症难道与这些原因有关？

我又把目光集中到如何医治早期抑郁症的资料上，另一篇中医专家的论述吸引了我的眼球："抑郁症的病理机制涉及中医五脏"，因此，"利用中医治疗抑郁症有疗效好、副作用少，易于被患者接受等优点"。于是，我开始集中搜集北京各中医医院的信息。多方打听之后，带她来到某中医医院心身医学科。

女大夫看上去约莫六十岁。征得她同意后，我悄悄坐在一侧旁听。

大夫让心笛谈病情。

开始心笛还算配合，可说着说着，突然冲着女大夫冒出一句："你好像快睡着了啊，你听没听啊？！"

我看了一眼大夫，或许是对各种病人的症状早已司空见惯，或许这就是她接诊的风格，这位专家当时的确在半闭着眼。但是，看到一向斯文内敛的心笛这么不客气地跟大夫说话，我还是赶紧提醒她："心笛，注意礼貌！"

"没关系，你接着说好了，我听着呢。"大夫连眼皮都不抬。

然而，这种似乎"大人不记小人过"的神态更惹恼了心笛。

"她不尊重人！她怎么不讲礼貌？"心笛大声和我犟嘴。

接过诊断书，只见上面写着两个字——郁症。

中药房大厅里人头攒动，抓药需要时间，只能耐心等待。我拉着心笛刚要坐下，她突然提出："妈妈，我要回家！"

"听话，等取了药就走，啊？"我像在哄两岁的孩子。

"不行！我现在就要走！"说话间，我的胳膊被心笛拧了一把，生疼！

"快让我走！"

一扭头，我看见心笛的额头已渗出了细密的汗珠，嘴唇竟在微微发抖。我赶紧带着她走出医院大门，招手叫了一辆出租车，让她先回家了。

第二天，心笛开始把自己反锁在卧室里。只是吃饭喝水时开个门缝，把我做好的饭菜和熬好的中药接过去，旋即砰地把门关上。

一天过去了，里面渐渐没了动静，我开始坐卧不安起来。终于按捺不住，我走到心笛的卧室门口，侧脸贴着门，以央求的口吻对她说了近一个小时的话，里面就是没有一丝回应。心笛卧室门上原来有个窗户，可就在一年前装修时，我让工人把它封上了。现在真是后悔，如果保留那扇窗，还可以蹬个椅子看个究竟。可眼下该如何是好？

我唯恐心笛在里面做出什么不理智的事情来。情急之下，我想到了开锁公司。打通电话后，对方说得先向派出所报案，否则一旦出了问题扯不清楚。这话让我退缩了，无论如何也没到惊动派出所的分儿上啊！那样一来，心笛肯定会更加惊慌，后果不堪设想。

一筹莫展之际，不承想心笛开门走了出来，她要去卫生间。

"心笛，妈妈担心死了，你吱一声儿也好啊……"我迎上前，眼泪不由自主地流了下来。

"我本来都快睡着了，你吵什么？没完没了的！"心笛一脸的不胜其烦。

代女问诊

在心笛自我封闭的那段时间，我整日惴惴不安，数着天过日子。终于，二十七天后，心笛把房门打开了，但是不让我和她一起吃饭，甚至提出她在大厅看电视时我要回避到其他房间。望着一脸病容才从"自囚"中走出来的女儿，我能说什么？只要她不把自己关起来就好。可每每她看电视我躲到自己房间时，都禁不住默默流泪……

后来心笛又提出要网上购物，我就开始一趟趟往银行跑，去为"支付宝"充值。

在心笛休学回国前，也就是2008年初，我父亲因突发心肌梗死，撒手人寰。之后，与父亲感情极深的母亲，始终在悲痛和哀伤的旋涡中不能自拔。身为长女，我毅然辞去原来的工作，专门陪伴了母亲近半年。心笛年底回国时，我刚刚开始现在这份新工作，月收入税后四千多元。

在当时，按照一般家庭的生活开销，这样的收入也还可以了。但是，自从心笛开始网购，每月所购衣物、化妆品等各类物品，通常都是两三千元，我便感到手头紧张了。

由于心笛不肯见外人，每次她都是把网购的衣物快递到我所在单位。那段时间，我上班时每天都会不止一次地接到来自前台的电话，让我去取快递。看到我手上大包小包、大盒小盒的快递像小山一样，前台的小姑娘总是热心地帮我把东西送到办公室，还羡慕地跟我说："您部门的业务真不错啊！"原来，她以为都是我的客户发来的。

心笛对这些衣物却常常不满意，于是接下来又要为她一件件地退货。她往往是"一窝蜂"式网购，一个风潮又一个风潮。购衣风潮过后，开始狂购化妆品——指甲油陆续买了十几种，十个指甲涂上十种不同的颜色，涂了擦，擦了涂；护肤品也是买了近十套，抹了洗，洗了再抹。直到因各类化妆品混用，她脸上布满一片片红疙瘩，此风潮才暂告停息。没过两天，她又把目标瞄上了毛绒玩具，从寸把高的企鹅到一人高的棕熊，堆满了家中各个角落。仅40多平方米的房子，空间变得越来越小，可我又能说什么呢？

一个疗程的中药服用过后,心笛的病情丝毫不见好转。失眠更让她整宿无数次地躺下、开灯、坐起、再躺下,痛苦不堪。

2009年1月中旬,有位曾患抑郁症的朋友劝我:"还是吃西药吧,见效快。像你女儿这么年轻又是初期,兴许几片药就能给压下去。"随后,向我介绍了他的主治医生申大龙。

申大龙,某精神科医院专家,医德医术俱佳,朋友的病就是他治好的,因而朋友对他深信不疑。通过网上预约,两天后,我特意请事假来到这家医院,挂上了申大龙医生的专家门诊号。

刚在候诊室里落座,只见一个女患者捂着脸对身边的家人说:"所有的人都在盯着我看呢,你看你看,又一个!"

她指的分明是我,因为我当时确实在不由自主地看她。听她这么一说,我立即把目光移向别处。

终于叫到我了。走进诊室,听见前面患者的家人还在问:有没有可能不住院,再住他就是"二进宫"啦!患者是个男青年,也许是刚刚发作过,身体还在轻微抽搐,脸色苍白。申医生耐心地告诉他们,患者有严重的自残和伤人情况,住院既是为治疗也是为了安全,终于说得那家属不再坚持,扶着男青年走出诊室。

我坐定,面对申医生,看着这位年近六旬的专家,觉得那清癯的脸上写满和善,这让我一下子对他有了敬意和信任。

我赶紧向申医生说明,我是替不能出门的女儿来求诊的,随后一五一十地讲述了心笛的病情。我忧心忡忡地问申医生:"我女儿一直是个身心非常健康的孩子,即使去了国外留学,头两三年也没有出现过任何征兆,怎么一夜之间就抑郁了?"

申医生告诉我,抑郁症通常从青少年时期就开始"潜伏"了,直到暴发的那一刻之前，患者看起来都很正常。但是这种病就像"定时炸弹"，随时随地都可能因为某个突发事件而暴发。

申医生为心笛开了一种治疗失眠症的药，叮嘱我一旦病人能够走出家门，还是要尽快带她本人来医院直接诊治为好。

走出门诊大厅，突然间，一声凄厉的呼喊震惊了所有的人："救命啊！——"

循声望去，只见一个中年男子正吃力地抱着一个年轻女孩儿往住院部的大门里走。女孩儿手脚乱蹬，拼命挣扎，徒劳地发出一声声哀号。我不由得心头一阵紧似一阵，急忙转过脸三步并作两步地走出了医院。莫非我的心笛将来也会这样？我不寒而栗。

服用安眠药的第一天，心笛坐在沙发上，对着窗户的方向一动不动。我轻轻走到她身边，看见她紧咬下唇，极力克制自己，可两颗豆大的泪珠仍然顺着她的面颊滚落而下。

药物的力量在心笛的身体里如何一点点渗透？我无从体会，只感觉胸口隐隐作痛，一颗心被忧虑、怜惜与无奈撕扯着。

服药三天后，心笛开始有了变化，能和我一起吃饭、看电视了。而药物的催眠作用如同一只有力的大手，把被失眠困扰多日的心笛拉进沉睡的深谷，她常常一直睡到次日中午。

2009年除夕夜，心笛和我一起看央视"春晚"，我竭力用兴致勃勃的语调评论一个个节目，仿佛我们是在享受最平常的天伦之乐。可每当我偷看心笛，她总是面无表情。演到小品《不差钱》，赵本山一句"人生最最痛苦的是，人活着，钱没了"，把全国人民逗得前仰后合，心笛却冷不丁冒出一句："其实人生最最痛苦的，是人还活着，却不能走出家门。"

天性中不乏幽默的心笛，原本反应机敏的她，此刻说出这句饱含巨大精神痛苦的话，对于她似乎并不会因此再痛上一分，而我却如针刺入心……

新年钟声响过，望着已经熟睡的心笛，真希望她大年初一一早醒来，揉揉眼睛对我说："妈妈，我是跟你闹着玩儿的，看把你急的。呵呵！"

错用药物

我和方毅原本有着非常幸福的婚姻，却在婚后的第十七年无奈解体。

在我替心笛去医院问诊的同时，方毅也曾冒充病人去看医生，谎称自己做"正科"十多年了，一直得不到重用提拔，饱受苦闷、失眠困扰云云，结果大夫还真给他开了药。他把药递到我这里，说明书上写着"本品用于治疗抑郁症"。

就在服药一周后，心笛出现了让我和方毅始料不及的新症状。

心笛这次回国后，在她的要求下，方毅时常到我这里来看她。一天傍晚，他刚要起身回去，心笛突然冒出一句："你明天就住这儿！"

这可出乎我的意料。这房子是二十年前单位分的，我和邻居们都是同事又楼上楼下地住了这么多年，特别熟。就在前几天，对门的吴大姐跟我打招呼时还问："你跟心笛爸爸复婚了？"如果再让他住在这儿,算是怎么一回事呀?可为了心笛,我什么也没说。方毅看看我,又看看心笛,走了。

第二天,我在客厅为方毅添置了一张单人床。但他并非天天都住在这里,得先看他的宝贝女儿高兴不高兴。

心笛每天把自己反锁在卧室的那段时间,我和方毅总是战战兢兢,每分钟都害怕她会做出什么举动,尤其是每天睡觉前,都要分别走到心笛卧室门外问一句:"心笛,睡了吗?答应一声儿,让妈(爸)放心,好吗?"

直到里面传出了一声"嗯",我们才可以安心去睡。

一天,事前毫无征兆地,平日书不离手的心笛突然啪地把手里的书扔到地上,一把揪住我的头发,边摇边吼:

"都是你,天天逼我吃药,我现在什么都记不住啦!"

方毅立刻跑上前来抱住她:"妈妈身体弱,乖女儿,你打爸爸吧……"

"你以为你是好人?就是你,毁了我的童年。还我童年!"

我一把没拦住,方毅也被她重重地击了一拳。

我不知所措地看着方毅。

"没事儿,过去了。"方毅弯腰捂着痛处,重重地吐出一口气。

"他以前,一直用手,这样把我紧紧抱住,"余怒未消的心笛对着我,边说边用右手抱住攥拳的左手比画,"后来,又一下子松开手说'你飞吧!'×!"

只见她右手一松,左拳随即又挥了出去……

再看方毅,脸上红一阵儿白一阵儿,那副表情比刚才挨打时还要尴尬。

实事求是地说,方毅虽然对女儿要求很严格,但心笛从小到大,方毅从没动过她一根手指头。在我印象里,最严厉的一次,是心笛中考前的那件事。那天,也许是复习太累了,心笛上网玩了一会儿游戏,被方毅看到了。一开始,他还好言相劝,可转了两圈回来,见心笛仍在玩儿,不由分说地冲过去,只听啪的一声,电脑被他重重地合上了。他还冲着心笛高声喝道:"我叫你再玩儿!"心笛被惊得目瞪口呆,先是眨着羊羔般惊恐的眼睛,然后哇的一声哭了……

眼下,如此柔弱的心笛居然对父母挥拳相向,我该怎么办?

更让我伤心的是,风平浪静后,我上购物网搜索,想给心笛买个沙袋供她宣泄,物色了一款后征求她的意见。

"沙袋犯错误了吗?"心笛这样反问。

这让我更是从心底涌起一阵悲凉:唉,她宁可放过沙袋,也不肯放过自己的生身父母……

打那过后,常常会出现这样的情况。比如吃饭时,心笛会突然说出一个莫须有的"罪名",出其不意地把果汁、矿泉水之类泼向我和方毅。这时候,其中一方得马上拦住她,让"犯错误"的另一方暂时回避。

一天,我把饭菜端上桌,来到卧室,对正躺在床上看书的心笛说:"宝贝儿,先去吃饭吧。"说着,随手关上了书桌上的台灯。

卧室的顶灯仍亮着。可心笛噌地从床上一跃而起:"你没礼貌!"真是话到手到,说话间,心笛一拳拳冲我劈头盖脸地打了过来。打一下，还狠狠地说一句："叫你没礼貌！"

我被打得步步后退，抱着头一直退到厨房，心笛仍不罢手。

在阳台收拾衣物的方毅赶紧过来阻拦，还是没拦住。我的右耳又挨了一拳，上面的耳钉都被打飞了。

我捂着被打得生疼的耳朵，一瞬间真是有了发作的冲动，下意识地高高举起了右手。方毅一把抱住了此刻暴怒如同小狮子的心笛，把她带出了厨房。

我顺着厨房的墙壁一点点蹲下去，抱着头，号啕大哭起来。

方毅把心笛安顿好，又急着回到厨房，把纸巾一张张递到我手里……

那段时间，心笛一直住在我这里，方毅则"招之即来挥之即去"。在又一次被女儿轰走后，他给我发来短信："心笛的一次次突然暴怒使我很忧郁，心急也没有办法让她开心，走出阴影。希望你能把她手机充足电并保持二十四小时开机，在她不愿见到我的时候，只希望和她随时电话沟通。她发作的时候你自己也要多当心……"

为了孩子，平时常嫌"话不投机半句多"的这对父母，竟渐渐成了同谋。

按老话说，这是上辈子欠她的。我不信。但痛哭之后，我还是想，心笛现在出不了门，不会像别人那样去伤及他人，她又不肯打沙袋，只要她不自杀、自残，那我就当她的出气筒吧。

那一阵子，每天凌晨到上午还好，一到下午，尤其是临近傍晚，心笛就像充气过足的轮胎，仿佛随时都要爆裂。一天，我看到她拼命揪扯自己的头发，甚至撞墙。

看到心笛如此痛苦，我的心破裂成了碎片，一把拉过她说："心笛，快别这样儿。你打妈妈，打妈妈吧！"

"你找打啊？"说着，真的一拳过来，打到我的肩膀上。一个趔趄，我差点儿摔倒。

自此，我每天战战兢兢，一颗心随时都提到嗓子眼儿。时至今日我落下一个毛病，恍惚中总感觉有无数个拳头要从各个方位向我袭来。我真不知自己当时是怎么一天天熬过来的。

"只要不自杀"

上述的一切固然揪心，然而真正让我惶惶不可终日的是，心笛已经有两个月不肯走出家门。而且生性幽默的她忽然如同被胶带封了口，即使去掰她的嘴，稍一松手就如河蚌般迅速闭合。有一幅膝下生根的漫画，极其生动地描绘了心笛的这一症状。漫画中，一个年轻男子因为长跪不起，结果膝盖以下生出了无数根须，靠一己之力已经完全不能站立起来了。

心笛如同画中人一样，只不过她不是长跪，而是长卧。除三顿饭之外，几乎整天都躺在床上。如果不是你主动跟她说话，她可以一天二十四小时一言不发。

为了尽快帮助女儿找到病因，2009年3月，在一家市级图书馆，我聆听了那位来自台湾的心理专家的讲座——"用'心'治病"。

走进报告厅,只见入口处张贴着一幅海报,上面写道:"你是否感觉体力不支、食欲不振、不想起床上班?是否常常情绪低落、失眠、身心疲惫或烦躁不安?你是否对很多事情都失去了兴趣和愉悦感?你是否觉得自己活着没有价值,甚至反复想到死亡……"看来,这还真对心笛的路数。再一看,几乎座无虚席,看来如今得这病的还真不少,那就听听专家是怎么说的吧。

讲座开始,专家一开口,我就感觉像是专门说给我的——

"抑郁症"在国内也许是个时兴名词,但我想大声疾呼,抑郁症是自古以来人类心理就有可能遭遇到的一种磨难。只是在过去,人们可能是用"心理受到打击、失恋、情绪低落、沮丧、悲观、个性退缩、不想出门、不愿见人、承受不了压力及刺激而自杀"等用语来形容它。但在现代社会,人的心理及情绪更容易出现一时调适不良的情形。当工作、学业和生活都处于激烈竞争的情况下,人们心理上承受的压力就更大了。

我联想到自己,常常把心笛的压力和我年轻时做比较。我才十七岁就去农村插队,回城后,既要适应新的工作环境又要读书拿文凭,还得考虑婚姻这样的终身大事。现已人过中年,作为单身母亲,我还在为供女儿学习、生活而疲于奔命。可心笛呢?她有那么好的条件去国外留学,不需要打工挣学费和生活费。只要一门心思读书,会有什么大不了的压力呢?专家的一番话,可谓"一语点醒梦中人"。

接下来,他又以抑郁症患者听起来最受用的话题继续娓娓道来：

得抑郁症的人多数是天才和完美主义者。因为是天才，所以他们天生自信；因为是完美主义者，所以常常要求自己把事情做到完美无缺。而在他们自信的表面掩盖下的，却是一颗担心失败的焦虑的内心。只要某天有某件事情没有做好，便很容易导致由自责而产生的抑郁情绪。当挫败感越积越多时，就会越来越丧失信心，感觉自己很没用，甚至将来还有可能拖累别人。有些人最终爆发的自杀倾向，就是在"反正我活着也没多大用"的意念支配下产生的。

现在，我要告诉你们几个对自己松绑的好方法。一是告诉自己，对不想做的事情我有权利大声说"不"；二是我不仅不再硬撑，还要敞开心胸向他人求助；三是我一向都是为他人活着，总想表现出最好的样子得到外界和他人的肯定，现在我要好好地为自己活一把了。因为我得了抑郁症……

不仅抑郁症患者，即便是我，当听到"硬撑"一词的时候，也被深深地触动了。

休息时间结束。专家一句意味深长的问话又把我拽回了现实："请问，哪位能告诉我，你会用什么办法，让别人对做错的事情感到愧疚？"

也许是我坐在第一排的缘故吧，专家把目光停留在了我身上："这位女士，你来谈谈好吗？"

我站起身，略加思索后回答道："我会对他说，其实这件事儿也赖我。"

"是发自内心的吗？"专家微笑着追问了一句。

"是真的，'也赖我'这三个字是我的口头禅。"我诚恳地回答。

"我之所以追问您一句，不是因为对您看似过于高尚的回答有所质疑，恰恰相反，我真的不希望您这样做。因为，按照心理学的观点，您的这种心态属于'超我'过度，也就是过于追求完美，而太过追求完美的人，通常都会活得非常累。不知道您是否同意我的观点？"

我心悦诚服，不断点头。

到了自由发言环节，一个四十岁上下的女人站了起来，话语中透着忧虑——

"老师，我的女儿从十五岁起患抑郁症，至今已经两年多了。看过好几家医院，吃过好些药，效果总是一般，病情起起伏伏，尤其是最近两个多月病情发作严重，几乎每天都难受极了，用她自己的话说，感觉像活在地狱里，生不如死。我们做父母的给孩子提供的生活条件挺好，就是平时工作都忙，不能用更多的时间照料她，我真不知道应该怎么办才好啦！"

面对这个一脸惆怅又茫然的母亲，专家听得十分认真，然后一针见血地指出：

"现在的父母大部分时间都在拼经济，无暇陪伴、倾听和关怀孩子的感受。你们也许给了孩子最好的学习及物质条件，但发现与孩子的关系渐渐疏离，孩子的心理及行为问题日益严重，甚至出现情绪反常、拒学、交友障碍、网络成瘾或者退缩在家当宅男宅女等现象。同时，他们能说内心话的对象愈来愈少。不想告诉父母，是因为父母也许忙碌，或者跟大人说了，你们也只是干着急，或者只会给出一些不切实际的建议，甚至完全不理解她。也许这才是你女儿的根本问题！"

不少人纷纷点头称是。专家把目光转向了众人，继续说道：

"人为什么会得抑郁症？我告诉大家，常常都是因为这类人，乃至这类人的生存环境，太缺乏幽默感。你没有那种突发奇想，你太一板一眼，你就不会快乐。真的，很多时候我们的生命就是要灵光一闪。很多时候，我们就是要跟着内心的冲动，偶尔随心所欲一下，只要不是太离谱就行。那时，你就可以和自己的内心越来越接近，过上一种真正幸福的日子。"

这番话又赢得了一阵热烈的掌声。

……

一个又一个提问过后，专家做了这样的总结：

各位，请记住这句话："凡存在的，必有其意义。"一旦你能明白得抑郁症的好处，就知道如何才能征服这种疾病，最终获得真正的健康，如此才是治疗的最高招数。正所谓治病先要医心，"心"开了，你就健康、快乐了！

讲座结束前，我这个"伪抑郁症患者"，举起被心笛拧得依然挂彩的右臂，与全体学员跟着这位专家齐声高呼：

"只要不自杀，一定都能好！"

身处"动物世界"

台湾专家的讲座让我茅塞顿开,如何医好心笛的心病呢?趁热打铁,我又赶紧去向另一位心理专家求教。和专家谈了半天,获益匪浅。他的话让我进一步领悟到:抑郁症不过是一种"心理感冒"。就像他说的那样,在西方国家,人们接受一次心理咨询,就像吃一顿麦当劳那样自然、简单,连堂堂美国总统也有自己的心理顾问,所以不要把它当作洪水猛兽,做家长的要努力为孩子营造宽松的气氛。

最后,这位专家提出了一条具体建议——养宠物。

这马上引起了我的共鸣,心笛打小就喜欢小动物。在她一岁多的时候,她外婆养了一只黑白相间的小花猫,叫非非。按猫龄,非非已相当于二十多岁的成年人了。一次,心笛睡醒后看房间里没人就哭泣起来,非非比谁都着急,围着心笛转来转去,一副不知所措的样子。最后,索性把自己的猫脸凑近心笛,那意思仿佛在说:"别害怕,有我呢!"

等大人们赶过来时,心笛已破涕为笑,脸上还挂着泪珠,嘴里一声一声地叫着:"非非!非非!"心笛每叫一声,非非都"喵"地回应一下,真好像在应答似的。我小妹舒敏赶巧看到了这个场景,想象力丰富地说:"嘿,想不到我们小心笛还有个猫阿姨哪!"

看到心笛这么喜欢猫,我就给她买了一只手动玩具猫,还把手伸进猫肚子里,边唱《咪咪曲》边随着节奏比画:"咪咪好,好咪咪,我的咪咪真美丽……"心笛乐坏了,每天吃完晚饭,准让我给她表演这个节目。最后她也学会了,又反过来给我们表演……

我一口气买回家好几种宠物,一只叫起来清脆婉转带着水声儿的金丝雀、两只缩头缩脑的乌龟、一对儿欢蹦乱跳的松鼠,还有一缸漂亮的热带鱼。我真希望这些"陆海空"宠物能成为女儿最好的伙伴。

想不到,身处这样的"动物世界",原本十分喜欢小动物的心笛却不敢直面它们。吃饭时,鱼缸要用报纸挡住,因为"眼睛太多";鸟、松鼠和乌龟要用照相机拍下来给她看。那段时间,相机里全都是动物们的"倩影"。

对着照片,心笛给它们依次取了名字。乌龟一只叫"麻生",一只叫"太郎";松鼠一只叫"托尼",一只叫"格兰迪"。视频回放最多的要数金丝雀"偌比",它金黄色的羽毛、欢快的叫声,乃至啄米时的可爱神态,都让心笛越看越喜欢。

一天早晨,我在给偌比喂食时发现,不知何故它开始打蔫儿,不吃不喝,还把头深埋在翅膀底下。想到心笛对偌比的偏爱,我唯恐它有个三长两短,赶紧上网查询。输入"金丝雀打蔫儿"几个字后,一看答案,心顿时凉了半截——"打蔫儿,不吃不喝,还把头深埋在翅膀下面",等等,都是金丝雀临死前的征兆。

傍晚,我下班回来,第一件事就是跑到阳台上,发现偌比已经死了。我蹑手蹑脚地把那僵硬的小身子用柔软的纸盖上,放在阳台的花盆边,想先瞒过心笛。谁知,一天听不到金丝雀叫声的心笛见我头一句话就问:

"偌比怎么不叫了?"

"哦,也许因为早上我把它喂得太饱,叫不动了吧。"我不得不应付她。

"那你拍给我看。"

瞒不住了，我只得道出实情，然后看着心笛。

心笛半晌无语。我正要转身离开，她忽然说："我要看一眼偌比。"我不禁一喜，却故意什么也不说。她用右手半遮住眼睛，跟着我来到阳台。

几个月来从没正眼看过宠物的心笛，轻轻走到花盆边。只见她犹豫地掀开覆盖在偌比身上的软纸，却没有发出我料想的那声"啊！"。良久，心笛只默默地看着死去的偌比。这个可怜的小精灵，和心笛并没有经过"生离"，却一步就到了"死别"，此时看上去像一片黄色的枯叶。

从那天起，心笛开始勇敢地面对宠物了。但家中现有的宠物光有看的，没有可以让她"亲密接触"的。于是我又一次来到花鸟市场，把一只眼圈、嘴唇、尾巴皆为黑色的"熊猫兔"买回家。相比眼睛红红、毛色雪白的普通小白兔，心笛似乎更喜欢这只另类兔宝宝，给它起名"阿弟"，和它玩儿得好开心！

可没过几天，或许是我从外面采回的鲜草没有沥干水就喂了阿弟，晌午后它就开始不吃不喝，一个劲儿流鼻涕。一贯爱干净的它用两个小爪子拼命擦呀擦，擦得脸都瘦了一圈。心笛看到阿弟的样子心疼得不行，我只好提着装阿弟的笼子赶去宠物医院。

谁知兽医见了连连摇头："兔子的病我们一般不给治，太没把握，搞不好死了，遇到矫情的还得让我们包赔损失。"

"大夫，那我们自己有没有办法治啊？"我近乎在央求了。

"你就用阿莫西林往它嘴上抹点儿，试试吧。"兽医一副死马当活马医的神态。

回家后,我把阿莫西林研成粉末,用食指蘸上,抹在阿弟的小三瓣嘴上。它居然用小舌头去舔,哈哈,有门儿!于是,再抹,它又舔。就这样,愣是从鬼门关上夺回了一条可爱的小生命!

看到心笛抱着阿弟亲不够、爱不够的样子,我终于有了些许安慰。尽管阿弟满地拉屎,而且见什么咬什么,特别是对电线情有独钟,下嘴毫不留情。跑步机、电话线、电灯线,几乎无一幸免。一不留神,心笛的手机充电器的线也被阿弟咬成了三截,但心笛毫无怨言,让我帮她缠上胶布,接着用。

转眼间,阿弟长到一尺来长,耳朵长得都支不住了,其中一只耷拉下来,还一甩一甩的,活像个"七品芝麻官"。看着它那滑稽样儿,心笛的脸上居然露出了久违的笑容。

然而半年后,阿弟还是走了。心笛的哀伤可想而知。我征求了她的意见,把阿弟埋在社区院里的一棵石榴树下。

金丝雀和熊猫兔相继离世,是不是它们太娇气了?我对心笛说:"咱们养个皮实点儿的吧!"

一番网上搜索,心笛的目光被一只叫"白团团"的土猫的照片吸引了。

猫的主人是一个专门收养流浪猫的好心姑娘,一年前,她从车轮下救出了这只险些被轧死的小白猫,现在,小猫完全康复了。姑娘开始在网上征集愿意收养它的主人。照片上,白团团那睁一只眼闭一只眼做着鬼脸的嘎样儿,让心笛一下就相中了它。

谁知,从接进家门那天起,白团团始终不吃不喝,还钻到橱柜下面死活不出来。

"我郁闷，它比我还郁闷！"心笛苦着脸说。

无奈之下，一周后我们只得把已经饿成了"白皮皮"的白团团交还给了它的主人。见到那位姑娘，白团团刺溜一下就钻进了她怀里……

也许是白团团对主人的情意触动了心笛，第二天她忽然对我说："你和阿爸都是善良的人，我遗传了你们的基因。为了你们，我也不会去自杀。"

仅仅这一句话，就让我从心底涌起了无限温情。曾因被女儿暴打而留在我心头的阴影，一下子烟消云散了。

冬季即将到来。一天傍晚，我下班回家走进小区，看到几只流浪猫正聚在一起争食。它们当中一只黄白相间的半大小猫，和另几只体形肥硕的大猫相比，显然不占优势。同伴们你争我夺，抢得不亦乐乎，它却连边也扒不上。

顿时，一股怜悯之情油然而生，我想也没想就抱起了这个小可怜。

走进家门，我如获至宝地对卧室里的心笛大声说："宝贝儿，快来看，妈妈给你带谁回来了？"当时卧室的门虚掩着，一听我的话里有"谁"这个字，心笛便以为是我带哪个家人或朋友来了，噌地起身就要把门关严。可就在关门的一刹那，她一眼看见了我怀里抱着的猫，"哎——"了一声又打开门冲了出来。就在我想把猫转手递给她的空当儿，这个"新客人"突然从我手中挣脱，刺溜一下就钻到了客厅里的跑步机下面。

方毅下班回来，我告诉他刚刚抱回一只半大的流浪猫，估计很快能跟心笛混熟。不承想，他却面露不悦地说："你也不事先打个招呼，我已经托人帮着去找刚出生的小猫了。再说，这是流浪猫，多脏啊！"

我只好说："噢，等它一会儿出来吃食的时候，我马上给它洗澡。"

也许是太饿了，跑步机下面的流浪猫抵不住香喷喷的猫粮诱惑，终于试探着出来吃了一口，看看没人靠近，又吃了第二口。接着，它索性再无顾忌，埋头猛吃起来。看它吃得差不多了，我出其不意地一把抱住它，走进卫生间。

当我把这只洗得干干净净的流浪猫裹在大毛巾里递到心笛手上的时候，她的眼睛都亮了，真的是一脸的喜爱。她马上给猫咪取了个名字叫"波波艾"，还把它举过头顶，一边来回摇摆一边叫着："波波艾——波波艾！"

又过了一个月左右，当我下班走进家门的时候，心笛学着我抱回波波艾时的口气，让我去阳台看看——"谁"来了？

只要心笛喜欢，无论"谁"来都好啊！我快步向阳台走去。

耽于自囚

在阳台的角落里，我看到了一只刚出生不久的小虎斑猫。只见它通身是铜棕夹着黝黑色的斑纹，脑门儿上，几道黑灰相间的竖纹活像大写的英文字母"M"。那双溜圆锃亮如琉璃球般的眼睛下面，是琥珀色镶黑边的小鼻子，而最具虎豹特征的，要数嘴边一排排像删节号一样的黑色毛孔，还有长在上面一根根跃动的银色胡须。难怪我上街为波波艾买猫粮时发现，猫粮、猫罐头以至猫砂，几乎都选这样的猫做"形象代言"呢！

在饶有兴致地欣赏了一番新来的小虎斑猫之后，我对心笛说："宝贝儿，你也给它起个名吧？"

"我都起好了，叫'鲍比'。"

晚间10点左右，心笛睡着了。正在看报纸的方毅对我说："虎斑猫是心笛的表哥特意为她找的。她表哥是医生，再三说流浪猫身上有病菌。明天，你还是把那只流浪猫送回原处吧。再说它也有自己的伙伴，自由惯了，让它回归猫群才是最人性的。"

我的心不由得咯噔一下。本以为他是要给女儿多找个小伙伴，没想到是为了"李代桃僵"。但是犹豫良久，细细想来，从健康角度讲，他的话也有几分道理。不过我对他说，这件事还得先征求一下心笛的意见。

次日清晨，我正思忖着该怎么对心笛讲这事，忽然，听到客厅里传来鲍比的叫声。我跑过去一看，只见波波艾正张牙舞爪地扑向鲍比，而它身下的鲍比呢，一边挥舞着小爪子反抗，一边不停地"喵呜喵呜"叫着。我正愁拿什么理由说服心笛呢，眼前波波艾"以大欺小"，刚巧让我抓了个"现行"。

我立刻把心笛叫过来，她一看也急了，让我快把波波艾抱走。我把波波艾关到另一个房间，借坡下驴地对心笛说："你也看到了，一山难容二'猫'。要不，咱们把波波艾放了，让它还去找原来的伙伴们吧？"心笛点了点头。

到了晚上，我喂足波波艾最后一顿猫粮，打开房门，把它抱到大门外，来到上次猫咪们聚食的地方。刚一松手，它嗖的一下就消失在夜色之中。与此同时，我感觉眼前白光一闪，定睛一看，原来是一只仿佛已等候多时的白猫，正朝着波波艾消失的方向紧追而去。

也许是喜欢鲍比的缘故吧，心笛经常会忍不住拍打它的头，像对波波艾那样，把它举过头顶，还来回晃。处于被动一方的鲍比特别识时务，一点儿也不挣扎，从来都是逆来顺受，可一旦逃离，却似离弦之箭，噌地蹿上最高的一层组合柜，任你软硬兼施就是不下来。

鲍比也有干坏事的时候。知道它爱磨爪，我特意给它买了猫抓板。可它嫌不过瘾，只要见着包有糙布面料的物品就忍不住抓几下，于是沙发、电脑椅、梳妆椅、衣箱……都成了它磨爪的理想之处，尤其是对心笛最喜爱的那个单人旋转沙发，抓起来特别起劲儿。一天，心笛正坐在旋转沙发上看电视，鲍比又过来举起利爪，对着这个同样也是它的钟爱之物，"咔咔咔"可劲儿地抓起来。心笛不禁恼怒地对我说："鲍比老干坏事，我不喜欢它了，你把它送人吧！"

我知道这是心笛一时的气话，但为了平息她的怒火，我只得把鲍比暂时送到我大妹舒红家。果然，没出一周，心笛便问我："鲍比哪天回来？"

嘿，幸亏我留了一手。

接回鲍比后，心笛抱着它，一脸失而复得的欣喜，鲍比也是一声接一声地欢叫。我把鲍比前爪的小指甲修剪了一番，让它们变得秃秃的，待它再去抓沙发时，力度顿时小多了。

夜深人静时，鲍比经常摸黑爬到我和心笛中间，用两个后爪踩出一个小窝儿来，舒服地趴下。有时我怕它惊醒好不容易睡着的心笛，便把卧室门关上，不让它进屋。没想到这个小机灵鬼居然直立站起，用它的小爪子一下一下地去扒门把手。更妙的是，它居然能够把门扒开，然后得意地"喵喵"两声，一蹿上床。真没办法！

白天，它常常蜷成一团酣睡。而只要你喊一声"鲍比"，它立刻就会嗖的一下抬起头，眼睛瞪得溜圆地看着你，可要是看你只是干叫而手里没有任何"干货"，它又会不满地咕噜一声，然后转过身子，继续它的美梦。

冬天到了，晚上要关阳台门，同时也把阳台上的猫食和粪棚挡在了门外。粪棚是心笛上网买的，有个小门，挡住了不雅的猫粪和带来的臭味儿，我们都很喜欢。阳台的门把手太高，鲍比够不到，每当要去阳台吃食或排泄时，它都会跑到主人身边喵喵叫，引导着你去给它开门。事毕，又欢快地跑回来，用它凉凉湿湿的小鼻子蹭蹭主人的手臂甚至脸颊，以示谢意。

这只乍看样子有点凶的小猫咪，原来如此灵性十足、温柔可人，心笛越来越喜爱它了。

为了让心笛与鲍比进一步增进感情，我准备了一把柔软的小刷子，交给她，让她为鲍比梳理毛发。哈，鲍比很是受用。心笛刷完它的后背，它会主动翻过身来，让她继续把它的小肚皮也刷上一刷。人心换"猫"心，鲍比伸出蜷成一团的茸茸小爪，试图抚摸心笛的脸来回报她。但一想起这只可爱的小毛爪也许刚刚盖过猫粪球，我只能忍痛制止这种零距离的亲密接触啦！

一天清晨，我在阳台上给松鼠托尼和格兰迪喂食换水。就在掀起笼门的一刹那，一个没留神，托尼一下蹿出了笼子。

真是"说时迟那时快"，只见对两只松鼠觊觎已久的鲍比，一个箭步扑上去，张口就咬住了托尼的头，然后叼着它往大厅跑去。眼瞅着"鼠命"难保，我急得一边劈着嗓子喊"鲍比！"一边拼命追赶上去，猫口夺"鼠"。

终于，托尼被我夺了下来。我用颤抖的双手把它送回鼠笼，发现它虽然大难不死，右眼却被鲍比的利齿咬成了一个血窟窿，成了"独眼鼠"。

心笛还在熟睡，没有看到这惊心动魄的一幕。醒来后得知，她立刻到了阳台上，看到"独眼英雄"托尼右眼周边的血痂，她那双长久失神的眼中流露出丝丝关切。

于是，我借机启发她："宝贝儿，托尼住在有吃有喝的笼子里，还有格兰迪陪着，可还老想着外面的世界，连一直对它虎视眈眈的鲍比也不怕，瞅准机会就勇敢地冲了出去。动物尚且如此，何况人呢？你就一点儿也不想出去看一场电影，听一场音乐会，或者买上一件可心的衣裳吗？"

一个月后的一天，方毅下班回来，顾不上关门，便带着有些兴奋的口吻对心笛说："宝贝儿，我看到波波艾啦！"

心笛立刻一迭声地问："它在哪儿？你快说，在哪儿？"

"我开车进小区的时候，看到一群流浪猫从西面往东跑过去了，领头的特别像波波艾……"

这时，让我意想不到的情况出现了——只见心笛嗖地冲出开着的大门，可突然又像想起什么，"哎哟"一声又退了回来。这个小小的举动令我大喜过望——"自囚"近一年半的心笛，终于有了想跑出去的冲动！

第二章

抚今追昔

走出家门

"我要去医院看颈椎!"一天,心笛突然对我说。

我当时兴奋得心突突直跳,女儿终于想出门了!生怕她变卦,我飞一般地取来梳子,为她梳理那似一蓬乱草的长发。多日不打理,头发已多处擀毡,梳了足足有二十分钟才通开。

无论以什么名目,即便看的是骨科,心笛终于走出了家门!

由于长期伏案学习和喜爱上网,心笛的颈椎和脊椎早几年就出现了症状。留学前曾拍过片子,脊椎呈十二度弯曲。封闭家中这段时间,她服用起治疗颈椎病的药来,积极性要远远大于服用抗抑郁药物。见到骨科医生后,她不说病情,张口就问了个令医生和我啼笑皆非的问题:"你说我会死吗?"

"你说呢?颈椎离心脏那么远!"医生笑着反问她。

趁热打铁,我得赶紧带她到申大龙医生那里看特需门诊。

听说要去精神科医院,心笛显得很紧张,手都在微微颤抖,整个情绪和主动要求去看骨科的时候大相径庭。坐在候诊室里,我注意到这里叫号的方式很人性化:"××医生的×号,请到××科×诊室。"隔我们一排坐着的一个三十多岁的女患者手机响了,大概对方想约她见面，只听她回答说："我感冒了，在医院呢。"就在这时她被叫号了。由于不是直呼其名，女患者免去了尴尬，迅速结束了通话，向指定诊室走去。

轮到心笛了，我带她走进申医生的专家诊室。

"方心笛，听说你是留学国外的高才生啊！"

申医生的第一句话，一下子就让诊室里的气氛轻松起来。

对于申医生的问话，心笛基本做到了有问即答，但是"面部表情显平淡，言语表达欠流利，精神状态低落，呈焦虑躁郁症状"（摘自申医生诊断书）。

一年多前我和方毅替心笛问诊开药时，她还没有出现对父母拳脚相加的情况。申医生经过对心笛的当面诊视得出了新的结论——她患的不是单纯的抑郁症，而是躁狂和抑郁轮流交替发作的"躁郁症"，又叫"双相情感障碍"。如果按照单纯抑郁症的药物治疗，会导致躁狂症状加重，甚至出现暴力行为。申医生告诉我，躁郁症，顾名思义，患者的情绪在躁狂与抑郁之间来回切换，像坐过山车一样，一会儿亢奋到顶点，转眼间可能又坠入抑郁的谷底。

诊断结束，申医生鼓励心笛说："你是我的病人，你的情况我心里有数，目前只是犯病初期，不要有过重的心理负担。"他为心笛开了治疗躁郁症的奥氮平和丙戊酸钠，建议心笛在服用药物的同时，接受适当的心理治疗。

从那天起，我每天要做的一件事，便是在网上搜索"躁郁症"和"双相情感障碍"两个关键词。如同第一次听说这两个关键词一样，我第一次知道了牛顿、贝多芬、凡·高、瓦格纳、费雯·丽等许多名人都患有这种疾病。莫泊桑的一番话最能代表躁郁症人群的两极人生——"生活不像你想象得那么好,但也不像你想象得那么糟。人的脆弱和坚强都超乎自己的想象。有时,我可能脆弱得一句话就泪流满面,有时,也发现自己咬着牙走了很长的路。"

"躁郁症"是在精神疾病中最易给人以假象,同时又最难控制的一种病症。说它给人以假象,是因为患者在兴奋的时候,做起事来风风火火,说起话来滔滔不绝,有着常人没有的激情和办事效率,成就感爆棚。然而,在火山喷发后,它却又以迅雷不及掩耳之势迅速降至冰点,表面如覆盖上了积雪般沉睡不醒。火山乎?冰山乎?如同富士山一样让人难以捉摸。而心笛患的恰恰是这种连精神科医生都认为是最棘手的精神疾病。

按照申医生的建议,我目送着心笛走进同医院一个女心理医生的诊室。

一个半小时过后,心笛从心理诊室出来了。赶来医院的方毅把她接走,我留下与心理医生进行沟通。

心理医生告诉我,心笛说,她在幼儿园时曾被一个年轻女教师严厉呵斥伤害过,初中时又被同桌男生打过头。保护自己的本能让她形成一种防御机制,遇事总想着"因为他打了我,我无法保持班里前三名了",从而忧心忡忡。她觉得只有学习好才会被尊重,别的同学才会向你请教问题,愿意与你交朋友,成绩名次的下降会导致别人的尊重度、人际关系等也随之下降或改变。这样,她把学习当成了极大的压力。而长期的压力导致了她的不快和少语,进而将独处视为快乐而自我封闭。

心理医生说出了她的初步诊断:目前,这孩子存在着比较严重的心理障碍,应以药物治疗为主,心理治疗为辅。用药"压"住病情后，心理疏导才能起作用。她还说，值得欣慰的是，孩子目前在心理上只是有一道"屏障"，但要防止进一步形成一堵"墙"。

心笛的星座是双子座，一次，我在网上看到一段话，感觉特别适合当时的她，便输进我的手机又转发给她："双子座那闪烁着亮丽光芒的眼中残留的却是忧郁，这是她在自己的脑海中自寻烦恼的体现。所以强烈建议'双子'们：少看！少思！多吃！不要无病呻吟，好好地享受生活。建议'双子'们去一些比较热闹的地方，这样可以分散你的注意力，也不失为一种好的方法。"

于是，每天傍晚由方毅开车，我们三人一起上马路兜风。长时间的离群索居，说是要放松的心笛，出了家门，还是无法直面除了医生的其他人。每次兜风，她都要求坐在后排，还要用靠垫挡在眼前，我们只好连窗玻璃也换上颜色更深的贴膜。此外，到商场买衣服，营业员得跟到车门外等候；吃小吃，要端到车里；看电影，不能进影院，只能去汽车影城，透过玻璃窗看夜场，即便这样，也没有一场完整地看下来。

美国3D大片《阿凡达》上映后，心笛心痒难耐。方毅买了三张星美国际影城的票，开车带着我们母女一同前往。路上心笛一直没有说什么，我暗暗祈祷，盼望着通过这场电影她能闯过害怕见人的难关。到了影院门口，我看到心笛鼓足勇气起身，然而就在刚要跨出车门的一刹那，恰巧有一辆车停在门边，从上面下来三个人。心笛"哎哟"一声，又坐了回去，急急地说："我不在这儿看了，我要去汽车影城！"

"十一"长假,方毅驾车,带我们同去南戴河度假。然而到了那里之后,心笛始终没有勇气走出户外,整整三天,每天都躺在宾馆的床上,甚至连一日三餐都是我们打回房间。我被憋得快要爆炸了,独自跑到海边,对着一望无际的海浪大声疾呼:"心笛,我的女儿,你快好起来啊!"

呼喊声惊动了栖息在岸边的上百只海鸥,它们扑啦啦振翅腾空……

看着海滩上五颜六色的贝壳,我不由自主地弯下身子捡拾起来,尽量平心静气地对自己说:女儿把自己关在家里,是不是觉得就像当年在母腹中一样有安全感?在小动物们的陪伴下,她的病情看上去似乎都快稳定了。可刚刚走出家门,就如同胎儿一朝脱离母腹,是不是又要有一段从不适应到适应的过程?这么想着,便有些释然了。

口无遮拦

从南戴河回来,心笛在某医院做骨科医生的表哥来到家中,为她做颈椎按摩。也许是"医生哥哥"的特殊身份让她有安全感吧,她终于打开了一直反锁着的卧室。接着,姨妈、姑妈、叔父、表姐纷纷登门,心笛竟都没有拒绝。

从与父母之外的亲人接触开始,心笛就这样迈出了重新与人交往的第一步。然而,她的适应过程总是在周而复始,一次次的疑似好转,成了一次次病情加重的前奏。

为了能让心笛与更多的人相处交流，我给她先后介绍了一男一女两个同龄人。男孩儿叫彭勃，是我原来一个女同事的儿子。因为这层关系，彭勃曾到我就职过的一家单位实习。他不仅表现出色，和周围人的关系也处得不错。听说我女儿回国，彭勃的妈妈主动打电话问我心笛是否有男朋友了。听到否定的回答后，她语气中透出兴奋："那正好，彭勃也单着呢。你把你女儿的QQ号告诉我，我让彭勃加她。不妨先让两个年轻人在网上聊聊，试着交往一下呗。"

对彭勃母亲的提议，开始我是心存顾虑的。以目前心笛的情况看，如果介入男女情感，一旦动了真情再闹分手，她的病情肯定会加重。再说，这样做对男孩儿一方合适吗？但也许出于母亲的私心吧，又觉得遇上如彭勃母子这样知根知底的家庭不容易。反正恋爱是两个人的事，只要男孩儿能接受心笛，介绍他们认识也未尝不可。

一开始，心笛和彭勃只是通过QQ聊天的普通网友，随着对话越来越投机，二人渐生好感，于是彭勃主动提出要见心笛一面，而心笛总是以各种理由推脱不见。尽管如此，只要她打开电脑，QQ上彭勃与她打招呼的黄灯就开始闪亮。

慢慢地我发现，偶尔彭勃不在线，心笛就开始坐卧不安，只要那个男孩儿的头像由灰色变成彩色，心笛就会情不自禁地脱口而出："哇，彭勃上线了！"

这天，我看到心笛坐在梳妆台前，精心涂抹着从近十套化妆品中挑选出的"倩碧"，接着又打开衣橱左挑右选，最后穿上一件红色的有着Hello Kitty图案的套头装，上面还挂着两颗可爱的白色小绒球，又穿上黑色嵌满银片的短裙和点缀着立体花瓣儿的透明凉拖。这身装束顿时让我眼前一亮，不禁赞不绝口："宝贝儿，你好时尚，好漂亮啊！"

"彭勃约我去看电影。"原来，心笛终于答应了彭勃渴望与她见面的请求。我知道，那是由于彭勃的执着，更是她自己的心在指引。否则，她是不会去的。

望着打扮入时的心笛走出家门，我不禁喜忧参半。如果赶巧两个人都有意朝情感方面发展，也不失为一件幸事，但假如只是她一厢情愿，再受了刺激可怎么办？

傍晚，心笛回来了，我惴惴不安地看着她的脸，并没发现什么异样。然而，当她躺上床之后，我听到了轻轻的啜泣声。

"心笛，今天有什么不开心吗？"我小心翼翼地问。

"你为什么给我介绍这样的人？这种人，就应该把他开除出地球！"心笛向我甩着泪，怨愤地说。

"你们在网上不是聊得很投机吗？"心笛前两天看到彭勃QQ在线时的兴奋从我眼前一闪而过。

"正是因为这个，我就更不能接受，反差太大了！"心笛干脆蒙上头不再理我。

事情的结局虽然没有我顾虑过的那么严重，但它从一个侧面告诉我，在心笛没有进入恢复期之前，男女交往之事不可操之过急。

"心口如一"是公认的美德，然而在心笛身上我却体会到，假如百分之百如此，那么人与人之间的关系将被摧毁得不可收拾。

我有个女友是某银行支行行长，一听说心笛学的是金融信贷专

业,便热心地表示可以为她提供实习的机会。可就在餐桌上,我和方毅还没有来得及跟女行长寒暄,孰料心笛先开口了:

"我为什么要去你那儿呀?看你长得,一点儿亲和力都没有。"

一句话让气氛尴尬到了极点,女行长的脸红一阵白一阵。

方毅一时间难抑怒火,冲着我说:"太不像话了,你快把她带出去!"随后连连向行长致歉,说都是他教女无方……

也许是一时还无法接受去银行实习这件事,但已是成年人的心笛也不该这样啊!我感觉到,神经已被药物麻痹的心笛,在语言区域少了一层"过滤网",以致口无遮拦,竟全然不计后果地恶语相向。

某日清晨,心笛还没起床,我母亲打来电话,关切地询问她外孙女的情况。我照实说了几句"还是不太好"之类的话,尽管声音压得很低,还是被已然醒来的心笛听到了。也许是厌烦了大人们的紧张兮兮和忧心忡忡,心笛迅速穿上衣服,冲着我就来了:"要不是因为我现在这样儿,才不跟你们混呢!"话音一落,转眼就冲出了家门。

这突如其来的举动,顿时把我和电话那边的母亲惊呆了。

我对着电话说了句"您别急,我马上去追!"就迅速挂断电话,抓件外衣追下楼去,可心笛已没了踪影。再打她手机,关机。我心急如焚地叫上一辆出租车,先是到她常去的大伯家找,没有。我又猜想那几天方毅出差,她是不是一个人跑到他的住处去躲清静了?可到了那儿,还是没有。

两个小时过去了,六神无主的我刚要报警,心笛的电话打过来了,原来她打车去了郊区,这会儿正在一座以往爬过的山上,爬到半截儿害怕了,叫我赶紧过去接她下来。

如果正常的孩子这么做,一般家长早就怒发冲冠了。但是,面对"豆腐掉进灰堆里——拍不得打不得"的心笛,我除了发自内心地庆幸,还能说什么呢?我只得长叹一声,赶紧给母亲打一个电话:"妈,心笛回家了,您放心吧!"

喜出望外的是,心笛就读的圣彼得堡学校突然来了信,根据她学分已满、各科成绩优良的情况,准予她如期毕业。我和方毅特设"庆功宴"。席间,我把毕业证书突然举到心笛面前,想给她一个意外的惊喜,哪承想,她只是瞥了一眼,淡淡地说了句:

"不就一张纸吗?"

祸不单行

2010年4月中旬的一天,我带着心笛来到母亲家,和两个妹妹为母亲庆贺七十六岁生日。之后,心笛连续一周住在外婆家。

父亲去世以后,母亲一直无法面对现实。过分悲痛让母亲看上去骤然老了十岁,而因为心笛的到来,她老人家的脸上露出了久违的笑容。

说起心笛和外婆家的感情,还得从她给外公外婆起绰号说起。在我曾经出国的那四年里,每个周末和寒暑假,心笛都是在外婆家度过的。外公外婆对这个妈妈不在身边的外孙女宠爱有加,心笛也跟他们亲得"没大没小"。她管外婆叫"阿姿",因为南方称呼外婆为阿婆,而"婆"字又和"姿"字相似。外公希望心笛叫他"爷爷",淘气的她先是把称呼和问好合起来叫"爷好",加上外公脾气好,凡事总爱说"也好也好",到了调皮的心笛嘴里最后成了"爷好爷好"。

1998年暑假,方毅为心笛报名学长笛,他工作忙时,还得她外婆背着长笛带着,倒两次公交车,赶到长笛老师家。

心笛出国留学后,外婆想起她来就忍不住落泪,时常念叨着:"你们把心笛送到那么远的地方,一个人举目无亲的,我越想越心疼,这孩子太可怜了……"

在心笛"自囚"家中的日子里,母亲尽管还深陷在父亲去世的悲痛中,但她不顾自己高龄和我的劝阻,坚持从城东赶到城西来看望心笛。

路程太远,母亲舍不得打车,拎着特意为心笛做的她最爱吃的狮子头,拖着年迈体弱的身子,坐了近两个小时的公交车,才赶到我这里。

母亲走进家门已是傍晚,正是晚饭时间。我做好饭菜,想让她们祖孙二人吃上一顿团圆饭。可是,一直把自己反锁在卧室的心笛就是不肯开门,任你在门外磨破了嘴皮子,她始终一声不吭。

随着手机铃声响起,我打开手机,只见上面是心笛发来的冷冰冰的三个字:"让她走"。

无奈,我把母亲送上出租车,心疼地对她说:"妈,您别太伤心。我们都知道心笛跟您感情有多深,只是她现在身不由己……"母亲含泪而去。

见不到外孙女,更没有说上一句话,母亲把想要说的话口述给我小妹舒敏。舒敏打成文字发到我邮箱里,让我在心笛情绪平稳时给她看。

亲爱的心笛,我最爱的外孙女:

因为想念你,迟迟不能入睡。看时针指向1点,才慢慢进入梦乡。我梦见我和你妈妈带着你,参加我们单位一个聚会,还吃了一顿不像样的饭。散会后,我到车前面,看见你妈妈拎着大包小包,你穿了一件深蓝色的羽绒服跟在她身后,拉着一个行李箱向我走来。突然,你摔了一跤,向前重重趴下。我刚要跑上前扶你,你已经自己站了起来,脸上挂着几滴泪珠。我赶忙给你擦泪,拍衣服上的灰,此时你强忍泪水,我直说:"心笛坚强,心笛不哭!"而你的确表现出很坚强的样子……

我一下子惊醒了,眼泪止不住地流,再也无法入睡。这时时针指向两点三十五分。

你是我们家第一个第三代人。1987年7月的那一天,我和你二姨送你妈妈到妇产医院。深夜两点,我们听到二楼传来清脆、洪亮的哭声,猜测是你出生了,便等着喇叭广播,却没有听到,原来12点以后广播就停止了。我们焦急地上楼推开走道的门,我向里喊你妈妈的名字,你妈妈当即回应:"妈妈,我生了,生了一个女孩儿!"

我们怀着兴奋、欣喜、轻松的心情回到了家。医院第二天就通知接你妈妈和你出院。我和你外公带着你的衣物直奔医院，幸福喜悦的心情难以言表，以至于坐上了公交车才想起没给你妈妈带外衣，又返回家去取。到了医院，只见你妈妈抱着你坐在病床边等我们，除了你妈妈、爸爸，我和外公是最先见到你的人。你带给了我们最大的快乐、欣慰和幸福。往事历历在目，这种感觉一直延续至今。

我的梦验证了现实中的状况：你跌倒，又自己爬起来，很是坚强。然而，你这一跤摔得阿婆心痛不已，我太想太想见到你了啊！

此时，时针已经指向24日凌晨3点50分，阿婆想你想得根本无法入睡了。

心笛，我的宝贝外孙女，盼望你早日走出家门，并再次听到你的欢声笑语。祝你幸福快乐每一天！

阿婆
写于2009年7月24日

九个月后，走出家门的心笛终于来到了外婆家。外婆高兴得不知说什么好，做了一大桌心笛喜欢吃的饭菜，一边看着她吃一边说："到底是长大了，不用阿婆喂啦！"

就在心笛住到外婆家第七天，正在上班的我忽然接到心笛急急打来的电话：

"你快回来，阿婆倒下了！"

我风风火火地赶到家，眼前的一幕让我几乎昏厥——

急救人员正在用一床棉被包裹母亲的遗体，我没能见上母亲最后一面。心笛目睹了外婆的去世，突如其来的刺激和悲痛让她抽搐不止。方毅闻讯后第一时间赶来，把心笛紧急送往医院。

先把母亲的遗体送到殡仪馆，我又匆匆赶到心笛就诊的医院。急诊室里，几个医生正在对心笛进行抢救。她的身体仍在不停地颤抖，并且时哭时笑，情绪十分激动。一旁的方毅急得满眼含泪。

事后，从当天在场的妹夫口中，我得知了心笛目睹外婆去世前后的大致情况——

早晨，心笛醒来后，看见外婆正坐在床边，一脸慈祥地望着她微笑。一年多不见外孙女，去看她那次还被下了"逐客令"。现在终于盼到她走出了家门，来到自己身边，外婆心情好了很多。"起床吧，阿婆给你蒸了你最爱吃的萝卜丝包子。"

"我穿衣服，你别看啊！"心笛像小时候一样跟外婆撒娇。

"好好好！"外婆疼爱地抚摸了一下心笛的额头，到隔壁书房去看报纸了。

就在心笛穿鞋的时候，忽听隔壁噌的一声响，紧接着便是她姨父急切的呼唤："心笛，快来扶阿婆！"闻听此言，心笛立时像变了个人似的冲进书房。只见外婆已从书桌前的椅子上栽倒在地，双目紧闭。"你抱住阿婆，我去拿硝酸甘油、叫救护车！"按照姨父的指令，心笛蹲下身子，轻轻把外婆的头放在臂弯里，直到姨父叫来了救护车。

一阵抢救之后，医生无奈地说："心源性猝死，老人已经走了。"

一直守在外婆身边的心笛不哭不喊，不一会儿便开始了无休止的抽搐……

无边的隧道

自此,心笛除了颤抖、抽搐,还时常无端大笑,这个样子持续了将近半个月。

陪她在医院候诊时,一个显然是抑郁症初期的大男孩儿看着颤抖并痴笑不止的心笛对他父母说:"我要是到了她这个分儿上,可就不活啦!"

心笛:"哈哈哈……"

他的母亲看着心笛,也不无惋惜地说:"可惜了,多漂亮的姑娘啊!"

心笛:"哈哈哈哈哈……"

我心疼极了,等不及让心笛像往常一样睡前服药,就诊后便带她到医院附近的餐厅吃饭,饭后便让她服下奥氮平和丙戊酸钠。在等待方毅开车来接的这会儿,心笛伏在餐桌上睡着了。我知道,她是太困太困、太累太累了呀!

因为"挂相",心笛外出时常遭遇误解。可又不放心让她一人待在家中,无奈之下,我和方毅只好轮流带着她去上班。

这天是去方毅单位,我和心笛一同出门,招手上了一辆出租车。不想路上堵车厉害,如果再把她送到目的地我就得迟到了。于是我跟司机说,我先下车,请他把心笛送到哪儿哪儿。

谁知我话音未落,司机就急着说:"别别别,要不您和她一起下,要不您把她送到地儿。她这一惊一乍的,出了问题怎么办?"

"师傅,她真的没事儿。"

"有没有事儿我哪儿知道,我可不想招事儿。"

没辙,单位再有事我也得奉陪到底。

为让心笛放松心情,一天,我陪她来到她小时候最爱去的游乐场。想当年,她也就是三岁多的时候,一进游乐场就像只快活的小鸟。与各种游乐项目相比,心笛更喜欢在草丛中和大人嬉戏,给我和她父亲照相,分橘子吃,走进快餐厅大快朵颐……

如今旧地重游,心笛却只是闷头行走,没有表现出丝毫的兴致。也许是游客太多的缘故,她紧张得刚进去就要出来。我让她挑一个小时候没玩儿过的项目感受一下,她提出想坐过山车。

但是,心笛在过山车的座位上坐定并系好安全带后,一个工作人员似乎看出了苗头,悄悄把我叫到一边:"大姐,怎么我瞅着有点儿悬啊!您说呢?"

我只好尴尬地笑笑,忙找个托词,把心笛哄了下来。

为避免心笛再受刺激,我选择了最佳场所——商场。因为我发现,为了做生意,无论心笛怎样失态,营业员照样笑容可掬。

一天,我和心笛逛一家大商场,一不留神走散了,她又刚丢了手机,还没顾上配。我赶忙找到服务台请求广播找人,对方回答只播放对于六岁以下的儿童和六十岁以上的老人的寻人启事。我反复讲了心笛的特殊情况,甚至急得带出了哭音儿,服务台人员就是不肯通融。

我正急得六神无主,忽然手机响了,是个陌生号码,一接听,居然是心笛打来的,我顿时欣喜若狂!

"我在商场四层××专柜,你快过来吧。"原来,心笛是借用一个陌路人的手机给我打的电话。"嘿,这孩子还真聪明!"我顾不得等电梯,三步并作两步,从楼梯跑了上去。

"宝贝儿，你真棒！"

嘴上这么说，见到心笛后，我还是紧紧抓牢了她的手，一路不敢再放。她在如此精神状态下还能够想到求助于他人，庆幸之时我又想到：无论是出租车司机的中途拒载，还是游乐场工作人员的好心劝阻，其实心笛都是心知肚明的啊！又是一阵心疼，我把心笛的手攥得更牢了。不是担心她再次走失，而是在用我的肢体语言告诉她：好女儿，别怕，有妈妈呢。妈妈懂你！

中学时代的心笛是个小"书虫"，无论课内还是课外的书，只要一拿起来，一看就是三四个小时。即便在患躁郁症的第一年，她随意翻看五花八门的书，每天也要花上好几个钟头。及至走出家门后，她到书店竟然一口气买了上千元的书。但是随着病情的反复和加重，她看书的兴趣日渐减少，直到根本看不下去。我在整理她的书籍时发现，买来的书有一半以上还包在透明塑封里。给她订的两份青年报刊，也往往是草草一翻，又放回原处。

我想，也许能够走出家门的心笛在家"静"不下去了，不如因势利导，让她"动"起来，便征求她的意见，是否报个短期培训班。心笛提出要学钢琴，于是我在某钢琴城为她报了名，是那种"一对一"的教学。钢琴老师是个仅比心笛大一岁的女孩儿，毕业于某大学艺术系。

一听老师几乎和心笛是同龄人，我挺高兴。因为我让心笛上钢琴班的主要目的，并不是让她学到多高的演奏水平，而是帮助她去掉社交恐惧症，实现与人的正常交往。我把心笛的情况，包括身为母亲的愿望，如实与钢琴老师做了交流，得到了充分理解，她说：

"就让我做心笛的教师兼知心姐姐吧。"

然而,在上课的过程中心笛根本坐不住,动不动起身就走,三次课下来都是这样。这可愁坏了那位"知心姐姐",此时她才知道,自己根本无法走进心笛的内心世界。本来嘛,人家是教钢琴的,又不是心理咨询师。教务老师不得已打来电话,劝我说:"要不缓一段再让孩子来学吧。"

有一段时间,歌厅、电影院、剧场等娱乐场所成了心笛主要光顾的地方。唱卡拉OK一点就是几十首,但是没有一首能够从头唱到尾,常常是一两句,甚至前奏还没完就切断。虽然预约一小时,但往往刚唱三四十分钟,她就突然丢掉话筒说:"我不想唱了!"还没容我反应过来,她已"弹"出了包间。无论看电影、话剧,还是听演唱会,甚至听相声,她都时常毫无征兆地起身就走。

一次,在一家VIP影厅看电影,心笛又坐不住了,说要"走动走动"。不一会儿,我看到荧幕上无端出现了一个手影,回头一看,是心笛站在放映机打出的光柱前,正高举着右手比画。

我晕!

联想到以前和心笛一起看喜剧片,我笑得声音大了点儿,她都会用胳膊肘顶我一下,现在的心笛难道只剩下外壳了吗?幸亏影厅里加上我和心笛只有六个人,而那四人又是两对情侣,注意力根本没在电影上。

一向沉静内敛的心笛突然变得无端焦虑、紧张、害怕,动作迟疑,还常常一个人喃喃自语,你问她在说什么,回答却都是"没什么"。过去双手那么灵巧的她,如今却总是拿不住东西,吃饭时饭菜常掉到桌上、地上。手机、眼镜等随身物品更是时常落在所到之处。我先后为她配过四部手机、两副眼镜。她还丢过三把钥匙，为防万一，我只得一次次更换防盗门的锁芯……

第三章

"断层"的母爱

女儿眼角的泪

在婚后七八年里,我总觉得自己像在做梦——我怎么会有这样的好福气?真是想什么成什么,家庭幸福、事业顺利、孩子聪明可爱……由此带来的成就与满足感,让我越来越自信并充满朝气。难道我前世做了什么积德行善的好事,今生得到了回报?总之,我知足了,至少直到那个时候为止,没有留下什么遗憾,每一步都按自己的预定目标走过来了。当时,曾有同事半开玩笑地对我说:"姐呀,你不能再顺了,要不都没我们活的道儿啦!"

共青团的专职干部流动性大,1994年初,我面临"转业"。单位领导通知,安排我作为公派研修生,于当年年底赴日本一家商务信息学院学习企业管理,为期一年。

得知这一消息,我不禁喜忧参半。公派出国,这是多少人梦寐以求的机会啊,没想到这样的好事竟落在我头上。如此充电一年,回国后的工作选择面无疑也会更宽。可转念一想,心笛刚刚七岁,我一下子离开这么长时间,她接受得了吗?

让我感到欣慰的是,对于我公派出国这件事,不仅方毅,我母亲和婆婆也都非常支持。公公在前一年刚刚去世,婆婆表示可到我们这边来住，帮忙照顾心笛。母亲也说，寒暑假的时候把心笛接到她那儿住几个月，一晃一年不就过去了？

唯一不高兴的是心笛。从这事定下来她就不怎么说话了。现在想来，她当时太小，不知该如何表达；她又太懂事，不愿让妈妈不开心。直到我出国前一天的那个晚上，心笛面对我精心做的一桌平时她最爱吃的饭菜，却紧咬双唇不动一筷，一大滴晶莹的泪珠挂在她的眼角。

我的心颤抖了："宝贝儿，想哭你就哭出来吧！那样会好受些，啊？"

话音刚落，她便放声大哭起来，很久都没有止住……

可我，还是硬下心肠，满脸是泪地走了。时至今日，心笛眼角的那滴泪，成为我脑海中抹不去的记忆。人们常常忽略已经拥有的而不懂珍惜，却很少想到一旦失去后的再难复得。

一年的研修生活在我对方毅和心笛父女的思念中度过。然而，回国后不久，在我的工作去向选择上，方毅和我出现了严重分歧。他希望我继续做公务员让生活稳定下来，而我心中并不愿意。尽管如此，我还是听取他的意见进了某机关。但不到一年，出国后已然"心野"了的我，一心想尝试学习企业管理的研修成果，还是毅然放弃"铁饭碗"，进了一家民营公司。对于我从公务员到打工仔这个"一落千丈"的选择，方毅无论如何也无法接受。有一段时间，夫妻二人常为此事发生龃龉。

一年后，在日本研修时认识的留学生小梅，陪她的导师阪本先生和其夫人来中国参观游览。这天，小梅因要带夫人去游览长城，便托我陪阪本先生去北京图书馆和历史博物馆参观。

一路上，让阪本先生感到惊讶的是，仅在日本学习一年的我，与他交流几乎没有语言障碍，尤其是他发现自己的两本专著已被北京图书馆收藏，更是心情大好。临回日本前，阪本先生主动提出，如果我打算继续前往日本深造，他愿意做我的担保人。

回到家，我把这事告诉了方毅，却意外地得到了他的赞同。这是为什么？他说，宁可支持我到国外"充电"，也不愿意我在国内"冒险"。

听方毅这么一说，我不觉得奇怪了。回想他从部队转业前已是营级，立过三等功，还曾被评为军区优秀政治教员。因为他的优秀，先后有三四家企事业单位向他发出了邀请。其中一家旅行社还表示愿意给他留出副社长的位置，但他都表示不予考虑，一心想进国家机关。他报考国家某部委，凭借实力，层层过关，最终如愿以偿。

至此，我初步找到了与方毅在人生观上产生严重分歧的原因。他只认"铁饭碗"，也许当年主要为这才看上了我，我却轻易从政府机关辞了职。也许在方毅看来，他的理想已经实现，而我却放弃了最理想的工作，实在不可理喻。

"你让她回来！"

我的大学文凭是边工作边完成的"夜大"，其中的含金量自己最清楚，因此我只把它作为继续深造的阶梯。而与阪本先生的偶遇，促使我做出了人到中年后的一个重大抉择。

吹熄自己四十岁生日蛋糕上的蜡烛，我向父母、妹妹们郑重宣布："我决定自费去日本留学。"他们异口同声地惊呼："什么？！"与两年前我出国研修时的态度形成了强烈反差。

母亲语重心长地对我说："你回忆一下，从小时候到现在，你追求理想和梦想，我都是百分之百支持你的。即使你做了妻子和母亲，出国研修我都没阻拦，因为那次时间短，又是公派。后来，你辞职离开政府机关，方毅就已经和你闹得不可开交了。现在，你又要丢掉工作自费去留学，而且一走好几年，你就不挂念心笛？不担心方毅？我觉得你这次的决定过于草率了，还是先冷静下来，好好想想吧！"

然而，由于我的担保人尽心办理，不久，我的日本"在留资格"批下来了，生米俨然已煮成熟饭。

临行前一天，我独自做着赴日前的最后准备。打开衣橱蓦然发现，在衣服最上面放着一套崭新的围巾和帽子。几天前，方毅陪我购买出国用品，这套大气时尚的黑白格围巾、帽子吸引了我的视线。拿起来一看价格，嚯，四百八十元！我什么也没说，把它放回了原处。没想到，方毅悄悄把它买下了。他的有心之举让我鼻子一阵发酸……

我边收拾衣物边暗自思忖：这次出国的决定是不是如母亲所言过于草率？夫妻关系又该怎样维系？父母已年迈，心笛又已经进入青春发育期，自己一走三年，这个家方毅一人能不能撑起来？更重要的是，这次和1994年的公派研修可不一样，是自费留学，学成之后的路又该怎样走？

想到此，一股无助的感觉油然而生，收拾衣服的手也越来越无力。我索性合上箱子盖，仰面瘫倒在床上，对着屋顶大声向自己发问：你这是图的什么呀？！

两行清泪顺着腮边潸然而下……

在机场告别时，我强装笑脸，提出要和心笛拥抱一下。只听她"嗨"了一声，意思是你怎么这么婆婆妈妈的呀。和三年前相比，心笛俨然潇洒了很多。但，是吗？

不久，我在日本收到了母亲的来信，提到心笛与我分别时的表现，她写道："是心笛感情不丰富吗？不是。你动身的那天早上，她睁开眼的第一句话就是'我要去机场'。她发自内心地舍不得你走，同时又不想让你难过，这一点连成人也是很难做到的。我担心的是，谁的爱也代替不了母爱，你这样做，对心笛的成长有好处吗？"

母亲的话在方毅那里得到了证实。他在来信中告诉我，送我走后的当天晚上，心笛边哭边晃着他的肩膀："你让她回来！让她回来！"

如今反思我当年的举动，母亲提醒的各种后果我不是完全没有想过。但是，一想到日本大学不会接收四十岁以上的留学生，而我仅有三个月就要越过最后这道坎儿。是一种前所未有的紧迫感，让我义无反顾地再次走出了国门。倘若知道我这次出国将以女儿的身心健康为代价，我是无论如何也不会一意孤行的。然而，这终究只是如果……

从留学第二年起,敏感的我发现,每次家中来信,方毅的话渐渐还不如心笛多了。再后来,这足以"抵万金"的家书越来越少。

我在给父母的信中写道:"方毅近半年没来过信了,但我理解他,工作和家庭的压力把他拖累得够呛。只要他和心笛一切都好,我也就放心了。给自己放'单飞'的我,无论是对父母的尽孝还是对家庭的尽责,都是失职的。一个中年女人最应尽的责任我没有尽到,还让您二老为我担心牵挂,这是身为女儿永远歉疚的事情……"

2000年寒假回家,第一晚,我洗澡时让方毅帮拿一下浴巾,只听得浴室外面"唰啦唰啦"动静挺大,盖过了我叫他的声音。待我走出浴室,只见方毅已在客厅里摆上了一张折叠床。

"你这是干什么?"我不解地问。

"你别介意啊,我想,你还是明天去医院做个检查吧。"方毅边往折叠床上铺被褥边说。

"检查?什么检查?"我还是一头雾水。

"嗯……你刚从国外回来,还是检查一下为好。"

我明白了!立时,一股从未有过的屈辱感,像无数条小蛇侵入我全身每一根神经,我不禁捂着脸失声痛哭起来。

方毅立刻心软了,抱着泪人儿般的我一个劲儿赔不是:"对不起,对不起!我不是有意伤害你。我是怕你走了以后,就我一个人照顾心笛,如果我再有个闪失什么的,孩子可就惨了……"

我伤心欲绝,感到遭受了巨大的人格侮辱,更看到了我们夫妻间的裂痕。

之后我又无意中发现,寄给方毅的照片被他塞到了书桌抽屉的最深处,我的心不禁倏地一沉。回想我研修那年给他寄照片,他在来信中写道:"照片上的你神采奕奕,皮肤光泽,美丽动人。我把你的照片放在床头,每天都要看几遍。我很想像往常一样听你'侃',躺在床上与你谈天说地……"而今,这是怎么了?

女儿出离的变化

在1998年到2001年我留学日本的三年时间里,心笛完成了从小学升入中学的过渡。其间最让我欣慰的,莫过于收到心笛来信时的那份喜悦,它总会让我暂时忘记眼前的困境——

妈妈:我要告诉你一个好消息,我在英语考试中得了两个100分,语文、数学考试也都得了100分,体育课跑步还得了两次第一名,平时作业还得了很多小红花。现在我是小队长和英语课代表,还有,我们班黑板报的字是我写的,这是学校的事情。我寒假还要考长笛二级。今天就到这里。再见!等等,还不能再见,下一步我准备当中队长,再见!

四十一岁生日当天,我收到了心笛的贺卡:"妈妈:祝你生日快乐!!!并祝身体健康、万事如意、心想事成、年年有余、梦想成真、岁岁平安、恭喜发财、兔年行好运、大耳有福。我再接着祝你天增岁月人增寿、家和万事兴。盼你早日归来!"

从2000年起,心笛开始通过"伊妹儿"经常与我在网上对话。

妈妈：我给自己起的网名就是"心笛"。因为如果起其他的名字很容易被别人占领。于是很多人都和我聊天，我不得不聊。嘻嘻！

我要告诉你一件事，那就是非非（外婆家的爱猫）现在特别喜欢喝光明牌牛奶。如果它想喝奶了，就会在阳台上的碗边一直蹲着等，直到喝上奶为止。它蹲着等奶喝时的样子，真像个猫钟。哈哈！

通过心笛的一封封邮件，我得知嘻嘻哈哈的她升入初中后始终保持全班前三名的好成绩，嘻嘻哈哈的她还同时拿下了中央音乐学院和中国音乐学院两个长笛九级。原来，在我刚刚出国不久，心笛就在方毅的陪伴下，向某乐团首席长笛演奏家学习长笛。父女俩每周都有三个傍晚要赶去长笛老师家，就这样坚持了三年。

得知女儿如此健康快乐地成长，我曾一度在日本学习得非常安心。为了能顺利完成学业，同时也利用暑假多打点工给家里挣些钱，我一年只回家一次，每次回家的突出感受是心笛又蹿出了半头。

终于熬到2001年4月毕业回国。又是一年不见，这一年心笛竟发生了让我始料不及的变化：已经十四岁的她留起了男孩儿头，还不肯穿胸罩。肥大的学生装掩盖不住小姑娘青春发育期的明显特征，尤其是到了夏季，薄薄的学生T恤让她的身材显露无余。看到心笛又在里面加了一件居家T恤，我问她："这么穿多热啊，为什么不穿胸罩呢？"她的回答让我大跌眼镜："我是男的！"

直到这时我才明白,为什么心笛对我给她带回的少女装看也不看。而1995年我研修回国时,心笛面对我给她带回的衣物可是手舞足蹈的啊!

当时,我带回的大包小包中,有好几件是从特价集市买给心笛的童装,还有日本朋友送给她的头饰、围巾什么的。看到这些五彩斑斓的衣服和饰品,心笛兴高采烈,件件爱不释手。其中最喜欢的要数那件红黄蓝三色的半身短裙,还有一件领子上镶嵌着流苏花边的蓝色短袖套头衫。当晚,心笛穿着这身"演出服",为"凯旋"的妈妈和辛苦一年的爸爸表演了一场"心笛个人音乐会"。只见每表演一个节目,她都要更换一下头饰或围巾,一曲连一曲地唱着《采蘑菇的小姑娘》《春天在哪里》《种太阳》《我是一个粉刷匠》……

一个曾经如此爱美的小姑娘,今天突然对我说她是男的,这是何等巨变!

没过两天,心笛又突然对我冒出一句:"我真希望自己变成男的,再比现在大上十岁。"

这话让我如堕五里雾中,不禁问她:"为什么?"

"那样儿,我就可以娶音乐老师为妻了。"

我目瞪口呆。

创业败走麦城

回国后,我一时半会儿还没有考虑好做什么。心笛马上要中考了，我决定集中精神，帮助她渡过这一关。

学习上，心笛秉承了方毅理科方面的天分，数学成绩尤其好。文科方面虽然也有些我的悟性，却说不上喜欢，因此落实到学习成绩上与理科总有一定差距。

我与心笛确定了争取考上市级重点中学的目标和学习方案，理科自修即可，文科由我协助她做练习。那段时间，我每天都要督促她做几页习题，写一篇小文。其中一篇短文的题目是《奔跑》，有几句话我至今记忆犹新——

我始终认为，我的一生会在奔跑中度过。"你跑得快，有人比你跑得更快。安于现状不可能进步，否则你只会在奔跑中被淘汰！"父亲的话如惊雷爆在我耳边。那时，我正满足于自己的学习成绩，少了惯有的危机感与压力。父亲的一席话喝醒了我——我注定要奔跑一生！奔跑在荒境中，奔跑在荆棘丛生的路途上，在奔跑中享受人生的收获……

读着心笛的这篇短文，我眼前仿佛出现了一只在草原上狂奔的小角马。尽管已大汗淋漓、筋疲力尽，却片刻不能停息。孩子，你太累了啊！感叹之余我发现，文章主题鲜明、文笔流畅、层次清晰，这让我对心笛的文字表达能力刮目相看。

文科都归我管。我不懂英语，心笛默写英语单词时，采取我念中文她写英文的做法，正确与否由她自检。我发现，经她检查发现错误的单词会记得更牢。

中考结果出来，心笛的语文和英语成绩居然排在了数理化的前面，她顺利考入了一所市级重点中学。直至此时，我才有了些扬眉吐气的感觉：留日辛苦钻研数年的教育学没白学，在心笛这里终于初战告捷。

陪伴心笛考入重点中学后，我想先调整一下再说。

看到家里一台别人送的窗式空调太旧了，一开机噪声大得像打雷，把电视机的音量调到最大都盖不住，就想换一台。那年夏天，几家主要的电器商家在搞"空调大战"，价格比着往下降。我跟方毅提议说："趁便宜买台新的吧？"方毅却不同意，说："旧空调使了这么些年，我和孩子不也照样过来了吗？"随后，又冲着在家"吃闲饭"的我来了一句："总不能坐吃山空吧？"我只得放弃。

那段时间，我最怕方毅白天往家打电话，只要我一接，他就会问："怎么？还在家养膘呢？"

我再也不想继续忍受这份刺激，于是，在认真考虑之后，决定筹办一家外语培训中心，专为出国人员提供短期速成培训。很快，凭借归国留学生的身份，通过"绿色通道"，我用和朋友共同出资的十万元人民币注册了一所成人中等学校，并以最快的速度拿下了营业执照。

这个培训中心算上我仅有三名成员，其中一人是曾与我一同赴日研修的林子，由我们二人担任培训讲师。

我们把合作方瞄准了一家出入境公司，这家公司主要是面向日本派遣技术研修生。

得知我是从日本归来的教育学硕士，这家出入境公司表示，很愿意与我们培训中心合作。具体合作方式是，由他们与日方联系派送技术研修生指标,并选送三十名农业技术研修生候选人,来培训基地接受了为期三个月的日语培训。

终于,日方中介代表要来面试了。我和林子对学员进行了整整三天的强化训练,每个人必须熟练地用三分钟时间做自我介绍,并且能够回答假设日方有可能问到的问题,包括生活、工作和日本风土人情,等等。

面试结果出来后,三十名学员全部通过。我和学员们逐一拥抱,任喜悦的泪水肆意流淌。第一期培训班圆满结束,我和林子与学员依依惜别,对他们说:"时刻等待着你们出国的好消息。"

然而,就在我们着手筹备第二期培训班时,却从那家出入境公司传来了令人难以置信的坏消息,日本厚生省(劳动部)根本没有批准过所谓"农业研修生派遣计划",该项目纯属日方中介代表的一厢情愿。这意味着,我们前三个月的一切努力付诸东流。如同辛苦孕育的婴儿,分娩时竟胎死腹中……

这次"乌龙事件"导致的直接后果是,我们培训中心损失的不仅仅是这三十名学员的学费收入,还要支付培训基地三个月以来的房租、水电费、伙食费,等等,合计人民币近十万元。我回国后的首次创业,以失败告终。在日本三年辛辛苦苦攒下的那点积蓄全部赔了进去。

第四章

家庭"塌方"

婚姻之塔轰然倒塌

是创业就有可能失败，我有思想准备，这样的失败我也担得起，但该怎么向方毅交代呢？

尽管百般纠结，我仍坚持夫妻间要以诚相见，便把来龙去脉照实对方毅讲了。当时我多想听到他的安慰呀，哪怕一句也好！不想，方毅半晌不语，突然，他把脸转向心笛："宝贝儿，你见过智商这么低的人吗？"说完，摔门而去。

我无地自容。带着满心愧疚，我抬眼去看心笛，发现方毅的话好像没有引起她的共鸣。她虽然眼睛对着电视，却不时用眼角"扫描"我的脸色。女儿的沉默不语和善解人意，让我心里更加难过。

2003年年初，一个从韩国留学归来的闺蜜告诉我，一家国际组织正在大量招聘"海归"，协助做一个即将在南方召开的国际会议的组织工作，约我一起去报名面试。结果，我俩被该机构暂录为试用人员。好在那时心笛住校，我开始奔波于北京与海南之间，一门心思地忙着这一会议的筹备工作。三个月后，大会如期召开并圆满结束。但是，辛辛苦苦忙活了几个月的我们，出路却没了下文。

经多方打听才知道，这家成立不久的国际组织高层"大换血"，原来准备录用的我们这些试用人员都不在考虑之列了。

不是正式聘用，更没签订过劳动合同，因为当初面试我们的人说得明明白白，只是"试用"。这一事件，让我和当初一同接受面试的闺蜜吃了个大哑巴亏。

在日本留学的一道道难关我都闯过来了，回国两年内却连续"败走麦城"，我士气大挫，身体和精神都饱受重创。有时干着干着家务，我会无缘无故瘫倒在地；更记不清有多少个夜晚哭哭笑笑，流泪至天明。幸亏心笛住校，不然，我当时的情绪肯定会对她产生不好的影响。

我知道，连续的"败走麦城"，让方毅彻底看不起我了。我没有一个失败后可以躲避一下、舔舔伤口的港湾。看着我一蹶不振的样子，方毅不动声色地说："反正心笛住校，你还是回你妈家待一段吧！"

我知道，他这是烦了我。我更知道，若不走，他会更烦我，对夫妻关系更没好处，也许分开几天反倒好些。我只好伤心欲绝地回到母亲家，那时的我，真像一只"丧家犬"。

在母亲家住了将近一个月，方毅既没有来电话，也没有接我回家的意思。除去每天帮母亲做饭，我一周去一趟学校看看心笛。至于方毅，我想得更多的是，既然他不愿面对我，我也不想看他的脸色度日。

在我和方毅结婚十七周年纪念日那天，母亲对我说："今天的日子特殊，如果你还想和他继续过，我劝你还是回去。毕竟你们是这么多年的夫妻了,他又是爱孩子如命的人……"

傍晚,我打起精神回到家中,做了一桌子饭菜等着方毅。时针指向7点、8点、9点……马上10点了,门外没有任何动静。

一个月以来,方毅电话也不打一个,本来我想跟他较较劲儿,可看到这么晚了,出于担心,我还是拨了他的手机,被告知关机。我想,也许他回婆婆家了吧,于是把电话打过去。婆婆告诉我:"小毅没过这边来。"

莫非把我打发回娘家之后,他常常夜不归宿?我知道,我们的婚姻走到头了。整整一夜,我在胡思乱想中度过。

第二天上午9点左右,随着一阵窸窸窣窣开锁的声音,方毅进来了。

"我等了你一夜,你去哪儿了?"我尽量保持平静。

"你还管我去哪儿?像你这种女人,根本就不该结婚!"方毅看也不看我一眼。

"你,你说这话是什么意思?"我的头像被击了一记重拳,立时一阵眩晕。

"打从结婚起,你就没安生过,恕不奉陪啦!"他呼的一下往床上一躺,背冲着我说。

"你想怎么样?你有没有考虑过孩子?"想到心笛,我的质问里不由得带上了哀求。

"正是因为孩子,我才决定这么做。凭我一人这点儿死工资,供孩子可以,养活不了大人!"方毅放出了狠话。

我原本还想尽量给女儿保持一个完整的家,现在看来,已经完全没有可能了。我忍住眼泪,一字一顿地说:"好,我不再拖累你，你走吧！"

方毅立马回了我三个字："好，我走！"迫不及待。

一气之下的草率，我和方毅辛苦垒砌的婚姻之塔，被一个"浪头"瞬间冲刷得无影无踪。

数天后，我们到区法院办理了离婚手续。鉴于我当时的经济状况，经协商，法院将心笛的抚养权判给了方毅。

离婚当晚是个周末，心笛独自从学校回到家里。显然方毅已跟她说了什么，只见她一语不发，拿出忙于学业一直顾不上玩的跳舞毯，一段连一段拼命地跳；又打开多年不弹的电子琴，弹了一曲又一曲，直到街坊敲门说："这么晚了，明天再练吧！"

心笛被方毅接走了。他没有进门，只在外面等候。我帮心笛背上衣物和书包，默默地看着她，泪如雨下。出门前，心笛看了我一眼，那眼神却冷漠得像看一个路人。

这一去，心笛就很少过我"这边"来了。

留学的艰辛，创业的失败，婚姻的解体，没有经济能力的妈妈连孩子的抚养权都得不到……一夜之间我变得一无所有，眼前的世界一片黑暗。而我又想：即便我有经济能力，女儿就愿意跟着我吗？在她眼里，爸爸是英雄，妈妈是失败者，我又是一个怎样失败的母亲？

我把自己关在家里整整一个月没有出门，终日躺在床上以泪洗面，甚至哭笑无常。当痛苦得难以自持时，一向自信的我，竟一度迫切地希望自己疯掉，以解脱这"不能承受之重"。

然而，不是谁想疯就能疯掉的。遭受如此打击，居然没有发疯，我真可以为自己神经的坚强自豪了。求疯不得，毫无酒瘾的我曾经一口气喝下大半瓶红酒，试图用酒精麻醉自己。

因为想心笛，我整日魂不守舍。一天，我买了她最爱吃的零食去"那边"看她。

敲开门，一看是我，心笛立刻把已经半个身子进屋的我拼命往外推："你走，你走！"

我只好把食物放在大门的把手上，悻悻而去。

"那边"没有座机电话，每次打方毅的手机，只要是"您拨打的电话暂时无法接通"，我就开始坐立不安。一次，都到夜里12点多钟了还是无法拨通，我实在放心不下，打车赶到"那边"去。按门铃后，被惊醒的方毅带着睡意说："心笛早就睡了……她挺好……刚刚手机没电了。"

夜深人静，孑然一身的我在无边的长夜中，默默承受着难以言表的孤独和悔恨。

那时，人们对抑郁症还没什么概念。我没去医院，只在附近药店里买了一瓶逍遥丸。那段时间，母亲和两个妹妹轮流过来陪我，为让她们不再为我操心，每次见面我都强打起精神。终于，有一天我再也忍不住了，哭着对母亲说："妈妈，都怪我当初不听您劝，坚持出国，结果把家丢了……您说我吧，骂我吧。无论您说什么、骂什么，我都听着！"

母亲疼爱地抚摸着我的肩膀："傻孩子，你和方毅走到今天，不全是因为你出国。其实我早就有感觉，你们不是一路人。如果你不出国，也许会离得更早。向前看吧，妈妈懂你……"

知女莫如母，母亲的一席话一下子点醒了我。不久，通过报名考试，我在一家外企服务公司找到了一份临时教日语的工作。一忙起来，半瓶逍遥丸还没下去，我居然恢复正常了。

强"女"所难

临近心笛高考的两个月，方毅为了让她能够考入理想的大学，图"双保险"，竟为她报了五六所重点大学的长笛特长生考试。

结果，心笛手握长笛，"走马灯"似的转战于各个重点大学的特长生考场，而大量的考前复习被挤得只剩了应付。这样的做法，我并不赞同，但我知道时为时已晚。果然，高考成绩下来了，心笛只勉强过了"一本"分数线，可供选择的几所学校大多在外地。方毅认为，与其去外地上学，不如直接到国外留学。

他给我打电话，说了以上想法。我对他说："其实，一次高考失利还可以选择复读。以心笛的基础，只要发挥正常，完全可以迎头赶上。不一定非要出国留学。"可这些话方毅完全听不进。他说："就这么定了，你准备学费吧，你我各出一半。"

事已至此，我和心笛父女俩一同来到一家留学咨询公司。凭借高中毕业的全优成绩，这家咨询公司的俄罗斯部对心笛很是赏识。向我们介绍说，俄罗斯教育部新推出一个"公费国际留学生"项目，学费大部分减免，住宿费和医疗保险费全免，每月还有一定的生活补助，只缴纳部分管理费。他们表示，愿意为心笛提供这样的机会。

咨询中我发现，全程只有方毅在向咨询员问长问短，心笛始终低着头，一言不发。

从这家公司出来，我悄悄对方毅说："心笛好像不太情愿啊，你最好别勉强孩子。"

然而，方毅自认为这是难得的机遇，根本听不进我的话："没问题，对心笛，我心里有数！"那口气，就好像心笛是他一个人的，他可以全权做主，压根儿没我什么事。

我看看心笛，她还是一言不发。她真的愿意吗？她做好了出国的思想准备吗？她知道人在他乡的孤独寂寞与种种艰辛吗？在日本留学三年，我可是深有体会啊！现在想来，我当时怎么就没好好跟她谈谈再做决定呢？我知道，是她冷漠的、拒我于千里之外的眼神阻止了我。

倘若不因离婚后持抚养权的方毅把孩子当成自己的私有财产，父母二人依然给孩子一份完整的爱，这么优秀的女儿至于考不上国内的一流大学吗？又至于以这样的心态出国留学吗？"覆巢之下无完卵"，父母离异导致的家庭"塌方"，伤及最重的是孩子，我算是真真地体会到了。

事情就这么定下来了。可接下来的事情让我犯了难：心笛赴俄留学虽然名义上是"公费"，但还有三分之一的自费部分，加上预科一共五年，需要一次性交清人民币十二万元。再加上办理留学的手续费、机票费和到俄罗斯之后的生活费，我粗算了一下，总计约十八万元。我和方毅AA制，一人负担九万。

2002年，我办公司赔光了全部积蓄，后来找的那份在外企做双语教学的兼职教师工作，很不稳定，还要上交百分之四十的讲课费。三年下来，存款只有两万元，还差的那七万可怎么办呢？

关键时刻，又是父母和两个妹妹向我伸出了援手。当母亲把凑齐的钱递到我手上时，我百感交集……

女儿的留学之路

2004年9月，心笛赴俄罗斯圣彼得堡某知名大学留学，第一年为预科。为与她保持联系，出国前，我为她办理了手机"全球通"。心笛赴俄罗斯第一天，傍晚我给她发出了短信。可左等右等，也不见回音。等得那股难受劲儿啊，如百爪挠心一般。忽然，短信铃声响起，我立即打开手机，却见是方毅转来心笛发给他的短信，就两个字："到了。"无论发给谁，只要知道心笛一切安好，我也就放心了。第一年，心笛发来的几乎是清一色的喜讯——

2004年11月10日
今天每月一次考试我得了5分，一共一百道题，老师说了很多遍"麻辣介刺"(俄语"好样的")。

2004年12月31日
我这月的笔试得5分，且全班只有我得5分。

2005年1月19日
我期中数学和俄语考试都得了5分。数学我是全班最高分。

2005年2月21日
今天上机做一级模拟题，阅读部分都对了，应该没问题。语法部分早已没问题。

2005年3月30日
今天是真正的淘汰赛，我得5+。

2005年4月12日
俄语一级通过了。

虽然不指望心笛来信，但每次收到方毅转发的短信，我都无比欣喜地给心笛发上一条"麻辣介刺！"我的女儿我知道。我相信从小心地善良又通情达理的女儿，绝不会永远转不过这个弯儿，当妈的何必计较？我明白，一个明智的妈妈，任何时候，也不能切断与孩子沟通的渠道。

心笛临出国前，我教她学会了焖米饭和几道家常菜的做法。八个月过去了，我再次试着给心笛发出一条短信，问她平时常做什么菜。也许是我的关怀软化了她的心，这一次，她居然回了信息。看过之后，我笑翻了——"秃豆丝（土豆丝）、黄呱激弹（黄瓜鸡蛋）、弹吵翻（蛋炒饭）、诈击弹（炸鸡蛋）"。看到她心态如此之好，我不禁心花怒放！

一次，心笛直接发短信问我："西红柿炒鸡蛋，是不是先把鸡蛋放进锅里炒，再把西红柿倒进去就行了？"

我眼前仿佛出现了心笛已经点着火，正往锅里倒油，顿时油烟四起的场景，于是赶紧给她回短信："对对，你赶快把鸡蛋放进锅里吧！"

不负"江东父老"之望，一年后，心笛以优异成绩顺利考入那所圣彼得堡知名大学，初步选择主攻金融信贷专业。

然而，正式入学成为一年级新生不久，她的短信却渐渐转成了"降调"。

"班里有三十多名学生，只有我一个中国人。"

"现在只有数学课能听懂了。"

一天，她给我和方毅分别发来这样一条短信："我想转经济管理系。金融信贷专业太难了，听说至今还没有中国人从这个系毕业的。"

我回短信鼓励她："我在日本留学时学的教育专业，把有些日本人都曾经吓退过。人过中年的我都能拿下它，名次还排在某些日本学生的前面。你刚去俄罗斯不久就被老师常夸'麻辣介刺'，肯定有你的独到之处。你当务之急是过好语言关，不是换专业。没有中国同学更有利于你学俄语，与同班、同宿舍的俄罗斯同学多交流，相信你会渡过这一关的！"

看到心笛没有回复，我又发出第二条短信，进一步谈自己的切身体会："过语言关要'听说读写'一齐上。宿舍里的电视时时打开，常到校图书馆看俄文报纸，要让自己成为'话痨'，逮谁跟谁聊。坚持用俄语写日记，向老师、同学请教，经他们修改过的句子肯定会收到'想忘都忘不掉'的效果。照此学下来,不出半年,包你语言呱呱叫!"

当天下午,方毅也连着给心笛发了数条短信,同时一一发给我——

"人生能有几回搏?能得到常人得不到的机会,能挑战一般人做不了干不成的事情,超越极限,打破禁区,实现自我,既证明了自己,又为国人争气。'如果不想挑战天空般的高度,你将永远不能摆脱在地上爬行的命运。'金融信贷专业还没有中国人毕业的原因有很多。如:以前学此专业的人少,素质不高,很多优秀的年轻人去英美国家留学了……现在不同了,像你这样有素质又聪明的年轻人,到俄罗斯去学习的越来越多。相信自己,不试不挑战,怎知自己不行?"

轮番的苦口婆心,换来心笛的回复依旧:"我还是想转经济管理专业。"

看到心笛如此"执迷不悟",方毅又一次发短信给心笛——

"具体分析起来,经济专业没有物理、化学那么抽象深奥,数学又是你的强项,目前摆在你面前的主要困难是语言,但对留学生而言,这个困难学任何专业都会遇到。宝宝:胆子大一些,勇气足一些,相信你会创造别人不能创造的奇迹。爸爸希望你以此为动力,激励鞭策自己,而不要让别人的一些话影响你的方向,动摇你的决心。走自己的路,让别人去说吧!宝宝,你能行!"

这条短信之后,我没有再接到过方毅转来心笛的回信。以为她对转专业的事想通了。

后来,我收到心笛的手机话费通知单时才明白,方毅在心笛坚持转专业那两天,看到发短信劝导不能奏效,于是干脆给心笛打了国际长途过去劝说。父女俩对话的内容我无从知晓,只记得话费单上"国际长途"一栏显示的数字是"1700元"。

为了解心笛在俄罗斯学习生活的真实情况,2005年12月,我请了事假,专程前往俄罗斯看望她。之所以选择在最冷的季节去,是想亲身感受一下。

此时,心笛刚上大一不久。所住宿舍共三人,另两人都是俄罗斯学生,一个高她一年级,在上大二,另一个是已经三十岁的研究生。临近考试,二人回家复习去了。在心笛的小写字台上,我看到了她做的课堂笔记,非常工整。她告诉我,如果记得不全,就在课后跟俄罗斯同学借笔记,用相机拍下来。她还真有办法!

我的目光不由得转向另外两张床,只见床头上贴着她们的照片。大二女生是典型的俄罗斯美女,看上去十分养眼。心笛告诉我,自己和她处得不错。女研究生也很漂亮,不同的是,她怀中搂着一个七八岁的小男孩儿。

我不禁感叹:一位三十岁的妈妈带着孩子奋力读研,真不简单!就问心笛:"和这样一位大姐姐在一起,你很受关照吧?"

"你看看这个就知道了。"说着话,她从废纸篓里拿出一条条废弃的黄色胶带。

"这是什么?"我一时没明白。

"这么冷的天,我的床又靠窗,就用胶条粘上窗户的缝儿,可是,我前脚粘,她后脚就给撕下来,说是'不能通风换气了'。"

我贴近窗户试了试,果然冷风飕飕,就对心笛说:"现在她们不在,这儿就是你的天下。来,妈妈帮你粘上。"心笛笑了。

那两天正逢期末考试,每当我看着心笛步履轻盈地走出门,心中都倍感安慰,觉得她已经过了最初的不适应。

考试刚一结束,心笛便以翻译加导游的双重身份,神气活现地带我游览圣彼得堡主要景点。来到美丽的涅瓦河畔,但见粼粼碧水与周边的典雅建筑相映成趣,古风古韵的大小桥梁宛若长虹卧波。

第二天起个大早,心笛带着我赶到马林大剧院,买了两张票,观看芭蕾舞剧《胡桃夹子》。晚上,又去电影院看了正在上映的原版影片《色戒》。

一切看上去都再正常不过,但凭着母亲的直觉我发现,如同心笛的幼儿时期,她与我在一起时,无论去哪儿都非常轻松自如,可一旦接触起外人,立刻显得十分胆怯。

寒假到来,学生会组织大家去冬宫参观。几名学生干部特意来到心笛宿舍,请我和留学生们一起去冬宫游览。面对这样一个既能母女同游,又和校友团聚的好机会,让我怎么也没有想到的是,心笛竟然不肯和我一起去。

当天上午,来接我们的旅游车开到学校宿舍门前,任凭我如何劝说,心笛就是不肯出门。外面的车在一遍遍按喇叭催促,无奈之下,我只得一人跟车去了冬宫。

记得在我还上小学的时候,学校组织观看苏联影片《列宁在十月》。片尾列宁说的一句话"你们为什么还不攻打冬宫?",给我留下了深刻印象。今天,走进金碧辉煌的冬宫,留学生们像一只只快乐的小燕子,在各个展厅里欢快地盘旋。他们当中,却没有我心中永远的"小主人公"——我的女儿心笛。莫非她宁可躲在既不宽敞又不舒适的学生宿舍里，一个人咀嚼孤独？

心笛的这种状态让我很不放心。这天晚饭后，我对心笛说："这次妈妈亲眼看到，你来俄罗斯短短一年，这么快就适应了这里的学习和生活，我真的好开心啊！出门在外难免孤独寂寞，但是，我发现你总喜欢把自己封闭起来。去游览冬宫那天，我见到那么多中国留学生，难道他们当中就没有你愿意交的朋友吗？"几天来，聊起别的话题，心笛都很健谈，可一问起交朋友的事，她只回了句"我跟他们没话说"，就再没下文了。

结束探亲前一天，我买来了猪肉和羊肉，还有白菜、胡萝卜，接着便和面、剁馅，忙活一天，包了两百多个白菜猪肉和胡萝卜羊肉馅饺子。随后，我又拖着已经半边麻木的身子，用几乎快抬不起来的手，和心笛一起去敲宿舍楼里每一个中国留学生的门，请他们来一起吃饺子。

孩子们听说有饺子吃，高兴得直蹦高，纷纷拿来饮料、水果、点心、巧克力，搞起了聚餐。留学生会长还提出，为以全优成绩考入大学的心笛干杯。

我发现，平时在我面前滔滔不绝的心笛，此刻在众人面前却一言不发，甚至连头都很少抬。当有人提议以饮料代酒和她碰杯时，她用怯生生的眼神瞟了众人一眼，喝一口可乐，又迅速埋下头去。

"心笛，别这样，咱又不是新生，对吧？"

一个男生话音刚落，另一个女生接过话茬儿："是呀，你妈妈来看你，我都快羡慕死了。我妈对我可狠了，当初我死活不愿意来，是被她一脚踹上飞机的呢！"

"不回国,毋宁死!"

心笛读预科那年,自从她肯与我通过手机短信交流后,隔三岔五就会谈起有关回国探亲的事。仅2005年5月2日至9日,一周内发给我的短信,就有三次提到了这一话题:

2005年5月2日
预科生不放寒假,请假也不行,我要考××××大学经济系,难度很大。

2005年5月4日
今天得知中国学生可以请假,但我是公费生,要考××××大学,6月底还要单独参加一次很难的考试,所以学校不批我假。唉,真没办法!

2005年5月9日
我刚才去机场了,主要是测一下时间,这样等我暑假回国的时候心里就有数了。

尽管寂寞难耐,但从以上短信不难看出,在心笛内心深处,依然把学习放在首位,而且最终硬是坚持预科一年没有回国,说明她当时不仅具备很强的自制力,还有着难得的良好心态。而后来发生了什么?如果不是触及了底线,她怎么会轻易抑郁归国?

转眼到了2008年8月,心笛留学后的第三个暑假来临了。

利用这个假期，心笛和她的表姐结伴赴台湾旅游，参加的是大陆刚刚开放的台湾游首批旅游团队。

说起心笛和这个表姐的情谊，还要追溯到1998年我留学之前。考虑到心笛十一岁了，方毅一个大男人照顾一个半大女孩儿毕竟有不便之处，我就给她这个表姐打了电话，说妹妹还小，我出国这几年你多过来陪陪她，洗澡时给她搓搓背……于是，年长心笛七岁的表姐每周二和周四都来陪她。三年里，心笛与表姐的感情愈加亲密，还给表姐起了个亲切的绰号——"每周二四"。

就在这次赴台行期间，心笛姐妹俩结识了一个同行的北京小伙儿。一路上，小伙儿对她们这对姊妹花关照有加。

旅游结束后，男孩儿主动约两个姑娘去唱卡拉OK。心笛的音准让他非常惊讶。过后，特意出钱为心笛在歌厅录了一盘CD，对她说："知道我为什么要录下你的歌吗？除了你的歌声动听，还因为其中王菲的一首《红豆》，代表着我此时此刻的心情：'相聚离开都有时候，没有什么会永垂不朽。可是我有时候，宁愿选择留恋不放手。等到风景都看透，也许你会陪我看细水长流。'"

男孩儿开车送心笛回家，赶巧碰上正散步的我。他很有礼貌地下车和我打招呼，然后开车走了。心笛把刚录的CD放给我听，还情不自禁地对我说了句："那男孩儿的眼神真的好清澈！"

在我记忆中，这是头一次听到心笛评价一个年轻异性。听了她的话，我不禁心中暗喜。让我高兴的并不是她有可能交男朋友了，而是她的转变。打从十四岁时说过那句"我是男的"，七年来，没有一个异性人过她的"法眼"。

现在，心笛的目光终于被一个异性吸引，说明她已经开始挥别过去。我还发现，心笛这次从台湾带回很多头饰，在她抽屉深处搁置多年的胸罩也开始"浮出水面"。我趁热打铁，为她买了一件玫瑰红色的连衣裙，凹凸有致地把她的身材衬托得越发袅袅婷婷。

心笛回俄罗斯前，男孩儿还和她相约下次放假回来一起去学打架子鼓……

一年后，心笛暑期回国，还和我说起男孩儿跟她的约定。

一天，心笛收到了表姐给她送来的婚礼请柬，顿时喜出望外：快三十岁的表姐终于脱离了"剩女"行列了！她还嗔怪表姐，居然一点儿风声也没透露，玩儿起了"闪婚"。然而，看到请柬上新郎的名字，她立刻怔住了，正是那个"眼神清澈的男孩儿"！

原来，心笛回俄罗斯后不久，男孩儿又与心笛的表姐继续交往，二人日久生情。表姐自认为遇见了心目中的白马王子，于是，不顾自己比男方大五岁的年龄差距，主动向他提出了结婚的请求。

心笛把婚礼请柬撕得粉碎，又一次次独自前往那家卡拉OK歌厅，去唱一个人的KTV。我不想让她寂寞到底，陪她走进歌厅，听她一遍遍唱杨丞琳的《暧昧》——"暧昧让人受尽委屈，找不到相爱的证据。何时该前进何时该放弃，连拥抱都没有勇气……到底该不该哭泣，想太多是我还想你，我很不服气，也开始怀疑，眼前的人是不是同一个真实的你。"

如果说当初的"转专业事件"给心笛造成的压力是伏笔的话，那么这件事就是造成心笛最终休学回国的导火线。这个导火线我在相当长的时间里不敢去正视，现在我要直面这个话题——的确，心笛的病因有相当部分是初次闯入内心的情感受挫。她走出"性倒错"的迷惘时,已经是二十一岁的大姑娘了,第一个闯进她心中的男孩儿对她的影响力可想而知。然而,让她更为纠结的是,同时喜爱上这个男孩儿并最终嫁给他的,又是她情谊深厚的表姐!

马上要返回俄罗斯了,心笛对我说的最多的话是:"我不想回俄罗斯了","我现在什么事也不想做","除非你从美国给我买回能让人失忆的药"。可惜,当时我没有意识到问题的严重性,没有同意,还是硬下心肠,看着女儿闷闷不乐地上了飞机。

女儿内心的痛苦和纠结,当妈的何尝不知?但在当时,我唯一能够劝导她的只有一个理由:"还剩一年你就毕业了,失忆也许能够暂时让你忘却痛苦。但是,你所学的知识不也跟着付诸东流了吗?再坚持一下。妈妈挺你!"

对心笛这次回俄罗斯,我比哪一次都要牵肠挂肚。除了通过手机短信交流,每天一回到家,我做的第一件事就是打开电脑,看MSN上心笛是否在线。如果在线,一定会让她连上视频,这样,我就能通过她的表情观察到她情绪的变化。

这天,心笛像往常一样上线了。她向我提出,要从学校免费提供的宿舍搬出去租房住,因为同屋的那个女研究生每天都在破坏她的心情。

如果放在前几年,无论从安全还是经济的角度考虑,我都会劝心笛不要搬离学校宿舍。但此时我知道,心笛的心境已经低落到极点,内心异常脆弱,任何一点挫折对她而言都将无法承受。

我答应心笛马上就办。第二天,我兑换了一千五百美金,火速给她汇了过去。

心笛搬进新租的公寓。不久又听她说,邻居是一对同居的中国留学生，夜里整的动静大得捂着耳朵都不管用，待隔壁"偃旗息鼓"，她却开始彻夜失眠。

接着，心笛出现了上课迟到、不交作业的情况。前所未有的是，一直被老师称赞"麻辣介刺"的她开始被点名批评，起因是新学期开学后的第一次小测验，她连考两次都没有通过。

对着MSN视频，心笛向我发出最后通牒——不回国，毋宁死！

望着视频中心笛日渐消瘦的面庞和满脸的焦虑烦躁，又听她说得如此严重，我担心至极，恨不得从电脑那头儿一把将她抱进怀中！

万般无奈之下，我以学生家长的身份，向心笛就读的大学为她发出了暂时休学的申请。

"中国如果建一个教育博物馆，我肯定是子女教育失败的典型！"

这是心笛回国前发给我的最后一条短信。

第五章

为了爱的抉择

"焐"不热的女儿心

偶然间，我从电视上看到一期父母如何关爱襁褓中婴儿的节目。节目通过小测试让人们了解四个月大的孩子为什么总哭。比如，妈妈正在与婴儿嬉戏，电话响了，妈妈便与对方热聊起来。怀中的婴儿受到冷落，开始不停地晃动电话线，以提醒妈妈继续与自己游戏，发现这招不起作用，便大哭起来。

这个从内容上距我已相当遥远的科教节目，我看过之后却感慨良久：一个小生命，从他脱离母体的那天起，就渴望时时得到母亲的关爱，害怕遭遇冷落。这应该是人与生俱来的通性。

美国的抑郁症研究专家曾做过调查，婴儿四个月大时会表达高兴的情绪，九个月时会与人"交换"微笑。如果在这方面表现异常，就可能有抑郁倾向。

襁褓中的婴儿尚且如此，何况已初谙世事的心笛呢！

心笛赴俄罗斯半年之后，通过手机短信曾与我进行过如下对话。

"你当年为什么去日本留学？"心笛主动发问。

"本意是想中年之后换个活法儿。"

"你以前不是说为了实现你留学的梦想吗？"心笛显然不满意我的答复。

"是的，也有这个初衷。"

"你果然是个自私的人，用这个理由做留学的决定，本身就是自私的表现。因为你牵扯到了很多人，这不是你自己想做就可以做的。"心笛的言辞中充满积怨。

"的确，在你的成长期里我只顾去实现自己的理想了，最终没能给你一个温馨和睦的家，还造成我们母女间至今未能消除的误解。"我真诚地反省，以求得她的谅解。

"这是事实，非误解。"显然，心笛丝毫不肯通融。

之后不久，我做了一个梦——我打车经过一座立交桥，那是心笛幼年居住的外婆家附近，忽然看见了心笛，我连忙对司机说："师傅，快停车！"下车后发现心笛已走出五十米开外，于是我赶紧喊她。听到我的呼唤，心笛回过头来向我张望，却是十一二岁时的模样，留着男孩儿头，喜出望外又有些害羞地抿着嘴微笑……

醒来后，我发现泪水已把枕巾打湿了一片。在心笛最需要母爱的时候，我去追逐自己的梦想了。其间虽说一年回一次国，但来去匆匆，对心笛的印象几乎成了空白，连梦里见到的她都是幼年时的模样。心笛说得对，我不是单身者，而是人妻人母，我的一次次出国，的确"牵扯到了很多人"。

回想自己几十年走过的路，也可以算得上我们那个年代人的缩影吧——该上大学的时候去农村干活儿了；该结婚生子的时候和求学深造"撞车"了；想实现自我价值的时候，孩子的教育问题又摆在了面前。只不过多数人没有像我这样"逆生长"，在孩子最需要妈妈呵护和关爱的时期离开了她。心笛的话让我内疚，但她不知道，我们这一代人，又承载了怎样的时代重负，做出了怎样的牺牲。人生不过百年，谁不想活得精彩？妈妈不过是想抓住青春的尾巴啊！

心笛留学第二年暑期放假回来，我终于有了与她面叙长谈的机会。不是为自己开脱，而是想让心笛把心里话通通讲出来，期冀能够打开她的心结。也许是前期的短信交流做了铺垫，我的真诚恳切最终起了作用，心笛一口气说出下面一番话：

"你知道吗？上中学时每次开家长会，我都会羡慕身边坐着妈妈的女同学，尤其是看到其中一个妈妈正了正孩子的衣领，这个不经意的爱抚动作竟然让我想到，她要是我的妈妈该多好！"

这话如电击般震得我通身发麻，我握着女儿的手，良久说不出一句话来……其实，此时已不需要太多的语言，就让时间停留在我们母女手拉手的这一刻吧！

如今心笛休学回国已经一年多，无论我怎么做都"焐"不热她，即使在她既不躁又不郁的时候，也不忘见缝插针地刺激我：

"苏小明要是我的妈妈该多好，蔡明也行，我就叫苏三或者蔡心笛。反正我就是想换人。"

这话让我在郁闷的同时又多少有些纳闷儿，蔡明是"不老神话"的影视明星和笑星，心笛对她有好感不足为奇。可苏小明呢？早在1980年的"新星音乐会"上，她无疑是最耀眼的明星，但很快就出了国，回国后也不怎么唱了呀！心笛说："你看看《我的青春谁做主》,就会知道答案了。"

带着几分疑惑,我上网看了已经播过的电视连续剧《我的青春谁做主》,想一睹苏小明今日的风采,更要看看她凭借什么俘获了我宝贝女儿的心。

也许是对比反差造成的视觉冲击吧,当年那个台风极佳、温婉动人的苏小明,如今虽不失骨感美,但脸上已写满岁月的沧桑。她饰演的母亲杨尔是个女强人,为培养女儿李霹雳可谓操碎了心,倾其所有要把女儿送到英国留学。可不争气的霹雳没有考上剑桥大学,还花钱买了假录取通知书糊弄母亲,跑到北京偷偷办起了餐厅。真相败露后,母亲气急败坏,对霹雳实施了禁闭……

没看出杨尔哪点儿比我好,甚至有过之无不及啊。在男人眼中"媳妇是人家的好",莫非在心笛的眼中妈妈也是人家的好?

"忌妒"也好,"伤心"也罢,我最终认定孩子的感觉是试金石。苏小明饰演的母亲尽管望女成凤心切,但她大大咧咧、知错就改的性格很讨人喜欢,尤其到剧终还变得女人味儿十足。我明白,"脚下的泡是自己走出来的",打那以后,我发誓多站在心笛的角度从一点一滴做起。

女儿的《独活杂记》

"屋漏偏逢连阴雨"。在我立誓做个好妈妈,要全力帮助心笛渡过难关不久,却被一个跟斗摔倒了。

2010年春节刚过,上班途中,我在地铁站下台阶时突然脚下打滑，一下从六七级的台阶上重重地摔了下去，扑倒在冰冷的水泥地上，下意识支撑身体的双膝立时肿成两个大紫茄子。医生诊断是滑膜炎加髌骨软化，住院做了骨科手术。

骨科手术后，医生给我开了两个月病假，这让我得以在家"全天候"地陪伴女儿。

春节时，方毅送给心笛一个新手机作为新年礼物。闲来无事，我帮她从淘汰的旧手机向新手机转存重要信息，却意外发现了她到俄罗斯留学后，从2005年10月起，通过蓝牙写下的《心笛世界·独活杂记》。杂记是日记体，一段一段的，写在同一个文件里面，每段没有具体日期。通过这一段段的《独活杂记》，我看到了从没跟我打过照面的另一个心笛——

Word居然保存不了，真是太扫兴了！只好写在蓝牙里了。

《人间四月天》里最让我感动的是，徐志摩让林徽因闭上眼睛伸出手，当她睁开眼睛后，撒下了漫天的茉莉花，此时响起的背景音乐把气氛烘托得更加浪漫。我那时才感觉到，徐志摩是一个如此浪漫的人。他是个极其自由的浪漫主义者，但他不属于那个年代，他的爱情也不属于那个年代。一个与时代有隔膜的人，一生必定是痛苦的。

哈哈，真是什么人都有啊……不知从什么时候起，我逐渐养成了每天回到宿舍都要看一眼门口布告的习惯。那是任何人都可以贴告示的地方，那些信息多半是对你有帮助的，比如打印啊、复印啊，还有最最重要的就是卖中国食品的告示，总会让我欣喜若狂！就在今天，哈哈，一路踏着脏雪终于回到宿舍楼，我还是像往常一样向布告牌走去，从远处就望见告示牌上有一张新贴的纸，依稀还是中国字，于是我大步流星地走过去，结果让我爆吐——

"由于本人生活、学习不能自理，想找一个能和我吃住在一起并每天帮我补课的人，男女不限，工资面谈。"哈哈，还"男女不限"？哪个"女"会去呀？？真是什么人都有啊，想想就行了，居然还公开招聘，哈哈！唉唉唉！真是好笑啊！我想应该不会有人去应征吧。不过我倒也想找一个人来帮我排忧解难、传道解惑，但这位的做法也太露骨了一点儿吧。这是我独活生命中难得一次的悦感了。

唉，不过说真的，那个贴招聘告示的人要是个女的，我就去和她一起住，她肯定是和外国人住在一起，所以才会生活学习不能自理，我跟她正好可以做天涯同路人，哈哈！

我发现俄罗斯人的确是单纯，他们单纯得像小孩儿，想哭就哭，想笑就笑，不喜欢时就风雨骤变，善良时却傻得可以。其实这样也挺好的，不必压抑自己，强颜欢笑。

俄罗斯人的娱乐方式也很单一，音乐、电影和party是他们的消遣方式。我常认为，之所以国外人的生活都很单调，是语言贫乏的关系。语言丰富，情感和想象力就跟着丰富起来，然后就是创造力、幽默感、冷笑话、美文随笔……中国的语言博大精深，而中国文字的同音、象形等特质，使得人们的想象力有了更好的发挥，也才使得中国的文化如此丰富与神秘。所以我也越来越庆幸自己生在中国这样一个什么都丰富的国家。

寒假回去，想看看什刹海的雪，寻访每条胡同，听小贩的叫卖，过真正的年。好久没有踏访北京的冬天了。

其实心中有千言万语，只是不想提起，因为怕面对自己的时候那千疮百孔的心灵会承受不起。为了那忘却的纪念，我决定把我的千言万语都放在我的"心笛世界"。

好了，玩够了吧？疯够了吧？给我好好学习！！

最近的生活总算是丰富多彩起来了。好久没有这种只有在国内才能感受到的感觉了。

明天要上我最最头疼的俄语课，总之每个礼拜一和四就是我的倒霉日子！开"三国峰会"的感觉你会爽吗？我晕！！就我一个中国人！

唉，事情真是太多了，这么多事要等着我办，而且没有人能帮我。烦啊！我烦！！！

我想找一个男朋友，不是因为需要保护，也不是因为需要爱情，只是想找一个可以让我随时发泄的人。不知道我的男朋友会是什么样子？哈哈，能成为我男朋友的人会是什么样子呢？我这样一个"超不着调"的人。

生活越来越游刃有余，这才是我想要的生活。可以有自己支配的时间，不要像一只拼死拼活、受人摆布的棋子一样地过。

　　我喜欢幻想,经常幻想自己在"超女"的舞台上当独一无二的女主角,用"独我风格"夺得超级人气偶像。仔细看我的脸,其实是一张很有偶像气质的脸,这点我早有感觉。因为我这19年来,凡是一走进公众场所,所有人的目光都聚集于我一身,这就说明我一定具有一种独特的魅力!不同于一般人,这正是做偶像明星的必备条件!不过我要做偶像加实力派!哈哈,如果我参加"超女"海选,一定会把评委制服!!

　　哈哈,终于发现《新结婚时代》的DVD和"电驴"下载了。还有《我猜》《周日八点档》《张爱玲传奇》。放假回去一定要狂下一番!

　　我真的发现俄罗斯人都很单纯哎……
　　那天在地铁站等车,心是寂寥荒芜的,这种感觉已经和我相伴很久。
　　突然,一只手拍了下我肩膀。
　　我以为是朋友,诧愕地转过头,
　　没有人,一个身影从我身边掠过。
　　我只看到他的背影,是一个已年过半百的老人。
　　他是谁,我认识他吗?
　　但这双手,却让我感到无比的安慰和温暖。
　　也许,我和他并不认识,却有着相同的命运。
　　在这个世界上,在地铁、在车站、在街道……
　　人们互相注视的脸都是那样冷漠。

不用太多。有的时候，一句言语，一个眼神，
就足以使一片心的荒漠变成浩瀚的海洋！
完了，我得罪人了，我怎么就说不出来呢？
要相信这个世界上还是好人多的。

最近心情不大好，想回家想得快发疯，虽然知道这对我的学习会大有影响，但让我每次都把它像没发生一样地忘掉，我做不到。

在国外是不会有平等的！！这帮孙子！！

我现在最大的愿望是：乘时光机到宣布鼓励"计划生育"政策之前阻止它；班里突然插个中国人；我大一可以顺利通过，大学四年顺利读完；头疼赶快治好；跟我同宿舍的俄罗斯人赶快转学，然后搬进来一个，最好两个中国人，而且转学的是睡我旁边的那个傻子。

我才发现我是给点阳光就灿烂的极度善变的人。情绪低落的时候，只要稍给点温暖的画面，无限希望就尽洒眼前。

这个地方是多么无聊啊！寒冷的空气，稀疏的人群，荒凉的街道，恶狠狠的语言，怪诞而单纯的人。

我想念我的家人，我的朋友。我怀念那些阳光灿烂、春暖花开的日子。

是啊，我干吗要来这个地方？我要中国的物美价廉，我要香气四溢的小吃街，我要动画和喜剧，我要个性飞扬的韩服，

我要车水马龙的长安街,我要那些响在耳边的亲切而熟悉的话语……但这个地方只有寒冷的空气、冷冰冰的建筑和来自第二世界的怪异面孔。

常常怀念那些春暖花开的日子,那是多么快乐的时光啊!我怀念在游乐场里无忧无虑的嬉闹;我怀念在琳琅满目的服装城里漫步寻找我的标签;我怀念坐在电影院舒适的沙发上手捧爆米花、眼睛盯着大屏幕,散场后还可享用一顿丰盛的大餐;我怀念冬天放学后的黄昏,空气中夹杂着从各家各户飘出的饭菜香,耳边响着卖糖葫芦的小贩的叫卖声;我怀念过年时家家户户亮着的灯,还有里面依稀传出的欢声笑语……

而如今,我单枪匹马来到了这了无生气的地方,面对生活、面对成长,我还要在这里待三年啊!这是我在俄罗斯的第二年了,我这样一步一步走过来,其中的辛酸和挣扎只有我自己知道。这一年多下来,我的确懂了很多,学会算计着生活,学会洗衣的技巧(但自己从不洗,统统丢到洗衣房),学会做饭的程序和方法(但自己极少做,时常叫外卖)……一切入学手续要自己办理,包括打点日常生活,所有的一切都要自己安排处理好,和同龄人相比,我强出很多。

但一步一步,我还要走多久?

我希望我是一个拥有很多朋友的人,每天电话响不停,门铃响不停,电影一起看,综艺一起笑,在机场候机和转机时一起侃大山打发时间。假期回国,白天可以和朋友一起出去玩,不用闷在家里睡觉、上网、看电视、看书。我知道拥有这些很容易，这是只要你行动就会得到的事情，但我好像已经被注定不可能拥有这种行动的能力了。神，请赐给我力量吧……

还记得我刚来办入学手续的时候，曾多次被骂俄语太烂，更有甚者，居然口出恶语："这么烂的俄语还学金融！"虽然过了一级，但我的日常交际俄语还是很烂。那时的我真是又气又恼，急于想得到高人指点。但黑暗已经过去，光明终于来临，现在的我已经脱胎换骨，修成正果了！经过一年来的反复内心煎熬与挣扎，再加上一点小聪明，我终于出山了！我又回来了！等着我的凯旋吧！！！

在你不了解对方的情况时，盲目炫耀是一件很冒险的事。因为很有可能一不小心，你得到的结果是，与你想炫耀出来的东西正相违背。

今天去书店买书的时候，在路上看见一个老人，旁边倚坐着一只狗，那狗被温暖地包在一件为它量身定做的棉衣里，只露出头。老人向路人说着什么，然后亲了亲那只狗。我顿时感到一阵心酸，尽量快步走开，不想多停留片刻在这场面里。

预科真轻松啊……

（后面是长长的四大串省略号、惊叹号等）

我的眼睛一次次被泪雾蒙住，这就是心笛"独活"的世界！字里行间，我看到了女儿抑郁症的更多起因——其实在那时，甚至之前，就已经"蓄势待发"了。可怜她无人能够倾诉，只好把一切深埋心底，借助文字排遣。

年轻人交朋友，本是"只要你行动就会得到的"，但对于心笛来说，却成了一件需要借助"神"的力量才能实现的事情，只有在幻觉中感受朋友的存在。想起我去俄罗斯时心笛在同学聚会上所表现的纠结和局促，也就不足为怪了。她能从幻觉中去感受拍她肩膀的过路人，还有与狗为伴的老人的温情，却不能回到现实中与身边的朋友交往。

心笛自诩"偶像加实力派"，沿袭了她幼年时自封"世界顶级人物"和"超级大神童"的自我感觉。如此完美的自己，又如何能接受那个"眼神很清澈"的男孩儿的忽悠？心笛羡慕俄罗斯人的单纯，"想哭就哭，想笑就笑"，是因为她做不到。"偶像"怎能放下身段混同于常人？

在心笛的世界中我感受到，她是在一天天地熬。可这些她在留学的四年多里，却从来没有向我透露过只言片语。唯一的蛛丝马迹是，2005年年底我去圣彼得堡看望她时，说起比她大十岁的同屋女研究生，她说和那人有"代沟"。现在回想起来，那个女人就是心笛在《独活杂记》中提到的"睡我旁边的那个傻子"吧？

去心笛的宿舍，我曾看到她的书架上摆着王朔的《致女儿书》和刘若英的《一个人的KTV》。我知道，王朔和刘若英是她的两个偶像。她的电脑桌面上是王朔的照片，左侧配的文字是王朔的名言："孩子们生下来都是天使，是大人们把他们培养成'人'。"

翻开刘若英《一个人的KTV》，发现有两段话被心笛画上了横线——

"有这么一天，我中午起床，突然发现房子里有另一个人说话的声音，我吓了一跳！这屋子里不是一直都是我自己一个人吗？怎么会有人突然问我早餐该吃些什么呢？仔细一听，原来那是我自己。还是我自己。我竟然不知不觉间开始自己跟自己说话了。"

"看电影一个人，吃饭一个人，逛街一个人，过节一个人，甚至一个人唱 KTV。"

现在回想起来，心笛是与刘若英感同身受，才在她的《独活杂记》中有感而发。

从最后一句"预科真轻松啊"后面附了这么多省略号和惊叹号可以推测，心笛当时正承受着学习上无法排遣的压力。现在想来，她过去的短信其实已经是发出的信号，但是被我和方毅的"大道理"通通给挡回去了。

经历了父母离异，背负着一个破碎家庭的两个大人的期待，想按照自己的意愿选择攻读目标又被上了"人生课"，心笛那幼小稚嫩的心灵如何承受这不能承受之重啊！

我有个朋友，同样是送女儿出国留学，出国前也为女儿选好了心目中的顶级学校。然而，一年预科结束，女儿自认为不具备考入这所顶级大学的能力，自作主张地改报了一所普通大学。得知消息后，朋友没有责备女儿，而是一如既往地支持她，女儿最终顺利完成学业。这件事让我反思良久，如果它发生在我身上，又会怎样？

其实，心笛的《独活杂记》已经给了我答案。虽然她提出过转专业但最终放弃，除了父母的干预，她自己也选择了坚持。因为她要"脱胎换骨，修成正果"，最终"出山"，"凯旋"。

同样的事件，折射出的却是两个家庭完全不同的教育背景和教育理念。真是应了那样一句话——孩子是家庭教育的产品。

回顾心笛从小到大走过的路，让我和方毅引以为傲的是：她在上小学前已会写两百多汉字和做百位以内加减运算；十五岁，以优异的成绩考上市重点中学；三年时间连跳数级最终拿下长笛专业九级……然而，期盼助力其成为"特长生"的长笛，并没有成为心笛从市重点中学步入大学名校的阶梯，反倒成了阻碍她高考主攻方向的绊脚石。

究其原因，我们一味注重心笛智能的培养，却绑架了她的独创精神和自主能力，而这，才是孩子们"安身立命"最重要的啊！

心笛的《独活杂记》，成为让我反观家庭教育理念和行为得失的一剂猛药！

令人毛骨悚然的转帖

2010年5月以后，我病假期满恢复上班，又是半年多在战战兢兢中过去，终于熬到了年底。

自从无意间读到了心笛的《独活杂记》，我开始试着通过她经常听的歌曲和使用的网站等，进一步了解她的内心。在心笛从网上下载的近百首歌曲里，每一个音符都让我感受到一个主题，那就是"伤感"——

《小伤口》(蔡依林)、《太烦恼》(杨丞琳)、《痛苦过》(莫文蔚、周华健)、《谎言》(陈奕迅)、《思念是一种病》(张震岳)、《变心的翅膀》(孟庭苇)、《爱上你等于爱上寂寞》(那英)、《抹去泪水》(韩宝仪)、《别再为他流泪》(梁静茹)、《把悲伤留给自己》(陈升)、《爱错的代价》(陈琳)、《我真的受伤了》(田馥甄)……

过去,与心笛去KTV,我每每惊讶于她不知何时学唱了那么多首新歌,以为是她总听下载曲目的缘故,而以上那些伤感的歌曲,我却从来没听她唱过,所以全无印象。也许是"小曲好唱口难开"?

顺着鼠标的点击,我打开了开心网。两年前,我接受一好友邀请入了这个网站,看到里面有很多有意思的转帖,也有朋友发来的问候信件,印象最深的是很多人乐此不疲地忙着"偷菜"。

当时正是我辞职陪伴母亲、三个月后又找到新工作不久,一个五十岁的女人"跳槽",压力之大可想而知。两年过去,我只是偶尔登录一下,看看是否有来信,从没主动发过一个转帖和邮件。而心笛很早就上开心网了,还加我为好友。心情好的时候,会让我欣赏她设计的"室内装饰",还有在"开心餐厅"招待好友的游戏。

我从"好友群"点开了心笛的共享网页,发现她的"日记"只有寥寥数篇,大多又是没有实质性内容的表情符号,或不知所云的英文字母,如"ghn、vv、jjj、dtcxtndgtn……"。唯有一篇让我如掘到金矿般的珍贵文字:"无论怎么努力,也改变不了人们那些根深蒂固的想法!无所谓了,就这样吧,这个世界上谁都拯救不了谁。"那是在她刚刚休学不久的2009年年初写下的,我想应该是有感而发吧。

"日记"斩获甚少,我把目光移到了"转帖",意外发现自2009年4月至2010年11月间,经心笛转发网友的帖子竟达九百八十余条,我逐条看了起来。

最先看到的是《留学前/留学时/回国》：

留学前，晚上11点发发短信然后睡觉；留学时，写作业到凌晨两点困到睡着；回国，夜夜不睡，怕浪费宝贵的和家人相处的时间……

看到此帖，我不禁想起心笛第一次回国时在机场对方毅和我说过的话："假期只有一个月，如果轮流在你们两头住，每边只有半个月，我要'双赢'，和你们两人一块儿住！"我们满足了她的要求。

那次假期结束前的最后一晚，心笛迟迟不肯睡觉。我对她说："早点儿睡吧，明天还要起大早赶飞机呢！"她说："我不，我得争取时间，和你们再待几个小时……"

看来心笛选择这个帖子，是有感而"转"啊。

继续看下去，一则《抑郁症患者的艺术作品》跃入我眼帘——
"超乎常人的想象力，有种莫名其妙的张力，某种程度来说，他们是天才。然而谁又能理解他们？？？！！！"张张图片看上去都那么诡异，尤其一幅《化泪药片》，让我的心猛地紧缩起来。

这是一只充满惊恐、绝望的眼睛，放大的黑色瞳孔配上蓝色眼球，俯视看过去，如同一名穿着蓝衣的溺水者，在如河塘般的眼白上沉浮。周边的睫毛根根倒竖，如纤细的芦苇，徒劳地抵挡着从四面八方戳来的带毒的竹签和滴血的钢针。眼角处，一大滴泪珠从惊骇万状的眼睛上落下，定睛再看，那"眼泪"竟然是药片！

因为不愿面对罹患躁郁症的现实,又害怕西药的副作用影响自己一向引以为傲的"高智商",心笛曾在相当长的时间里对吃西药颇为抵触。我一提醒她吃药,她就非常反感地说:"我没病,你才有病呢,要吃你吃!"而那张《抑郁症患者的艺术作品》的"眼泪"药片,形状为椭圆形,中间有一道压痕,正是申大龙医生给她开过的赛乐特!

我泪眼婆娑,紧捂心口,坚持着向下点击——

《太诡异了!一个十九岁女孩跳楼前的自拍照》

这是一个十九岁很平凡的女孩。她有一个男朋友,她很爱他,可是有一天他却抛弃了她。女孩是那么爱男孩,一直缠着他。男孩对她说,要不拍张你最美的照片给我留作纪念吧。

于是,女孩在自己家的房顶拍下了这张照片,用电子邮件传给男孩后就跳楼自杀了。男孩看了这张照片,感觉到了女孩眼里的怨恨,也莫名其妙地自杀了……这张照片不知怎么流传开来,看过的人都觉得不对劲,经常能感觉到女孩坐在某个地方看着自己……某人承受不住,也自杀了。

满眼看去,全文分明只有两个字,一次次向我击来:自杀、自杀、自杀!

曾以为只要给心笛提供了可供宣泄的渠道,她就不会再想走绝路;曾相信了她对我说过的话:"你和阿爸都是善良的人,我遗传了你们的基因,我也是善良的。为了你们,我也不会去自杀。"然而,这张失恋女孩跳楼前的自拍照,让我这个健康人看过之后都几近窒息,完全可以想象心笛当时转发此帖时内心的痛苦和纠结。

两则令人毛骨悚然的转帖,让我惊出一身冷汗。它们恰恰是在心笛一人自闭家中那一年半里先后转发的。

回想那段时间,心笛一次次哭着让我从美国给她买让人失忆的药,她是拼命想忘掉那个"眼神清澈的男孩儿"啊!因为无论如何,那是第一个闯进她心中的异性。

服用一片降压药,让自己稍微平静下来,我决定"残酷"到底,把所有帖子读完。及至看到2010年年底的,才终于看到了让我顿觉峰回路转的一篇:《建议想自杀的人不要自杀了》。

> 割腕:割的时候会比较痛,心理压力大,而且百分之九十的人不知道正确位置和深度,白白留下伤痕……由于血有自凝能力,大部分的伤口都容易出现自我结痂而止血,需要在原来伤口上再割一次。不怕疼的话,可以选择……
>
> 安眠药:很多人认为(吃)安眠药(自杀)无痛苦,事实上,吃安眠药最难受。药物会(让人)在进入半睡眠状态下出现胃部刺激而引发呕吐,因为神经被麻痹,人不能动,呕吐液体会进入肺部和鼻腔,引起巨大的呼吸痛苦和肺部灼烧感……
>
> 毒药:首先,剂量是最大的难题,少了死不了,多了有副作用。什么叫副作用?就是抽搐,呕吐,大小便失禁,便血,视觉失常,说胡话等。万一你还没死,却被人看到这个狼狈的样子……
>
> 氰化钾:单独列出,很多人以为这东西不错。事实上,这个东西只要一点点,就会引起舌部烧伤和气管收缩。人会产

生巨大的痛苦，口眼歪斜，流涎，然后会发出极其惨烈的尖叫声……

投水：窒息的过程很长，维持意识达五分钟以上，伴有挣扎、惨叫。而且水温还会对临死的人带来巨大的刺激。形象会很差，人会肿得面目全非，腐臭不堪……

跳楼：理论上，最快。实际上，人不会那么快丧失意识。必须确保头部撞地才可以（立刻）死亡。否则，就算内脏冲击受伤，起码也要承受两到三分钟的痛苦（神经残留现象）。而且死状不雅，还可能伤及无辜……

也许，国外生活磨砺数年，让心笛具备了在流血的伤口上舔舐的能力？我痛彻心扉，扪心自问，在女儿最需要关爱的时候，身为母亲，我给过她真正意义上的帮助吗？

此前，我只看到心笛狂躁的外表，以为任其宣泄就是在帮她。看了这些转帖，我终于从一个侧面得知，一直以来，深陷躁狂抑郁泥沼而苦苦挣扎的心笛，仍然在用她与生俱来的良知"自救"，多么坚强的好女儿！

"妈妈，帮帮我！"

2011年元旦过后，我和方毅整日忙于工作，对心笛疏于照料，无人督促她白天按时服药，她又一次病情复发。欲放不得、欲收不能的双重痛苦缠绕着她，她在极端躁狂和抑郁的情绪中拉锯。

此时，心笛的语言简略到只剩一个字：行、对、嗯……问她是看电影还是逛商场，要看她伸出几个手指，伸出一个表示是第一选择去看电影，伸两个是去商场。进剧场和影院前她还很兴奋，但往往看不到一半就开始坐立不安。观众被剧情吸引而爆发的欢笑和掌声好像根本与她无关，一次次在众目睽睽之下莫名其妙地提前退场。

一次，一位话剧界新锐女导演请我去看她的新剧。心笛是个话剧迷，任何形式和题材的她都爱看，好的还会看上两三遍。尽管心笛当时是那样的状态，但我想机会难得，还是带她一起去吧。

走进小剧场，从落座开始，心笛的身体每隔几秒钟就控制不住地抽动一下。这是西药的副作用。活动的时候还好，一静下来就会不时抽动，同时身体随之前倾。这家剧场盖得较早，连在一起的座椅十分简陋。每个人的起坐，都要连带着整排椅子颤动一下。导演给我的是两张中间座位的票，我不禁担心心笛的状况会不会让同排人受到影响。

帷幕拉开，我的心思根本无法集中于精彩的剧情，随时惦记着心笛的抖动影响他人。果然，同排人开始把目光纷纷集中到"震源"，眼神里有的露出疑惑，有的已透出不满。为顾全大局，我无奈地拉起心笛的手，站起身向外走。从人们身前经过时，我听到一个女孩儿小声对身旁人说："可走了！"

晚上，心笛不敢一个人在卧室睡觉，一定要我陪着，而且在她睡着前必须一直开着灯。

早晨，我问心笛早饭想吃什么，半天，她蹦出四个字——"光荣绽放"。

在医院特需门诊部,心笛突然张开双臂,告诉医生她要"大放异彩",接着语无伦次地说:"刚才……我在特需门诊门口,看见有人……拿枪对着我,是大赤包……告诉我的。"我曾带心笛去看过话剧《四世同堂》,看来她记住了秦海璐饰演的大赤包。

心笛病情不断反复和几近失常的状态让我一筹莫展,只好又向某医科大学的一位心理学教授兼博士生导师电话咨询。他说,"双相情感障碍"这种病,症状较轻,治愈的可能性比较大。但是,如果病情持续严重下去,就有可能发展为精神分裂。所以,除进行常规治疗外,家人的陪伴和全面周到的照顾,是预防疾病加重的良好措施。因为药物只是控制了症状,一遇到社会心理因素的刺激就有可能复发。

伴随着心笛病症的高低起伏,揪心、忧虑、无望,如毒蛇般噬咬着我的心,如影随形地困扰着我。渐渐地,我的身体出现了某些状况。

2008年5月,我到新单位入职报到那天,人力资源部的干事对我说:"体检报告显示您的健康状况都好过年轻人了,真让人羡慕!"来这家文化公司之前,我是向领导立过"军令状"的,否则哪个单位会接收一个已到"知天命"年头儿的女人呢?

然而,入职仅仅半年,我就迎回了几年前还是青春勃发、如今却了无生气的心笛。为了兑现当初对单位的承诺,两年多来,我咬紧牙关,拼命坚持着。一面,照顾心笛的饮食起居,为她求医问药;一面,又要瞄准事业上的三至五年规划,劳碌奔波。终于,不堪重负的身体亮起了"红灯"——血压已高到每天需服药来维持的程度。由于长时间"被失眠",上班时,我经常感觉大脑出现一片片空白。再加上心笛在"开心网"上的那几则转帖,一直魔影般缠绕着我,我走路时常常神思恍惚。

一天晚上,我们在一家中型剧场做演唱会的彩排。我起身去卫生间,晕晕乎乎地经过一排男性小便池区,然后看到一个个"单间"。我挺纳闷儿,这个剧场的厕所怎么跟日本一样男女混用呢?回头再看才发现,卫生间的门上分明显示着男性标识,我慌忙三步并作两步往外走,不想和一个刚进来的男演员撞了个正着。他看见我以为自己走错了,边后退边连连道歉:"哎哟,对不起,对不起!"

痛定思痛,心笛的病之所以久治不愈,并由中度发展成重度,何尝不是被我一点点"养"的?

起初,我不愿面对心笛罹患躁郁症的现实。在候诊室,看到有女患者当众对父母破口大骂、大打出手,还看到男患者抽搐着被送到病房,自己无论如何也不愿将心笛和他们联系在一起。

每天,我把彻夜失眠、凌晨刚刚入睡的心笛孤零零留在家中,给她做好一桌子饭菜,然后无可奈何地去上班。这就往往导致心笛的服药本应早晚各一次,却被搅得乱了套,医嘱形同虚设。

2010年8月,我曾为心笛预约了上海某医院精神科专家,那是曾为某著名电视节目主持人医好抑郁症的主治医师。直到12月初,终于接到那家医院的通知:排到了。然而,一周后就是我公司全年最重要的一场演出,我又是项目负责人,实在无法带心笛前往,不得已只好放弃。

2011年春节临近，与我有着二十多年交情的画家寒石打来问候电话，问我生活和身体情况如何，我照实说了当时的窘况。话音未落，电话那边就传来哽咽声，一时令我不知所措。"听到这些我心疼啊！不能再拖下去了，为孩子，也为你自己……"

心笛病情的严重性，通过朋友的反应，让我感受到了前所未有的震慑——连寒石都抽泣了。

"妈妈。"夜半三更，我听到心笛的呼唤。

"宝贝儿，妈妈在。"我把她拥入怀中。

"妈妈，帮帮我！我害怕……"她把头扎进我怀里，把手伸给了我。

我轻轻按住她左手虎口处，一下一下地按摩。不久，她渐渐进入了梦乡，我却一夜无眠。

回想我和方毅离婚以来，我知道心笛内心一直和我存有芥蒂。在她看来，如果不是我出去留学，她爸爸就不会和我离婚。在她留学俄罗斯的时候，通过手机短信，我们母女曾有过一次激烈的对话。

女：你出国留学，是为了实现你所谓的梦想，这本身就是自私的表现。回来之后，反而怀恨成全你帮助过你的人，这又是你自私的升级。

母：你希望我与你爸爸和好吗？

女：你想和好，只能说明你不想接受代价，自私地想让别人继续成全你。你既然已经得罪了别人，那就别再给别人找麻烦，就该自己安静地接受代价。

母：……

女：你可以继续反驳啊！如果沉默，就代表你认输。

母：时间会说明一切的。

女："时间能说明一切"，是一句没理时的敷衍话。要是你还有理，就拿出来说服我。

因为我的"自私"，心笛宁可接受父母离异的现实，也不希望我们复合。不论这里面有多少误会和偏见，仅凭没有得到女儿理解这一点，我这个母亲，当得何等失败！

今天，女儿向我发出了"妈妈，帮帮我"的求助，尽管是在非常时期。心如刀绞的同时，我又感到由衷庆幸——女儿终于可以接受我了！

春节过后，我做了一个重要决定：停下工作，一心照顾心笛。我把这一想法对心笛说了，同时告诉她一个不能回避的现实，我们母女的生活会因此而受到影响。两年半以来，我陪心笛去一流医院，问诊一流的医生，为减少药物的副作用，又"只选贵的"，每月医药费平均开销两千多元。我问心笛，是我继续上班，维持原生活水平，还是放下工作，一同艰难度日？心笛毫不犹豫地回答："艰难度日。"

自此，我成了"全职妈妈"，尽职尽责。

我试图改变心笛原来的作息时间，让她早睡早起，外出活动。但是，上午10点以前把她从床上叫起来吃饭，再从沙发上拽出去活动，比揪去紧粘在衣服上的口香糖还费劲。即便出了门，她也是无精打采，对包括看电影、唱卡拉OK这些原本最喜爱的娱乐活动，一概提不起兴趣来。

我曾在电视上听过张惠妹的一首歌："这是什么日子呢？勉强

出去干什么？热闹是属于他们的，而我只属于自己了。看电影免了，喝咖啡够了，我去了又如何？不知道想要什么。只知道什么也不想做……"

接着，MV上出现了一个画面——张惠妹被罩在一条长到没有尽头的丝绸下面。尽管她使出浑身解数，左拽右撩，就是无法挣脱。联想起有关张惠妹曾经自闭十年的报道，这首歌也许就是她痛苦经历的真实写照吧？而这，也像极了心笛当时的心境和状态。

按照医生的要求，我每天叮嘱心笛按时服药。这样服用两个月奥氮平后，心笛的躁狂症状明显好转，但仍旧开心不起来。医生为她减少了奥氮平的用量，增加了百忧解。

刚服用百忧解那几天，心笛告诉我老是情不自禁地想笑，搞得我心里直发毛。一听到她笑，立刻条件反射地从电视或电脑寻找"笑源"。如果剧情或节目完全没有可笑之处，我马上适当调整两种药物的用量，把她"拉"回到正常状态。

选择"艰难度日"的心笛，不再动辄要求去外面的各色餐厅吃饭。加上有充分的时间做一日三餐，如今我成了心笛的家庭营养师。除了她平日爱吃的熘肝尖、南瓜排骨汤、番茄菜花、红油土豆丝和葱烧豆腐，我还照着电视的生活栏目学做一些新花样，如香煎银鳕鱼、红烧比目鱼，等等。

随着我烹饪水平的提高，每天面对一桌可口的饭菜，心笛的胃口逐日好了起来。呵呵，看来"全职妈妈"没有白当。我对心笛说："妈妈现在最大的心愿是希望你吃得下饭，睡得着觉，笑得出声。"

听了我的话，心笛眼中闪过一丝不易察觉的亮光……

圆梦"港澳游"

早在1991年心笛刚满四岁时，也就是我参加赴日考察团第一次到日本的时候，有幸游览了东京的迪士尼乐园。记得目不暇接的几十个景点和游览项目中的"小小世界"，成了我眼中最大的亮点。身着各国服装、代表不同种族的数百个小木偶一同载歌载舞，唱出同一首主题曲《这是一个小小世界》。淹没在梦幻般的童话世界中，人身体里每一个快乐的细胞都被调动起来，忘却所有烦恼，体验着刺激、兴奋、震撼和感动，更有温馨、可爱、激情与惊喜，让我这个做妈妈的母爱泛滥——如果坐在游船上沉醉其中的不是我而是心笛，"小小世界"一定会更美好！

从日本回来，我对心笛承诺：有朝一日，一定带她到迪士尼乐园，去感受"小小世界"的魔力。

一晃二十年过去了，本想趁我留学期间带心笛去日本旅游，却一直未能如愿。2011年4月中旬，医生提出让心笛"早起早睡，多做有氧运动"的要求，征得心笛同意，我和她登上"港澳五日游"的航班。

然而出师不利，心笛的心思显然还没有转到对此行的期待上来。飞机上，每隔几分钟她就问我一句："我眼镜是怎么没的？""我手机又怎么丢的？"

我不厌其烦地一次次回答："也许落出租车上了""没准儿在哪家餐厅吃饭放餐桌上忘拿了"。

"那我在俄罗斯还丢过五百美元，你能想办法帮我找回来吗？不然我那几年不是白节省了？"心笛往"死胡同"里越钻越深。

对心笛留学期间的节俭我有亲身感受。在俄罗斯,她曾带着我去超市购物。当我一样又一样地拿取各种生熟食品时,她拦住了:"好啦好啦,我可从来没这么大手大脚过。你超我预算了。"心笛告诉我,她每月的生活费控制在一百五十美金以内,包括看电影、歌剧等娱乐开支。一只烤鸡能吃上一星期。她还曾发短信问我,西红柿太贵,能否用橘子之类相对便宜的水果代替摄入所需维生素?

第三年暑假回国,心笛忘记把放在箱子底的五百美金随身带回国。返回后发现,宿舍被临时安排暑期培训班的学员住过,箱子里的美金不翼而飞。心笛给我打国际长途,带着哭腔对我说:"这日子没法儿过了!"

面对心笛旧事重提,我宽慰她说:"吃一堑长一智。我留学回国后办公司,不也一下子赔了全部血汗钱?和我相比,你是小巫见大巫了!"

对我不惜自毁形象的回答,心笛显然很不满意。她看我当时正双臂交叉着放在胸前,"啪啪"两下,把它们打落下来。

"你这姿势,表示根本对我说的事儿满不在乎!"

由于她的动作用力过猛,我的胳膊在被打之后碰到了坐在我左侧的英国男游客,他用奇怪又有些关切的眼神看着我们。如果是同胞,我会向他解释是女儿跟我闹着玩儿呢,可面对语言不通的"老外",我只好连连跟他说:"Sorry!"

下飞机后,导游带着旅游车到机场来接我们。有些意外的是,宽敞舒适的旅游车里就我和心笛两个人。原来,这是一个"拼团",北京只有我们母女,其他游客都是从全国各地分别飞来香港的。

第二天一大早,我和心笛在指定地点集合。旅游车一路先后开到四五个宾馆酒店,接上全团将近三十名团员。

一见心笛那张乖巧又透着学生气的娃娃脸,不少团员都主动与她打招呼:"你有十八岁了吗?""还上高中呢吧?"一对四川来的中年夫妇说看到我们"感觉挺投缘",表示愿意此行结伴旅游、购物。

然而,无论面对他人的主动搭话还是热情邀约,心笛一概报以无语,甚至连看都不看对方一眼。渐渐地,有人看出了端倪,不再自讨没趣。那对四川夫妇呢,只和我们逛完第一个景点蔷色园,就消失在茫茫人海中了。

我们每天早晨6点多起床,跟着导游一逛就是三四个景点。两年多来活动量过小的心笛对此一时很难适应。一天下来,问她感觉如何,说得最多的一个字是:"累"。为了让她能借此次旅游恢复运动的习惯,跟团活动结束后,我带她继续乘地铁去铜锣湾、尖沙咀等地"自由活动"。也许是琳琅满目的服装和饰物的吸引,心笛终于不再喊累,可我的两条腿却像灌了铅。毕竟年岁不饶人哪!

旅游第三天,终于排到了游览迪士尼乐园。进得园中,我迫不及待地带心笛来到"小小世界"的城堡前。排队的人挺多,看到城堡前一排排的白色护栏,我又想起"白色在抑郁症患者的眼里是灰色的"这句话,便装作漫不经心地问心笛:

"宝贝儿,妈妈眼神儿越来越差了,你看看这护栏是什么颜色?"

心笛瞟了一眼,毫不犹豫地说:"白色。"

"噢,那我就放心了。"我脱口而出。看到心笛不解地望着我,又赶忙掩饰:"我看着也是白色,这不,从你这儿得到证实啦!"

一同坐上游船,开始我二十年前就想送给心笛的童话梦幻之旅。然而,也许是已经长大,心笛没有如我期待的那样把兴奋和喜悦写在脸上。但我能感受到,她的目光跟随载歌载舞的小木偶们流转的同时,她的心也被一份罩起来、包裹着的温馨感化着。我默默祈祷:让"小小世界"融化心笛内心深处郁结着的所有不快、烦恼和忧愁吧,哪怕只是"冰山一角"!

结束了港澳之旅,在返程飞机上,用餐时我和心笛发现,每个人的餐盘里都有一个三角形的空心小甜点。咬开后,里面露出一张小纸条。展开一看,心笛的那张写的是"今日格言:随心而行"。我问她:"这次港澳游你有这种感觉吗?"心笛回答:"香港的迪士尼乐园、铜锣湾、尖沙咀和澳门的观光塔,让我有这种感觉。"我说:"那就足够啦,不枉此行!这应了一句话'有好心情才有好风景',是这样吗?"

心笛嘴角露出一丝浅浅的笑意,我赶紧按下快门,捕捉到了这难得的"千金"一笑。和她去的时候在飞机上的状态相比,变化可真不小!

回到家,我还欣喜地发现,心笛竟延续了港澳之行的一大成果,每天不再一觉睡到临近中午,而是早上9点多就起身洗漱吃早点,然后出门做有氧运动——快走一小时。

心笛刚刚走出家门那段时间,无论路程远近她都要打车。考虑到她有个适应过程,我依了她,让她一度养成多一步路都不肯走的毛病。现在,她主动要求乘地铁、公交车出行。为让女儿坚持锻炼,我忘了自己是个膝关节毛病多多而不能远足的人,"舍命陪君子",和她一走就是几站地。

说来也怪,由于一门心思放在心笛身上,而且跟着她做有氧运动,过去一到变天、降温,我的膝盖就隐隐作痛的感觉,这时渐渐减弱,以至想不起来像从前一样去关注它了。

这个切身感受给我莫大的启发。两年多来,我一直把心笛的病症记挂于心,因为过度担心,都有些神经质了。有些事放在别人身上,明明是正常的喜怒哀乐,可到了心笛这里,我却总是不由自主地将其往"非常"上去靠。比如看一场烂片,心笛要求提前退场,我便担心她又有什么不对劲了,却发现和我们同时走出影院的也有其他观众。

还有,总想着给深陷病魔中的女儿以更多的爱,如果心笛因为一件事不开心了,我和她爸爸往往如临大敌,竭尽哄劝之能事,千方百计满足她的一切要求。尽管事后我也担心过,一旦心笛痊愈后落下了骄纵、自私的坏毛病如何是好?回想自己小时候,父母哪里这样?莫非这就是当今独生子女家庭的通病?面对独生子女,我们都是第一次为人父母,我们会做父母吗?我们对孩子无所不在的爱,哪里对,哪里错?没有人告诉我们。但是我们蓦然回首之时,往往为时晚矣!

随着心笛症状的不断缓解,我想,该是淡化,甚至忘却她是个躁郁症患者的时候了。我努力把这种意念传导给心笛本人,为的是让她在不知不觉中走向康复,就像我淡忘了自己的膝关节病一样。

于是,我把有氧运动由原来的快走一小时逐渐增加到两小时;唱卡拉 OK 由原来我陪同前往,改为故意让她去唱"一个人的

KTV"；十分随意的网上购物，改为进商场有选择地消费。我还把一张银行卡交给心笛，让她和朋友一起聚餐时用来买单……

一样一样地添加，心笛居然全做到了，她的精神状态也渐渐好起来。

第六章

误区重重

为何药不能停

医生开的药往往剂量较大。药物的副作用导致心笛嗜睡、变胖、肤色发黄、肢体动作僵硬。我看在眼里，疼在心上。待稍稍控制住病情后，往往最先想到的就是减药，不让女儿继续受药物副作用的折磨。因为在我的记忆中，爱美的心笛，曾经不止一次穿上一件件喜欢的衣服，对着镜子前后左右自我欣赏，然后来上一句："瘦是资本，没办法。呵呵！"如今，为让心笛不致太自卑，我开始自己加大饭量，让体重始终大于心笛，并对她说："宝贝儿，没关系，你这么年轻，只要我们多出去活动，你肯定恢复得比老妈快得多！"

尤其是陪伴她外出旅游时，更是把"放松"视同治疗，有时甚至停药。结果事与愿违，导致刚刚缓解的病情再度加重。

事情发生在我陪心笛前往"三峡五日游"的游轮上。第一天，心笛饶有兴致地走上甲板观光、拍照，回到船舱就听随身携带的MP3。看到她情绪这么好，我想，不妨把药减半，试一下。

第二天早晨，我俩还在睡梦中，就被导游叫醒了，让我们上岸观光。匆忙中，我只拿了两瓶水便和心笛下了船，没有带药。岸上的观光项目挺多，一直到下午才在导游的带领下返回游轮。

第三天，心笛的情绪开始低落，对船外的景色视若无睹，音乐也不听了。一直躺在狭窄的床上，一句话也不说。前两天吃饭她都和我一起去二层的餐厅，那天，她对我说，不想吃饭了。

到了第四天，情况更加不妙，昨天还一声不响的心笛，忽然无端地笑起来。接着，开始在船舱里来回走动，一会儿又躺下。就这样起来、走动、躺下，一刻不停。

心笛的症状让我顿时慌了手脚，赶紧把药恢复到原来的剂量。

导游又来敲门，招呼我们继续上岸参观。我还没说话，躺在床上的心笛又没来由地笑了起来。导游一脸狐疑地看了看我，很快说了句："阿姨，要不您先休息吧，也照顾好孩子。"

返回那天，在重庆机场安检，心笛排在我前面。她递上身份证接受检查时，安检员看一眼身份证，再看一眼心笛，又对着身份证端详数秒后说："对不起，麻烦你背一遍身份证号码。"心笛迟疑了一下，以微小到旁人几乎听不见的声音背了一遍，然后从安检员手中接过身份证，走进了安检门。我上前去，还听那名安检员在小声嘟囔："怎么人和照片一点儿都不像呢？"

心笛身份证上的照片还是七年前办证时照的，身穿孔雀蓝T恤的她眼神清澈、充满自信。常言道"眼睛是心灵的窗户"，现在的心笛目光空洞，表情呆滞，和七年前相比真的判若两人。

候机室里，我关切地注视着心笛的表情，担心刚才安检时发生的事让她受了刺激。可我又不敢用话安慰她，因为她毕竟没有听到什么，我希望她只是以为那名安检员在例行公事。好在心笛情绪上没有表现出更多的异样。

每当夜深人静，望着兴奋过后终于渐入梦乡的心笛，我都不禁愁肠百结：停药——躁郁复发；吃药——呆滞肥胖。这种如同魔咒般的恶性循环何时了啊？不久后的一个偶然，这个曾经让我无比困惑纠结的问题，被一位同样是躁郁症患者的母亲给解答了。

某日，我来到医院为心笛取药。之所以没带心笛来，是因为有一次陪心笛来医院时，正要乘电梯，只见从电梯上下来一列被"押送"的精神病人，有的目光呆滞，有的战栗不止，有的痴笑自语。其中一个嘴里不停地反复嘟囔着："我要回家……我要回家……"我赶紧牵了心笛的手，转身去走楼梯了。为减少心笛受刺激的概率，平日里，只有在她病情复发和需要复查时，才带她来医院。

在候诊大厅，坐在我身边一个约莫四十来岁的女人，捧着手机压低嗓音在说："孩子的病又犯了……不好意思，我这几天又不能来上班了。"说着说着，她开始用手背抹起了眼泪。待她挂断电话，更是用双手捧着脸低声抽泣起来。看到这种情形，我忍不住把头凑过去轻声劝她："别太难过，都会过去的。"然后递上了纸巾。女人接过纸巾，道了声："谢谢大姐！"

这时，走过来一个戴着眼镜、身材高挑的年轻姑娘，盯住女人不停地问："怎么了？发生了什么情况？你怎么哭了？"女人赶紧抬起头来，对姑娘说："没事儿，孩子，我刚才给单位打了个电话。""打电话为什么哭？你是下岗了吗？"女孩儿继续追问道。"没有没有，孩子。"

这时，一个身材发福的女人跟了过来，拉着姑娘说："别担心，你妈妈可能眼睛不舒服了。"听到胖女人的话，姑娘不再追问，戴上方才别在头顶的耳机,在候诊大厅里开始边走边哼唱起来,胖女人赶紧跟了上去。

身边的女人告诉我,姑娘是她女儿,跟在她后面的是保姆。十七岁的女儿患"双相情感障碍"已经快两年了,可是之前做母亲的她对女儿的症状一直不明就里,以为是第二青春反抗期导致的。直到女儿在一次发作后歇斯底里地砸东西,并且高喊"我不想活了",父母才带她来到了这家精神科医院。诊断后,医生责怪做家长的把孩子送来太晚了,建议他们的女儿休学住院。在学校学习成绩保持优秀,又一直在某英语培训学校学英语准备考托福出国留学的女儿,如同在激烈竞争的跑道上突然一个趔趄跌倒,被人架着出了局。

两个月后,女儿出院了。要强的她复学的同时继续去学校突击英语,居然通过了托福考试并继而拿下去澳洲留学读高中的签证。当时女儿年仅十五岁,又患有精神疾病,让她一个人远赴澳洲,做父母的一颗心如何放得下?于是,妈妈不得不辞去工作,陪伴女儿一同来到澳洲。学习期间,女儿出现了妄想症状,喜欢上一个女教师,并对妈妈说:"我有心上人了。"刚开始,妈妈以为她喜欢上了班里某个男生,认为女儿情窦初开也属正常。

一次上课,女儿背着双手走上讲台,对着那个女教师用英语说"I love You"。然后,突然把双手伸向前方,右手拿着一枝玫瑰,举向那个英语老师。这一突如其来的举动,立时把娇小的女教师吓得花容失色,全班同学也立时骚动了起来,课上不下去了。

入学仅仅两个月后,妈妈无奈带着女儿从澳洲回国。闲极无聊的女儿开始联系她原来的初中同学,可正上高中的同学们已经在备战高考，没有人能用大段的时间陪她聊天。于是，女儿跑出家门，开始在街上逮谁跟谁打招呼。不知跑出多远，她又打了一辆出租车。司机问："姑娘，你要去哪儿啊？""随便，只要你跟我说说话儿就成。"就这样漫无目的地转了将近两个小时，司机觉出不对劲，心说我也不要她的车钱了，打算把她送到附近的派出所。

就在出租车快开到派出所门口的时候，姑娘身上的手机响了。她拿出手机，听对方说话后回答："没事儿妈，我正在和人聊天呢。"司机赶紧跟姑娘要过手机来，向她妈妈要了地址，这才把姑娘送回了家。

听到这里，我劝慰她道："刚才你哭的时候，看你女儿急切关注的样子，我都替你感到欣慰。说明她没有陷入自己的小世界里，要真那样才是最让人着急和担忧的。你说是吧？"

"我女儿的抑郁为什么产生？主要就是长期学习上的压力导致的。我们小的时候哪儿听说过抑郁症啊？没有遗传因素。女儿在某中学上初中时，一个月排行一次，全年级四五百人，100名以下的全甩到普通班去了。女儿抑郁初期，我经常带她到香山去呐喊宣泄：'我受不了啦！''我不上学啦！''我要疯啦！'

"我家条件很优渥，我曾对女儿说：'宝贝儿，你不要给自己太大压力，妈妈能让你一辈子衣食无忧。'但是女儿心比天高，她表哥从国外留学回来，女儿发誓说'决不能输给哥哥'。女儿学校有个心理咨询师，我让她去找咨询师帮助排遣一下。这个学校对学生做过一次测试，有抑郁倾向的占80%。从认为女儿是青春反抗期，到以为她是单纯抑郁症，直到半年后她砸了东西，才被医院确诊为躁郁症。

"我是公司总经理,年终总结要向集团总裁述职。那天我不得请假。女儿说:'我都病成这样了,你还要上班?'我没有听她的,坚持去了公司,她就在家里开始砸东西,并且给我打电话告诉我砸了什么什么,'你不回来我就接着砸'。最终女儿的目的达到了,我不得不请假回家,把女儿送到医院,当天就住院了。

"使用电抽搐治疗[1]后,女儿清醒了许多,冲着我问:'你怎么没上班啊?'接下去,我又联系了北京市某青少年心理咨询中心为她做咨询,效果挺好的。她对咨询师说:'我总想着要奋不顾身保护家人','让我的家人不受到任何坏人的伤害'。咨询师对她说:'你多累呀!你给自己的压力也太大了。再说一定要先让自己好起来才能保护家人,否则你保护得了吗?'

"女儿小时候就表现出与一般小孩儿的许多不同。别的孩子还只会叫爸爸妈妈的时候,她都能流利地说整句话了。自幼就显示出旺盛的精力和好奇心,在专注力、理解力和逻辑推理能力各方面都明显高于普通孩子。四岁便识字2000个,能独立看图识字。很多接触过她的熟人朋友都夸她聪明过人。我带她去做过一个儿童智商测试,结果获得智力优异的140分。

"从爷爷奶奶到爸爸妈妈,还有两个叔伯哥哥,全家人都特别疼爱她。只要她的病一复发,全家人都跟着崩溃。这两天,我爱人

---

1 电抽搐治疗:也称电痉挛疗法,又称电休克治疗。是以一定量的电流通过大脑,引起意识丧失和痉挛发作,从而达到治疗目的的一种方法。由于其适应症广、安全性高、并发症少,因此已作为标准治疗手段,我国一般称之为改良的电痉挛治疗。

为女儿的病急得血压升高住了院,我父母都八十多岁了,天天急得不行。我自己心急火燎,还劝他们该遛弯儿遛弯儿去,他们说一点心思都没有。原来我当总经理的时候三天两头出差,现在只能转岗,做一个普通员工,这样遇事可以和别人调班。

"我一直认为,女儿的神经系统除了有一根弦没搭好,其他都是异常畅通的。比如她在网上与人聊天回答自如,包括那天送她回家的司机都说:'我以为你女儿只是和大人怄气,没看出她有病呀!'她本人也因此抗拒持续吃药。"

看到女孩儿在候诊大厅里边走边不停地喝水,我问:"你女儿特别爱喝水吗"'女人说:"不是。这两天女儿的病又复发了,就在昨天,她又出现了幻觉,拿着玫瑰花跑到楼上说'给心上人送花儿',其实楼上住的都是中老年人。我不得不给她恢复吃药,她之所以拼命喝水,是想尽快排除药物在体内产生的毒副作用。"

病情严重到出现了幻觉,女孩儿还在下意识地要去排毒,可见视药物为洪水猛兽,是导致躁郁症患者进入复发魔咒的要因啊!女人对我说:"即便如此,我也再不敢给她停药了。因为据我所知,只要是药就有一定的副作用,但这种副作用是在安全范围内的。可是躁郁症复发后对病人造成的伤害,远比药物的副作用大得多。"

"躁郁症复发后对病人造成的伤害,远比药物的副作用大得多。"我在心里默默重复着这句话。是啊,有道是"两害相权取其轻",此话言之有理。

"请××号方心笛到9号诊室候诊。"

我站起身来对身边的女人说:"我先去给女儿开药了。谢谢你的经验之谈,也祝你女儿早日康复!"

"好的,大姐,听我的,药不能停啊!"

病急乱投医

同样的一件事,如果发生在一般人身上不会引发众多的关注,但是,一旦发生在抑郁症患者身上,占据主流视野的是他者姿态的"关怀"。于是乎,"运动疗法""音乐疗法""旅行疗法"等应"郁"而生。

因为患有严重的膝关节骨性关节炎,我已经被骨科医生多次通知住院做手术。为了陪伴心笛,我甚至没有时间去住院,就这么一直拖着。但是,得知运动产生的内啡肽可以在运动时改善患者的情绪,对治疗抑郁症有效,我便开始每天都把躺在床上和窝在沙发里的心笛千方百计带出门,一走就是八千到一万步。"多运动,运动是正能量!"我用这句话,时时鼓励着低头默默前行的心笛。让心笛坚持走路的招数,是对她说,我们先把家附近沿街的所有大小餐厅都吃遍。吃完了,再到离家远的地方去,此"吃"绵绵无绝期。然而,一旦尝试停药,心笛的症状便照复发不误。

在心笛病情稳定时,我又试图通过旅游疗法为心笛辅助治疗。母女二人先后游览了三峡、九寨沟和桂林。在游轮上,满目三峡两岸悬崖峭壁,水流湍急。在这长江风景线上最奇美的山水画廊里游走,是一份多么富有诗情画意的惬意享受啊!然而,心笛却始终躺在船舱里,只有到了饭点才出舱,吃完饭立即返回再躺下。我想自己到游轮观景台上去欣赏美景、照相,但又放心不下心笛,只好坐在床沿，管中窥豹地看看窗外的半壁悬崖。

在桂林，我已经从导游那里购买了两张观看《印象刘三姐》的门票。就在从酒店出发前，心笛突然因药物反应出现眼睛上翻的症状。我知道，心笛一旦出现这一症状连饭都吃不了，遑论外出活动了。导游眼看着到手的鸭子——两张门票款泡汤，万般无奈地把钱退还给了我。

九寨沟，多少人无限向往的旅游景点，我选择了在关寨前的冬季陪心笛来到这里。冬日的九寨沟，山峦与树林银装素裹，瀑布变成了一座座巨大的天然艺术冰雕，较其他季节更多了几分诗情画意。然而，在这样的大自然艺术画廊里徜徉的心笛，从始至终都是低头蹙眉踽踽而行，完全没有欣赏的情致。事实证明，旅游疗法对当时的心笛而言几近无效。

"去唱歌吧！"终于，心笛主动提出了要求，我欣然响应，陪同前往。也许是封闭的包房让心笛有了安全感，找到了释放的空间。她一曲接一曲地唱着，唱到兴头处还手舞足蹈起来。因为平日从手机上下载了大量歌曲，心笛不仅会唱中文歌，英语、韩语歌曲唱得也很溜。我拿起沙槌，和着心笛的歌声为她助兴，她一唱就是两三个小时。哈哈，终于找到了最适合她的音乐疗法！

到了晚上，由于白天唱歌太过兴奋，心笛又被失眠困扰。反复开灯又关灯，起身又躺下，在卧室和客厅之间来回走动。半夜了，她还是困意全无。躺在她身边的我根本无法入睡，只得眼睁睁地注视着心笛的一举一动，期盼她睡眠前吃的药能够尽快起效。

除去尝试以上各种疗法，我也为服了四年西药的心笛尝试过中西医结合治疗。看到心笛每次吞服颗粒很大的药片时眼泪都出来了，我的心揪到了一起，而且此种情景时时会出现在我眼前，出现一次，心就会被刺痛一回。我想，长期服用西药，毒副作用还是不可避免地会渐渐在心笛的身体里堆积。可否通过纯中药治疗，让心笛的病情得以缓解呢？

某日，我从网上看到一则某医院某医生用中医激活平衡调控三联疗法治疗精神疾病的报道，据说这种疗法一周即可起效。让我感到欣喜的是，在该医院网页上可以直接点击某医生的姓名与其对话。于是，我试着发出对话请求，某医生立即给予了回复。看过我对心笛病情的陈述，某医生说如果要准确地对患者的病情做出判断，必须患者本人来医院就诊，并与我预约了时间。

两天后，我陪心笛来到了某医院某医生的诊室。五分钟的问诊过后，某医生直接对心笛说："可以肯定地说，你患的是精神分裂症。"一句话让我大感意外，整个人蒙住了！

平日里，为了不让心笛蒙受更多的刺激和打击，从医院拿回的各种药，因为上面的文字太过直接，我都把外包装盒和里面的说明书撤掉，只给心笛递上裸药瓶或药片。就连"躁郁症"这三个字都对心笛讳莫如深。今天，这位精神疾病专家竟当着心笛的面，说出"精神分裂"这四个我一直认为与心笛毫不沾边的字来。莫说心笛本人，我自己都实难承受。退一万步讲，即使心笛真是患的精神分裂症，作为医生也理应照顾患者的情绪，侧面告知其家人呀！

无独有偶，这名医生的助理带着我去配药，边走边对我说："再不抓紧治，你女儿这辈子可就完了！"一席话，如同在我带血的心口上又捅了一刀！

事实印证了我的担心，从医院回到家后，心笛死活不肯服用某医生开的已经煎好的中药。我再劝，她接过药碗，直接朝下全部倒在地上，一扭身进了卧室。我知道，某医生的话让心笛无法接受。为了早日摆脱病魔，心笛平日里吃西药可是从没含糊过。基本不用提醒，到点了就自觉服用。四年坚持服药，却被诊断成了更严重的精神分裂症，这让她情何以堪！

数月后的一天，电视台报道了一家医院发布虚假信息和医疗广告，误导患者和公众等问题，对涉嫌违法犯罪的医务人员移送司法机关处理，并对该院管理混乱进行处理。一看这家医院的名字，正是带心笛曾经去就诊的某院。我继续点击把心笛诊断为精神分裂症的某医生的名字，发现他原来只是风湿骨病的专家，成串耀眼的头衔，却跟精神疾病治疗没有一个字的关系。

至此，我为自己的病急乱投医悔青了肠子。

爱莫能助

心笛从二十一岁起罹患躁郁症，到 2011 年她已经二十四岁。按照一般人的观念，这个年龄的女孩子一般都该谈婚论嫁了，记不清有多少人问过我："你女儿结婚了吧？"还有人直接问："你是不是已经升级（当姥姥）了？"

爱女心切的妈妈何尝不希望女儿早日披上婚纱，成为世界上最美的新娘？我从网上看到了一条消息：早在 2006 年，美国一项研究成果显示，对于感到孤独和消沉的抑郁症患者来说，结婚是增强心理健康、消除低落情绪的好方法。俄亥俄大学研究小组对 3066

宗抑郁症患者的个人案例展开调查,对比他们的抑郁症状在第一次结婚前后的变化(如失眠和持续悲伤的严重程度),发现他们在婚后抑郁症状都明显缓解。社会学系副教授克里斯蒂·威廉斯说:"对于抑郁症患者来说,婚姻带来的亲密关系、情感拉近和社会支持,可能正是他们所需要的。"

我曾经看过美国一位身为父亲的作家讲述女儿患精神疾病的书,其中不乏关于女儿患病期间恋爱结婚的描述。那个女孩儿的病情比心笛要严重,介于躁郁症和精神分裂之间。这本书让我知道了,躁郁症患者恋爱结婚这个我连想都不敢去想的话题,原来是可以涉足的。那段时间,心笛的病情已经比较稳定。有时,躺在心笛身边的我发现,她会把左手搭在右肩上,再用右手托住左臂,然后把嘴靠在左手手背上,发出"呕呕"的声响。原来,那是心笛在拥抱亲吻自己!这一幕,让我的心刹那间疼得缩成了战栗的果核!

在一次高中同学聚会时,男同学满江问我:"你女儿成家了吗?"在得到否定的答复后,满江又问了心笛的年龄,立刻说:"我有个老街坊是美院画家,他有个学生叫肖伟,和你女儿同岁,河北人,毕业后一直在北京创业。肖伟一直想找个北京女孩儿,如果可以,不妨让他们彼此交流一下?""好呀,还让老同学费心啦!""既然是老同学,这话可见外了啊!"

满江当晚便给老街坊打电话要了肖伟的手机号码和照片,转发给了我。照片上的肖伟身着卡通图案的白色T恤和牛仔裤,一副眼镜为他阳光的外表增添了几分斯文,说不上帅气而且皮肤黝黑,但不像我对美院学生的印象中扬发飘须、不修边幅的模样,尤其是照片下添加的两行字,瞬间把我逗乐了——有时候我真想问我妈我妹为啥比我白那么多，后来想想明白了两个道理：1. 我不是"肤浅"的人；2. 此生我可不想"白"活。

回家后，我把肖伟的情况对心笛讲了，问她愿不愿意先与肖伟交个朋友。联想到几年前心笛见彭勃最终不欢而散，担心这次被她一口回绝，因此说的时候我小心翼翼。没想到心笛立马回答"可以啊"，随后拿起手机就把肖伟的手机号码输入了。我抑制不住心头的喜悦，赶紧给满江发了一条信息。满江回复："好的，我让肖伟主动联系你女儿。"

几天后，满江给我打来电话，告诉我肖伟已经添加了心笛的微信，二人还互发了照片。肖伟跟他老师说，非常喜欢从照片上看上去清丽文静、腮上有些小肉肉的心笛。只是不知为什么心笛的态度一直不冷不热，约她见面也总是说"我很忙""再说吧"。肖伟感觉自己有点儿剃头挑子一头热，怀疑心笛是否已经有男友了。我肯定地告诉满江，据我所知，心笛绝对没有男朋友。

肖伟的态度让我有些始料不及，本来之前是想把心笛的情况告诉满江的，但又觉得就当时心笛的情况，先有个与异性交流的机会，成不成的还很难说呢。退一步讲，即使二人有交往的愿望，让他们日后自己来直面这个问题似乎更自然。我当时的心情是既喜又忧。喜的是肖伟有诚意与心笛交往，忧的是他一旦知道了心笛是躁郁症患者，还能接受她吗？

一天晚上，我从某卫视的一档《调解》栏目看到了这样一个案例：一个女孩儿爱上了一个患精神分裂症的男孩儿，而且爱得如痴如狂。母亲强烈反对女儿的这段恋情，请求现场嘉宾顾问能够帮助她阻止女儿的这种不理智行为。

节目一开始,现场嘉宾有一半站在了母亲的立场,情势似乎对女孩儿很不利。有人认为女孩儿是一时冲动,也有人觉得作为母亲为女儿一生的幸福着想天经地义,还有人劝女孩儿冷静一段时间再做决定。面对嘉宾们的建议和劝说,女孩儿的回答是:"我很冷静!""我没有一时冲动!"看到女儿如此执迷不悟,母亲放出狠话:"除非我死,只要我活着一天,决不让你跟他在一起!"女儿的回答同样决绝:"我不会屈从于您!""您如果真的为我好,就成全我们!"

现场的空气刹那间紧张到快要凝固,嘉宾们也一时缄默。主持人把目光投向了一位重量级心理专家,请他帮助做最终调解。只见这位心理专家走上台,让女孩儿背上了一个里面放满石块的双肩包。他告诉女孩儿,这个装满石块的双肩包就好比是你现在的男友,如果让你一生都要背着它往前走,你是否无怨无悔?如果是,你大声说三遍。女孩儿毫不犹豫地回答:"是的,我无怨无悔,无怨无悔,无怨无悔!"

女孩儿话音刚落,现场观众爆发出经久不息的掌声。原来质疑女孩儿冲动、劝她冷静的嘉宾也给予了她掌声支持。心理专家继续说:"我只是打个比方,说的是最坏的结果。这里还不包括有奇迹出现,比如男孩儿的病得到缓解或痊愈。但即使是最坏的结果,女孩儿都能如此义无反顾,为什么做父母的就不能给他们机会呢?何况精神疾病患者与正常人一样,也有情感的需求,有性的需求,有婚姻的需求。在病情稳定的情况下是可以结婚的。"

调解的最终结果是,母亲答应女儿,允许她用一年的时间陪伴男孩儿医治精神分裂症。虽然没有说如果治不好怎么办,但是和刚才的决绝相比，毕竟做出了极大的让步。

这期节目给了我一个启发：在爱情方面，心笛多么需要有一个心甘情愿背着她走过一生的人出现啊！这个人会不会就是肖伟呢？我决定把心笛的情况对满江和盘托出，于是拨通了满江的电话。

电话那边的满江听了我的一席话，一时没有反应，我以为是信号不好，刚"喂"了一下，满江说话了："你是不是这么想的，用北京户口招一个愿意照顾你女儿一辈子的外地人？"满江的话让我如同做了什么亏心事一般，竟一时语塞，不知如何作答。

两天后，满江给我打来电话："老同学，我为那天说的话道歉，当时可能感觉有些突然。这事儿不该怪你，当妈妈的嘛，你的心情我完全能理解。我不会把你女儿的情况对介绍人讲，一切顺其自然吧。"

我很想知道心笛对肖伟的态度，一次和心笛去唱卡拉OK，唱到BY2的《DNA》时，心笛不由手舞足蹈："眼，还在偷瞄些什么？口，在碎碎念什么？不能说的秘密还哽咽在喉咙。你的戏演得好弱，你的招数又好旧……"

趁着心笛在兴头上，一曲终了，我借机问她："你感觉肖伟怎么样呀？""什么？"心笛佯装没听清。"你——觉——得——肖——伟——这——男——孩儿——怎——么——样？"一阵音乐的声浪再次响起，我的问话一字字如砸在沙滩上，瞬间被席卷而去。心笛从点歌位站起身，接着去唱下一首了。

满江所言"顺其自然"的结果是没有结果，因为心笛始终推托不肯见面，肖伟不再主动约她，一段无缘开始的交往最终不了了之。

旁观者"蒙"

平日外出，我最担心心笛病情复发后痴笑或自语时，引得路人好奇或非好意的目光会刺激到她。因此，和心笛在路上并肩而行，每当她发出笑声或自语，为避免路人的关注，我也跟着她一起笑，让路人以为这是一对正相谈甚欢的母女。

一次在公交车上，正值高峰，乘车的人很多。一个乘客下车，靠在座位旁边的心笛坐了下来。随着乘客越来越多，我被挤得离心笛越来越远。不一会儿，听到了心笛的笑声，伴随着声音时高时低的自语。心笛附近有一个女乘客大声质问："这女孩儿是谁家的？怎么没人管呢？！"我拼命挤到了心笛身边，用两只手撑住了心笛的座椅和她前排座椅的靠背，以自己的身体护住了心笛，用更大的声音回应道："有我呢，我是她妈妈！"

某年春，心笛患重度呼吸道感染需住院治疗，方毅把心笛送到他侄子所在的某三甲医院。临住院前，他托付侄子"多关照妹妹"。我陪床时，给心笛削苹果，削完后把水果刀放在了窗台上。护士长来查房，发现了窗台上的水果刀，如临大敌般迅速拿起，把我叫到了病房外说："方大夫（方毅的侄子）特意嘱咐我照顾好他妹妹，像水果刀之类的危险品用完后您可得收好，不能让您女儿看到。"后来我请来了护工，护士长第一件事仍然是把护工叫出病房叮嘱一番。虽然明白护士长是一番好意，但让我不解的是，作为专业医护人员，怎么也对精神疾病如临大敌？家中如护士长说的各种刀具等危险品随处可见，如果心笛有自伤的念头，何至于等到现在？

邻床病友是一个八十多岁的老太,患的是肺气肿,连躺下睡觉都很困难,只能整日靠在被垛上,都这样了,还不忘问我:"你女儿没别的病吧?"当时心笛的躁郁症已控制住,我不知老太因何这样问。老太接着说:"我看她手脚总是不停抖动,没事儿吧?"我明白了,那是心笛服用的药物产生的副作用所致,老太有可能把她当癫痫病人了。可当着心笛的面,又不能正面回答老太,只能含糊其词地遮掩:"哦,没事儿,她抖着玩儿呢。"

心笛临出院的头天夜里,一床另一个九十岁的老太病危,一直在打摆子、呻吟,高烧始终在39度上下。老太痛苦不堪,痛苦的呻吟声持续了一夜,医护人员也抢救了半夜。第二天一早,护士把我叫到病房外,关切地说:一床情况不好,您尽快为女儿办理出院手续吧,最好别让她看见。听护士这么一说,我以与死神搏斗的速度开始收拾衣物、办理出院手续。就在我手牵心笛走出病房马上要乘电梯时,病房内传出老太三个女儿呼天抢地的痛哭声。再看心笛的表情,似乎比我还要淡定。

为了心笛,我开始自学心理学,向心理学、社会学、哲学家的鼻祖们寻求答案。历史学家托马斯·卡莱尔把"劳动吧!不要绝望!"作为规劝人们摆脱忧郁的一种方法。患有严重抑郁症的达尔文曾无数次提到工作的救赎作用,将其称为"唯一一件使我还能够忍受生活的事情"。叔本华也赞同"工作可转移人对与生俱来的忧郁的注意力"。弗洛伊德甚至认为轻度的抑郁最适宜工作,能让人多产,专注地致力于某一项事业。

按大师们所言,我决定帮助心笛从事简单的工作,并把目光瞄向了社区居委会。让有过国外留学经历的心笛无偿地为社区做点儿事，总不至于被拒绝吧？

我走进居委会主任办公室，向对方说明了自己的请求，女儿文笔还不错，能当个不取任何报酬的社区义务通讯员。主任面有难色地对我说："我们没接触过这类病人，如果你女儿工作时犯病了怎么办？"我当即表示，自己已经退休了，可以陪伴女儿一起工作。听我说到这个份上，主任终于答应了让心笛先做一段时间看看。

这天，居委会举办法律知识讲座。我得知消息后，带着心笛提前来到了讲座现场。心笛开始用相机拍照到场的听众，一名居委会工作人员进来了。只见她不出声地用口型问我："这是您女儿？"我顿时感觉一阵不舒服，但还是点了一下头。不否认对方也许出于好意，不想让别人注意到心笛，但还是给我一种把心笛视为另类的感觉。当题为"法律讲座，防理财诈骗和消费权益知多少？"的文章在社区报发表后，"文并摄／通讯员 方心笛"几个字，让我在泪眼蒙眬中不知看了多少遍。

心笛的文章不断在社区报和网站发表，一下子还出了名，社区报时不时就向她约稿。我想借此机会向居委会主任再次请求，可否让心笛做一名正式的社工。主任说，像心笛这种情况，必须是父母有一方为病残者，子女才能享受就业。我对主任说，我是一个乳腺癌患者，可以试试申请提供病残证明。主任当时就让主管负责人到街道办事处有关部门了解一下具体政策。

说起我的病，还是在2009年被检查出来的。一次洗澡时，我无意中发现右侧乳房有一个硬块儿，但是没有痛感。第二天去医院，被检查出右乳内长了一个约三公分大的良性实体包块，大夫说可以先行保守治疗。但是四个月过后，右侧乳房的实体包块不仅没有变小,摸上去反而更大更硬了。我再次来到医院,通过乳腺钼靶X线摄影检查和穿刺活检,被诊断为乳腺癌。

当我再次来到居委会,请相关负责人开具病残证明申请时,接下来的事情,却让我更堵心。这名负责人告诉我,她已经向街道办事处有关单位了解了相关政策,父母一方病残还不行,必须是精神残疾,子女才能享受就业。呜呼,莫非为了心笛能够就业,我这个当母亲的病残还不算,非得把自己整成精残不成?

我怔在那里,再也说不出一句话来。

"我不是残疾人!"

从心笛患躁郁症之日起,我几乎每天都在反思心笛患病的原因。

性格内向,孤僻成疾?父母离异,忧郁成疾?留学过早,思乡成疾?恋爱失败,伤情成疾?

这边,我对心笛所患躁郁症的原因冥思苦想;那边,方毅唯恐对心笛的爱补之不及。把心笛接到他那里居住的几个月里,他叫上我,特意跑到家政公司去请了一个保姆。每天三顿饭做好后,保姆一遍遍到心笛的房间去请,往往是心笛只吃几口就跑回房间去了。保姆又一遍遍把饭菜热好,等她接茬儿再吃。如果心笛感觉保姆做的饭菜不可口时,干脆一口不吃,直接打电话叫外卖。

这样的日子在一天天持续。某个周末,我来到方毅家看望心笛。正赶上午饭时间,亲眼见到保姆叫不动心笛时,方毅把饭菜端到了她的床头。终于,心笛冲着他大喊一声:"我不是残疾人!"然后一把把方毅推出房间,砰的一声关上了门。

正是心笛的一声"我不是残疾人!"把我给喊醒了。这声疾呼,表明她头脑是清晰的。她不认可人们包括家人给她贴上的标签,曾经那么优秀独立的她,怎会甘于整日被人侍候,失去自我?叫外卖,实际上可能是她维护独立和自我的唯一方式了。而我还在整日纠结于过去,这样下去又怎能帮助心笛面向未来呢?

一想起心笛那句"我不是残疾人!",我的眼泪就如同海绵里浸透的水,随时都会溢出来。

"你有在网上寻因问果的时间,不如带孩子去看一场电影,爬一次山。"这天,申大龙医生得知我总在寻找心笛病因的窠臼里打圈圈后,跟我说了上述的话。同时告诉我说,他马上就要退休了,可以在网上搜索第三病区主任欧阳萍医生,在陈述心笛的症状后申请挂她的专家号。

按照申大龙医生的提议,我从"好大夫在线"搜到了欧阳萍医生并做陈述如下:"欧阳萍主任您好!我女儿因患双相情感障碍,自2009年开始在贵院接受治疗。其间不断经历反复,在原主治医生的指导下一直服用奥氮平、德巴金等药物,上月情绪已经基本稳定。可能由于季节的变化,近日又出现了偶笑和自语的症状。以往只要加大药量一个月便可以消除症状,但此次一个月过去仍不见有大的好转。因女儿原主治医生即将退休,想请您给看一看,我女儿目前的症状应从哪方面治疗为好?家属应如何配合治疗?不胜感激!——患者家属 舒薇"

在等待回复期间,我点击欧阳萍医生的文章,被其中的一篇触动到了：

> 对部分人来说，药物确实是不折不扣的救命稻草。但是，没有一种药物是百分之百有效的，仅凭药物治好一个人的状况是很少见的。服用抗抑郁药物，最多只能提高大脑的耐受力，药物无法解决环境中的应激事件问题，无法解决个体的应对方式和认知问题，也无法通过服用抗抑郁药物，来增加社会支持。需要在服用药物的同时为病人做心理治疗，同时帮助他们建立和发展社会支持系统，提高应对环境应激的能力。药物与心理治疗相结合的综合治疗，才是治愈抑郁症的整体最佳治疗方式。

"只会给病人诊断开药的精神科医生，不是一个合格的医生，即使放在许多年前算是合格的，放到现在和未来，就是不合格、不称职的精神科医生啦！"欧阳萍医生在文章的最后呼吁："每一位精神科医生，除了学会诊断开药，一定要努力学习心理治疗知识，提高心理治疗技能。她希望将来精神科医生不会再有这样的情况：在给病人诊断开药之后对他说：我不会心理治疗，你去找谁谁谁给你做心理治疗吧！"

几年来，我来医院总要为心笛挂两个号：门诊和心理咨询。顾名思义，门诊，寻医问药；心理咨询，求助于心理医生。从没有想过能够遇到一位对患者进行"二合一"治疗的医生。

很快，我便得到预约转诊申请回复：医生已同意您的门诊预约申请。因为兼着病区主任，欧阳萍医生每周只有星期二、三两天出诊，其中周二下午是特需门诊，我为心笛挂了她的特需门诊。带着好感和希冀，方毅开车，载着我和心笛来到医院。候诊的病人很多，隔着诊室的玻璃窗，我看到了面色和蔼的欧阳萍医生，她正在耐心解答病人家属提出的问题。

终于叫到心笛了，待她坐定之后，欧阳萍医生柔声细语地问她："方心笛，跟我说说，你最近感觉怎么样？""挺好。"面对每个医生，心笛过往的回答都是这两个字，接下来便起身走出诊室，今天也不例外。背着心笛，我把她的症状，包括嗜睡、不爱活动等如实向欧阳萍医生做了陈述后问："像心笛这种状况是否需要减药？"

欧阳萍医生对我说："如果你女儿每天都嗜睡，奥氮平可以减一点量，按 2.5 毫克与 5 毫克相间给药，还是注意观察她的情况，如果不行就持续 5 毫克。只能先减量试试，要多注意观察。"

停顿了一下之后，欧阳萍医生继续说道："依我对你女儿的观察，目前主要的问题是缺乏自信和无所事事。所以，要鼓励她适当参加社会活动。"

半年过去，我在网上向欧阳萍医生报告心笛的可喜变化。

"欧阳萍主任：向您报告一个好消息，今天女儿开始了社区服务志愿者工作，终于迈出了可喜的一步！她之所以能有这样可喜的变化，与您精湛的医术和中肯的指导密切相关，在此向您表示诚挚的谢意！有个问题想向您请教，她的嗜睡情况仍比较严重。我有些担心会影响她做志愿者工作，不知可否适当做药物调整？"

"真好！为您女儿的变化高兴。药先不用调，多督促吧。"

为了孩子

2011年9月,经过深思熟虑,我做出一个决定:报名参加心理咨询师培训。不为生计,更不为名利,只想为了心爱女儿的身心健康,同时尽可能帮助像心笛一样的抑郁症患者和他们的家庭走出困境。

我有种预感,让我对自己的这次选择充满自信,因为这也许是我今生的最后一次。太多的亲身感受赋予的动力,多年辛勤耕耘积蓄的实力,对千万个心笛健康成长的渴望,对无数个家庭美满幸福的企盼……让我劲头十足!

培训班上课第一天,讲述基础心理学的女教员让我们自告奋勇地做一下自我介绍。话音刚落,一名男青年第一个把手举得老高,吸引了教员的视线。只见他站起身来自我介绍:"我叫郝帅,今年二十四岁,为疗伤选择了心理咨询专业。"刚说了开场白,教员却对他做出暂停的手势,请他走上讲台,以最自然放松的状态面对大家。眼前的郝帅人如其名,长得既高又帅还白净,上着配有时尚卡通图案的天蓝色T恤,下穿牛仔裤,浑身充满青春活力,散发出迷人的魅力。

待郝帅站定,女教员对全班学员说:"请每人用一个词来形容一下对郝帅的第一印象,并且只能说正面的,也就是'轰炸式表扬',开始!"于是,学员们你一言我一语,争相对郝帅夸赞起来。大家每说一个词,教员就在黑板上记下一个,居然写了半个黑板——帅气、内敛、阳光、积极主动、思维敏捷、笑容灿烂、勇敢、有亲和力、礼貌、坦诚、青春、稳重、善于与人分享、有主见、可靠、雷厉风行、质朴、自信、乐于助人……

说郝帅"乐于助人"的,是一个与他同桌已怀有身孕的准妈妈。她补充道:"他看到我拧矿泉水瓶盖显得有点儿费劲,主动接过去,帮我打开。"现场气氛热烈,引得女教员也参与进来,她对郝帅的评价是:"尊重和接纳。这是他与我对视的眼神告诉我的。"

看到师生们毫不吝啬地给予自己这么多溢美之词,郝帅那张俊朗的脸庞不禁涨得通红。女教员问他:"郝帅,请告诉大家,听到这么多的好评,你现在心情怎样?"尽管有些羞涩,郝帅还是非常实在地回答:"感觉心里真挺舒服的。"女教员又问:"那请你再告诉我们,哪些评价是从没听到过,或者连你自己都没想过的?"

只见郝帅在"阳光""积极主动""勇敢""有亲和力""自信"五个词上画了问号,而接下来他讲的话,却让在场所有人大跌眼镜——

"其实,我在2008年就患上了很严重的抑郁症。想过自杀,甚至杀人!"

难怪他在"阳光"等五个词上画了问号,那正是心理异常者在特定时期,在性格和精神上所缺失的关键词。

面对教员、学员或吃惊或不解的表情,郝帅继续平静地说:"是家人把我送去医院住院治疗,经过将近两年的时间我才逐渐恢复。我学习心理学,是想找到自己真正的病因,明白怎样做今后才能不再复发。"我马上想起郝帅刚才所说"为疗伤选择了心理咨询专业",原来初衷在此。

第二个做自我介绍的是与郝帅大致同龄的女孩儿,她也说是因为自己严重的抑郁倾向,给生活和工作带来无尽烦恼,所以想到要来学心理学的。比起郝帅来,她的症状要轻得多,起码还能正常上班。

女孩儿刚刚坐下,一个约莫三十岁的女学员,边举手边急不可耐地欠起了半个身子。女教员微笑着做出请她发言的手势,她便连珠炮似的讲起前来学习的原因:

"我妈妈原来是中学老师,打从三年前退休,每天烦躁不安,动不动就发脾气。一开始家人以为她是更年期的缘故,尽量让着她,开导她。但是好几年过去了,她的脾气却越来越大,发展到和邻居,甚至大马路上的随便什么人去争执吵闹。不仅完全没有了当初为人师表的风范,有时简直就像个泼妇。我送她去医院治疗,经医生诊断为'躁狂症',给她开了一堆的药。可我还是想通过心理治疗,帮我妈祛除异常症状……"

最后一个发言的机会被我争取到了。我用四个字向大家说明自己要做心理咨询师的动机——"亡羊补牢"。随后,简短讲述了自己的亲身经历:由于自己和前夫教育失当等诸多因素,导致女儿罹患躁郁症。经过女儿本人和我们的齐心努力,终于顶住了这场"灭顶之灾"。如今,女儿有了明显好转。我本人愿意掌握心理咨询技能,并融入自己的切身感受,去帮助那些曾经或正在患精神疾病的人。话音刚落,女教员提议为我带给大家的感动鼓掌。

课间休息,有个与我年龄相仿的中年女士来到我身边,告诉我她姓白,表示愿意与我私下交流,并向我要了电话号码。从简短的对话中得知,她有个二十四岁的儿子。我脱口问道:"你孩子大学毕业了吧?"只见白女士不置可否地努了两下嘴。这时,上课时间到了。

三天之后，我如约与白女士见面。

"虽说与儿子朝夕相处，但我这个做母亲的却从来没有真正读懂过他。"白女士的第一句话，就让我脑子里冒出个大大的问号：朝夕相处，没有"断层"的母爱，也会与孩子产生隔阂吗？

白女士的儿子名叫天宇，天资聪颖，智商超常，三岁时就会做一百以内的算术，五岁便能做三年级的数学题了。上小学后，看到和他一起做家庭作业的同学总做错题，还在一遍遍算个不停，天宇总是忍不住笑起来，白女士制止他："小宇，要尊重同学！"天宇捂嘴笑着说："妈妈，他根本没有搞明白题意，还老在那儿算，有什么意义呀？"

升入重点中学后，天宇的学习成绩在班内一路领先，不久升入尖子班。然而，一次家长会上，一直以儿子为傲的白女士，却作为"问题学生"家长被老师留下单独谈话。原来，天宇已经有相当一段时间不交作业了，学习成绩也逐渐下滑，课上还时有打盹等现象发生。

老师的话让白女士百思不得其解——儿子每晚都关上自己的房门，一般到十一二点才熄灯。她常会端一杯热牛奶给儿子送到房间，每次敲门进去，都看到儿子正专心看书、写作业。为此，她曾不止一次地跟丈夫念叨："学校留的作业太多了，这样下去会影响孩子健康的！"

家长会结束当晚，带着满腹狐疑的白女士，照旧端着一杯牛奶走向天宇的房间。这次，她破例没敲门，直接走了进去，才发现天宇正趴在电脑前全神贯注地打游戏。也许因为太投入，完全没有发现站在他身后的妈妈。至此，白女士恍然大悟：原来，儿子整晚把自己关在房间里，是在干这个！

接下来，白女士自然生气地大声质问。看到自己的行为被妈妈得知，天宇这才小声告诉她已经有好几个月了。因为自己在学习上一贯远远超过大多数同学，总要等他们追上来，渐渐等得不耐烦了。大量的剩余精力无处释放，便"找事儿做"，玩儿起电脑游戏来，没想到一发不可收地染上了网瘾。

为帮助天宇戒除网瘾，白女士从此每天盯着儿子看书、做作业。一方面和学校达成默契，天宇每天完成作业和看书的情况都要由家长签字；另一方面给天宇立了一条铁的规矩——看书后必须把当天所学的内容背下来，达不到三分之二的程度，家长不签字。

然而，高考过后，第一志愿报考北大的天宇，成绩只勉强过了本科录取分数线，仅在补报后被一所外地普通高校录取。而心灰意冷的他入学后仍是玩儿心不改，不到一年便辍学回京。这个本来成绩名列前茅的优等生，被父母送进某网戒中心接受治疗。一年后，他再次参加高考，被北京一所普通高校录取。

遭受一连串的失意和打击，天宇出现了严重的抑郁倾向。夜晚失眠，白天上课时注意力无论如何也无法集中。终于，本该于2010年毕业的他留级了。

坚强的白女士脸上依然保持着平静，但声调明显透出苦涩："我是天宇的母亲，却让他在我眼皮底下染上了网瘾。过去是同学们对他望尘莫及，现在的他却不及普通的同龄人。假如上初中后让他跳级，或者直接报考大学少年班，今天的天宇，也许在几年前就已经从北大或者哈佛毕业了。可现在的他，却是不知哪天才能从一所普通高校毕业的抑郁症患者……"

我心中不禁涌上一丝歉意。面对这个与自己抱着同样心愿前来接受培训的母亲，那天我怎么竟问了一句那么不着调的话？真是"哪壶不开提哪壶"，也许我这句无意的问话触到了她心底的最痛处啊！我后悔不迭。结束交谈时，我诚恳地对白女士说："与孩子的健康相比，即便北大、哈佛，也都不过是身外之物。在这方面，咱们一块儿努力吧！"

如何用"心"做父母

心理咨询师培训班后期，教员又为学员们安排了一堂"心灵成长"实践课。

报名参加"心灵成长"课的学员共十人，放眼一望，都是心灵曾经受到过伤害，渴望前来疗伤的青年人。

教员出的第一个题目是："你的名字是谁给起的？有什么特殊的含义？你是否喜欢？"

"我叫齐越春，我的名字是妈妈起的。"一个三十出头、衣着入时的女学员自我介绍。

"齐越春，你的名字就像你本人一样靓丽青春。能否告诉大家，你妈妈当年给你起这个名字有什么特殊的含义吗？"教员语气温和地对齐越春说。

"我妈妈一直想要个男孩儿，怀孕的时候把名字都起好了，叫齐宏春。可偏偏生了我这么个女孩儿，我妈大失所望，所以就给我起了'越春'这个名字，意思是'把春天越过去'。连亲生母亲都不欢迎我到这个世上来,我怎么能喜欢自己这个名字呢?"

望着大家有些意外和不解的神情,齐越春向教员要求说:"老师,我能再多说几句吗?"

"当然可以。"教员的语气中多了许多鼓励。

"也许大伙儿看我表面挺光鲜亮丽的,是因为我从幼年起就发过誓:妈妈越不喜欢我,我就越要让自己活得精彩,给她看看!所以,我不仅自己生活得很好,还经常买最贵最好的东西送给她,这就是我对她的回报。我不敢说以德报怨,因为我的出发点有些阴暗。但这些年来我就是这么孝敬她的,而且今后会一直这么孝敬下去。"

教员出的第二个题目是:"说一说在你十八岁以前最难忘的一件事"。

一位叫晴岚的女孩儿对众人说:"这个题目和上一个角度完全不同,但是我与越春的经历和感受却非常相似。我妈妈也是特别盼望生男孩儿,因为爸爸家弟兄多,她想生个男孩儿来提升自己在婆家的地位,结果生下了我。她不甘心,宁可被罚重金也要生第二胎。随着弟弟的降生,妈妈如愿了,每晚睡觉都把弟弟放在她和爸爸中间。我特别羡慕弟弟,也想睡到爸妈中间去,结果被我妈一脚踹到了床下……"

说到这里,所有人,包括教员,眼圈都红了。有人为晴岚递上了纸巾。

"不仅如此,爸妈不在家的时候,让我带弟弟。只要有点儿什么事,爸妈一回来,弟弟就向他们告状。于是,我妈不分青红皂白,上来就是一巴掌,有时还用脚踢,踢得我满地打滚儿。"说到这里，晴岚已是泣不成声。

　　这时，我看到教员接过一名学员递上的纸巾，拭了一下眼角的泪水，然后饱含深情地望着晴岚说："作为一名咨询师，与来访者'共情'过深，会影响咨询效果，所以我有很多年没出现过这种情况了。可是晴岚，你的发言让我无论如何也控制不住。你看上去那么灵秀，就像一只欢快的小燕子，是那种让人一见就顿生怜爱之心的女孩儿，无论如何也不会把你与家庭暴力联系起来，而且是来自生你养你的妈妈。现在，你在我的眼中，不仅是一只欢快的燕子，更是一只坚强的海燕！"

　　接下来，学员夏彤讲述由于妈妈与奶奶的"婆媳大战"，妈妈一赌气把她扔给了奶奶抚养；学员漪霞讲述妈妈在她仅六岁时去世，爸爸把她过继给了叔叔。唯一的一名男学员高卓说，因为妈妈每天施压，只要他考试成绩不好就非打即骂，三年前，也就是上初三那年，他离家出走，直到今天。

　　……

　　即便如此，教员仍在通过"冥想"引导在座每个人："哪怕她把更多的爱给了你的兄弟姐妹，哪怕她平日总是喜欢挑剔、控制你，甚至在你受伤的时候没有及时为你擦拭伤口，你是否依然想对她讲那番埋藏心底的话，对她说上一句'妈妈，我爱您！'？"

　　这些学员真好，他们全都忍住心里的委屈，在教员的带领下，大声说："妈妈，我爱您！"

　　2012年5月，我又参加了一堂题为"用'心'做父母"的公益亲子体验课。到场的十四名学员全部为家长，其子女年龄从六个月到二十四岁不等。

体验课开始,女教员给大家提出的第一个问题是:"您希望您的孩子将来成为什么样的人?"家长们纷纷举手回答,教员把每个人的说法一一写在黑板上:身心健康、人格独立、明白生命的意义、内外世界和谐、学会爱与被爱、有很强的社会适应能力、对家庭和社会有责任心、充分发掘和实现自己的潜能……

面对满满一黑板的答案,教员微笑着反问大家:"请问您真正明白生命的意义了吗?您的内外世界是否和谐?您的潜能已经得到充分发挥了吗?"

只见一个中年妇女涨红着脸回答:"正是因为我们当父母的没有做到这一切,所以才把希望寄托在了孩子身上。"

"好,问题来了。正是因为家长寄予子女太多的、连自己都实现不了的期望,造成很多孩子无论怎样努力,背后总有一个否定的声音在提醒他:你还差得远呢!考试得了九十八分,会被问'那两分呢?';在班级成绩排位第三名,又会被问'怎么不是第一?'。结果给他们心头留下挥之不去的阴影——即使我再努力,也永远不够好。诸位,我真想替这些孩子发一声叹息:当人家儿女好难啊!"

教员的话带起众人第二轮热议——父母的天职究竟是什么?教育孩子的最终目的又是什么?

一个年轻母亲说,她女儿今年三岁。就因为孩子不肯刷牙这件事,她几乎磨破了嘴皮子也不管用,最后一气之下撅断了女儿的牙刷。她的发言,让我想起心笛小时候,为了扳她不主动叫人的毛病,我经常以"你不叫人,妈妈就不带你出去玩儿"来要挟。结果,直到现在,她见人都极少主动打招呼。现在反思起来,也许正是我的施压过度，导致女儿年幼时形成了这方面的心理障碍。

教员在地上画了一座冰山，运用美国著名家庭治疗师萨提亚的"冰山理论"，标明"水平线"之上是"外在表现行为"，"水平线"以下为"沟通""感受""想法""期待""渴望"和"真正的自我"。画毕，教员自问自答："泰坦尼克号是被冰山的什么部位撞沉的？无疑是深藏水中的冰山下部。"

"有些父母教育的失误在于，他们往往极力去控制子女外在的表现行为，却完全感受不到，甚至根本不去体察孩子内在的心理活动。结果，亲子关系如同泰坦尼克号，被冰山下的隐蔽部分撞毁，直至最终倾覆。"教员的讲述形象生动，让众人连连颔首。

进入亲子体验环节，一名中年男子走到中间，脚踩教员画在地面的"冰山"，说到自己的行为和内心感受，讲述十分顺畅。然而，教员又问道："假设你的脚下是孩子的冰山，你又如何表述？"这个父亲对已经二十一岁的儿子"外在表现行为"进行陈述后，脚步迈向"水平线"以下环节，顿显无所适从。尽管有教员从旁指点，他仍是一脸茫然，直至额头上渗出细密的汗珠。

接下来参与体验的，是那个曾赌气折断女儿牙刷的年轻母亲。在教员的启发下，她终于一步步悟出了孩子的"感受""渴望"和"期待"，当场激动落泪。

教员轻轻抚摸着年轻母亲的肩头，把脸转向在场所有人，用一句话点明了本次体验课的主题："各位爸爸妈妈，请用'心'走进你们孩子的内心世界吧！"然后，她以一首黎巴嫩诗人卡里·纪伯伦的诗——《你的儿女》，作为本次课程的结束语——

……

他们借助你来到这世界，却非因你而来。

他们在你身旁，却并不属于你。

你可以给予他们的是你的爱，却不是你的想法，

因为他们有自己的思想。

你可以庇护的是他们的身体，却不是他们的灵魂，

因为他们的灵魂属于明天，

属于你做梦都无法到达的明天。

你可以拼尽全力，变得像他们一样，

却不要让他们变得和你一样，

因为生命不会后退，也不在过去停留。

你是弓，儿女是从你那里射出的箭。

弓箭手望着未来之路上的箭靶，

用尽力气将你拉开，使他的箭射得又快又远。

怀着快乐的心情，在弓箭手的手中弯曲吧，

因为他爱一路飞翔的箭，也爱无比稳定的弓。

第七章

母爱回归

学以致用

在心理咨询培训班上结识的同学中不乏优秀学员。在心笛的病情随着各种治疗一点点得到控制后,我想请其中的一位女学员给心笛做心理疏导。有一天我问她:"给你请一位心理咨询师,你把想说又不愿对爸妈说的话跟心理咨询师经常聊聊天,你看好不好?"心笛连连摇头:"不用不用,没什么好聊的了。"

我知道,心笛拒绝心理治疗的原因有两个:一是刚刚走出家门那段的心理治疗,前期还有些效果,但到后来她就烦了,说"她(心理医生)总是纠正我,我再也不想听说教了"。二是重度躁郁症的主要特征是容易产生幻觉幻听,并且坚信自己的所听所感是真实的。因此单纯抑郁症患者比较容易接受心理疏导,而在患有重度"双相情感障碍"的心笛这里便难以奏效。于是,我没有再勉强她。

我在网上点击"双相情感障碍",搜到了美国心理学教授戴维·J.米克罗维兹所著《双相情感障碍:你和你家人需要知道的》一书的简介,立刻在网上订购了一本。读着读着,我不禁兴奋起来。这本书真如译者序中所言,其作者"宛如一位和蔼可亲的老朋友,坐在沙发上和你聊家常",里面的操作练习,简直就是在手把手地教我。

我让心笛在书中所列诸多现象中适合于或不适合于描述她的项目上打钩或画叉,她在"欣快、浮夸、沮丧、无兴趣、睡眠过多、奔逸的思维、精力充沛、做太多的事情、极容易分心、更容易疲乏、无法专心、急躁、感觉无价值、行动急促、过分追逐目标、攻击性冲动"共十六项打了钩,在"睡眠过少、想自杀、冒大风险或异常的风险、极其兴奋、高度焦虑、行动缓慢、没有希望、异常消极"八项画了叉。我高兴地对她说:"好啊心笛,说明你已经好了三分之一。还有,你没发现吗?你画叉的都是狂躁、危险性高的,打钩的里面也有积极和相对安全的。祝贺你!"随即给了她一个大大的拥抱。

心笛"嗨!"了一声。听到这久违的"嗨",我似乎看到了当年那个梳着两个小羊角辫到机场送我的女儿。

按照戴维教授书中的指点,我为心笛设计了"社会节奏量表",让她每天晚上填写。包括起床、吃早餐、与他人第一次联系(含电话)、首次出门、开始工作(实习)、吃午餐、午睡、有氧运动、吃晚餐、观看电视节目、散步、睡觉等的具体时间,并把每个时段的"心境自我评价"写入其中。

经过一周的观察统计,我发现心笛心情郁闷的程度大致有"晨重夜轻"的规律。清晨或上午陷入情绪低潮,要么坐在沙发上低头不语,要么早饭也不吃继续睡回笼觉。而中午以后到傍晚则渐为好转,甚至能主动与人进行简短的交谈和进餐。

没有读戴维博士的书之前，面对心笛郁闷烦躁的情况我往往束手无策。早晨忙忙碌碌给她做了一大桌子各式早点，她却连看都不看一眼，更别提让她外出做有氧运动了。现在，我帮她根据各个时段烦躁郁闷和心境的状态，对每天的作息时间进行了调整。

凌晨至上午，当心笛心境在低潮时，我帮助她尽量减少睡眠，陪她去看电影、逛商店散心，并减少社交活动，以防受外界刺激或与他人发生冲突。中午开始，随着她的心情渐入佳境，则安排她适量工作、学习、见朋友或聚餐。

我把自己经过学习研究而归纳总结出来的这一成果，定义为"心笛快乐曲线"。不仅心笛对此很是受用，我也仿佛去掉了一个心病，不再为女儿出现的忧郁烦躁情绪茫然不知所从了。

2012年端午节前夕，我单位几个认识心笛的姑娘提出要来看望她。刚开始我征求她的意见，她还说"行"，可就在朋友们要来的前一天却突然变了卦，先是说不见那么多，就见两个，又说只见一个，最后干脆来了句："我谁都不想见了。"

我判断，心笛先是对即将见面的姑娘做了"最想见的""比较想见的"和"不太想见的"三种选择，而最终谁都不见的原因，多半源于服药导致的肥胖让她自卑。

为帮助心笛正视现状，客观面对自己和他人，我又认真阅读了台湾某知名精神科医师所著《抗抑郁处方》一书。上面就有关于"评估你自己是否属于完美主义者"所列的清单，我让心笛对照着进行选择：

1. 我对人的看法相当主观，只要不符合我的标准，均给予负面评价。

2. 我对别人的要求相当严格，只要达不到的，我都会觉得他是个失败主义者。

3. 我对自己的要求相当高，只要没达到自我设定的完美标准，就会对自己大发脾气，不能原谅自己。

4. 我对每件事都有相当主观的看法，只要事情不符合我的期待，孩子、配偶、家人不符合我的期待，我就完全无法接受。

5. 我有一个是非、善恶分明的世界观，人不是对就是错，事情不是做对就是做错，没有灰色地带，也没得商量。

结果，心笛在以上选项中的3和5画了钩。我对她说，按照专家的说法，以上五项中哪怕只符合其中一条，就是一个过度僵化的完美主义者。过于完美的追求，反而导致人失去了一双发现美的眼睛。这样的人，当达不到自我设定的理想标准，或周遭的人和事物不能符合他的完美期待时，整个世界在他眼中便没了美好可言，而是一片灰暗。

在我告诉心笛测试结果并做了如上分析后，从表情上看得出，她受到了很大触动。我进而以这次"泡汤"的聚会举例说："抱着对自己和他人过于苛责的眼光，搞得不光自己很累，周围人也连带着累，怎么能有好的情绪和轻松的处世态度呢？"

这次互动有了可喜的效果，端午过后，心笛对我说："妈妈，带我去你单位看看那几个姐姐吧。"

我不禁又一次想起，在心笛上小学的一个冬日，我曾看到她在布满霜花的窗玻璃上写下"方心笛是世界顶级人物"十个大字。刚会上网，她给自己起的网名是"超级大神童"。心笛的智商经多次测试都是140，的确大大超出常人的90至110。

过去，我曾为心笛有这种天赋和自信感到骄傲，认为她"人小志大"，还把这些如数家珍地对熟人和朋友说。让我万万没想到的是，这些"大志"，会在日后成为心笛头上的"金箍"。比起留学后转专业的"伏笔"和后来情感受挫的"导火索"，过度追求完美，应该才是导致心笛走到今天这一步的"根"。而这"根"上，又有多少我的骄傲和自豪啊！焉知不就是我那一次次的"如数家珍"，变成了"金箍"，亲手戴在了女儿的头上？我好悔啊！

我现在真切地感到，总把自己孩子当"神童"的父母，实在是最愚蠢的父母。面对优秀的孩子，我们往往只沉浸在自豪甚至炫耀之中。殊不知，就是这些自豪与炫耀，足以让孩子陷入某些致命的心理误区。

我愿意告诉与我一样的父母，"神童"不是仅靠智商来判断的，无论自己的孩子有多么聪明，也千万不要真的把他当成什么"神童"。孩子永远是自己的好，且不说您的判断是否准确，即便是真的"神童"，"神童"也还有"神童"的磨难。"祸兮福所倚，福兮祸所伏"，家有"神童"，又安知是祸是福？为人父母，还是学些古人的智慧吧。

用爱疗心

西药的副作用,限制了心笛的思维和行动能力。一天天的嗜睡,让她产生了担心睡傻变呆的隐忧,我时常看到她上网做智力测试。为了不让她因在"特殊时期"所做的测试结果不理想而受到刺激,我开始思考如何引导她走出过于看重智商的误区。

我对心笛说:"记得我在日本留学时学过的教育心理学里有个概念,叫作'IQ(智商)的恒常性',即智商是与生俱来的,无论经过多少岁月,该多高还是多高,不会因时光的流逝而改变。所以你大可不必把心思花在维护你的智商上,而是应当用你的高智商去提升你的 EQ(情商)。因为人的情商不像智商那样生来就有,主要是通过后天的学习培养的。"

看看心笛的表情,像是能听进我的话,我接着说:"现代心理学研究表明,一个人成功与否,智商只占百分之二十;出身、环境、机遇等占百分之二十;情商占百分之六十。你智商这么高,不会舍本逐末,一味死守从娘胎里带来的'小',而不去追求安身立命的'大'吧?如果一个人没有高的情商,就会为不能获得健康的身心、心仪的事业和完满的婚姻与家庭而'心伤',以致最终留下难以愈合的'创伤'。"

我没有直接去碰触心笛的内心世界,因为我觉得能够写下《独活杂记》的她,肯定自觉或不自觉地思考过有关情商的问题,否则不会因自己不具备交友"行动的能力"而祈祷:"神,请赐给我力量吧……"既然心笛那么乐于接受测试,我投其所好,找来一份"世界五百强"中多家企业为员工做情商测试的题目,让心笛来做。

心笛的测试结果总分为59分。她沮丧地喃喃自语:"我不及格啊!"和每次测智商后的表现大相径庭。

望着心笛落寞的表情,我劝她:"其实,这个测试也未必完全科学准确,你当它只是个游戏吧,可以从一个侧面反映你目前一些真实的情况,要不你怎么会'心理感冒'这么长时间呢?但是'亡羊补牢,犹未为晚',患病也是学习,因为你获得了常人没有过的体验。妈妈相信,你的情商肯定会在今后迅速提升。都说得抑郁症的人是天才,依我看,如果你能挺过这一关,才算得上是强于天才的智者!"

随即,我把当年清华大学校长顾秉林先生给毕业生的一段话作为座右铭送给心笛:"方向比努力重要,能力比知识重要,健康比成绩重要,生活比文凭重要,情商比智商重要。"

一天,看到虎斑猫鲍比在沙发上悠闲地用舌头梳理全身,心笛羡慕地说:"我要是鲍比就好了。"我问她为什么。她回答:"鲍比整天悠闲自在,不像人,有那么多烦恼。"

我给心笛举例:"如果给你五百万,你是选择每天待着享清福,还是希望继续有事可做?"心笛回答:"我选择后者。"于是,我用肯定的语气告诉她:"那你根本当不成鲍比,因为你不能忍受鲍比的离群索居、无所事事,只能取悦主人以换取食物。归根结底,你只羡慕鲍比一点,就是它看上去没有烦恼。但是,它有没有烦恼你怎么知道?它有了烦恼又向谁去倾诉呢?《红楼梦》里的跛足道士有个《好了歌》,我自创了《了好歌》,你听听有没有道理——'对象吹了没什么大不了,下一个更好;工作丢了没什么大不了,歇歇也好;考不上大学没什么大不了,先工作也好;买不起房子没什么大不了,租房也好;开不上好车没什么大不了,地铁也好;挣不上大钱没什么大不了,健康更好。'"

心笛听后回答了我两个字:"挺好"。

我进而与她交流心得:"人的心情状态左右着生命的优劣,而快乐则是调整心情状态的旋钮。快乐是一种心态,你可以快乐地享受生活,也可以快乐地工作学习,当你能够平心静气放弃执拗的时候,喜悦就会油然而生。当所有的事情都能轻松地拿起、放下,你就是最快乐的人了。"

为证明这一观点,我特意买了孙睿写的《跟谁较劲》,其开篇第一句话就是:"从二十岁到三十岁这十年,似乎什么都没干,但也确实干了一件极其重要的事儿,就是生活。"

心笛问:"那无所事事地活着,也行吗?何况我现在活得这么失败?"

我知道她是指自己的病,便进一步推心置腹地说:

"谁说的?你不是在浑浑噩噩地度日,而是浴火重生。人这一辈子,学习进行不下去了可以休学,工作不如意了可以辞职,夫妻感情破裂了可以离婚,唯一无法辞去和离弃的就是生活。我相信你今后会更加珍惜生命,热爱生活,这本身就是最大的收获。如果说失败,任何人都要走向死亡,可以说死亡是人生最大的'失败',而无论他曾多么成功和辉煌,那又何必在乎生命沿途的得失?从这个意义上讲,与死亡相比,活着就是成功。从今天起,你可以试试用'活着真好'给自己心理暗示。时间长了,这种暗示会在不知不觉中变成现实,你就会真正感觉到生活的美好了。"

听了这些话,心笛若有所思地"哦"了一声。我知道,自己的话见效了。

用爱疗心,我这个教育学硕士,终于在帮助心笛治疗躁郁症的过程中有了用武之地。

心门渐开

在我记忆中,自幼被方毅称为"壮实娃"的心笛,除了出生和体检,几乎没上过医院。然而,在患上躁郁症这几年时间里,她把前二十年的药补齐了不说,还预支了后二十年的。即使这样,仍一次次出现过因药量不足而导致的病情加重。

深秋时节,心笛和一个同龄女孩小应相约去广西北海旅游。我在欣喜之余又有些担心,毕竟这是心笛患躁郁症后头一次与朋友结伴出游。

不出所料,两天后,我收到小应发来的多条短信:

"心笛大笑不停,也抖个不止,这些现象最近在家里有过吗?"

"一上飞机就觉得她有些异样,偶尔抽动一下。现在越来越频繁,平均十几秒就抖动一次,问她话又什么都不说。"

"下午和心笛去了海洋馆,不过她明显兴趣不大。"

小应的话让我异常焦急。为详细了解心笛的情况,当天傍晚,我直接拨通了小应的手机。她告诉我说:"晚上心笛总睡不好,只有连续失眠,很累了才能睡着。看到心笛这么痛苦,我急得头发大把大把地掉。从现在的情况看，只能把她提前送回北京了。"

我十分感激地对小应说："你一路无微不至地照顾她，真是让我太过意不去啦！"小应连忙说："阿姨您别客气，这些都是朋友应该做的。让我特感动的是，心笛目前这样的状况，在她稍好的时候还帮我参谋买衣服和化妆品呢。我发现，她买东西比我有品位多了……"

不得已，心笛在小应陪伴下，提前结束了广西北海之旅。

我去机场接她们。一见到我，心笛边抽动边大笑着对我说："妈妈，我买了一套化妆品……哈哈哈哈，是送给你的……哈哈哈哈哈哈……"

我接过小应替心笛从行李箱中拿出的化妆品，立刻被跃入眼帘的一行字模糊了视线：

"亲爱的妈妈，愿您永远健康美丽！"

被常人难以想象的病魔纠缠，心笛都没忘给我带回一份礼物，我一把将她拥入怀中……

为止住颤抖，医生让心笛继续服用奥氮平并加大药量。药物的副作用让她总有饿的感觉，明明半小时前刚吃过饭，就又开始喊饿了。那段时间，我每天所做的事情几乎就是不停地做饭。不久，心笛就像气儿吹的一样胖起来，尤其是腰围尺寸激增。我帮她把外裤和睡裤的裤腰一放再放，她的体重从原来的五十八公斤暴增至七十三公斤！

一次进餐厅吃饭，服务员看到心笛，赶紧快步走过来并伸手搀扶，把我搞得丈二和尚摸不着头脑。点餐时，那个服务员又用关切的口吻问:"几个月了?"我才恍然大悟。

陪着胖得几乎面目全非的心笛去医院复查,我向欧阳萍医生请教如何帮助她控制体重。欧阳萍医生说:"唯一的办法就是限制饭量,多活动。"从此,晚饭后,如果心笛又饿了,我只许她吃一个苹果或喝一杯酸奶。早晨,我陪她做户外运动。同时,改变过去出门动辄打车的做法,除非必须,一律乘坐公交、地铁,"绿色出行"。

在陪伴心笛的日子里,我明显感觉到,母女间的亲情在碰撞与融合的交集中悄悄拉近。当我再"犯错误"的时候,她抬起的手落下时变得越来越轻,后来便如嬉戏一般了。

一天,心笛在书房,我在客厅,突然听到她叫一声:"妈妈!"我立刻回答:"哎,宝贝儿,有事吗?""没事儿。"我悄悄走到书房门口,见她正在上网,果真没事。

母爱,在女儿发自心底的呼唤里日渐回归……

我们还改变了动辄出去吃饭的习惯,尽可能在家做饭。我对心笛说,自己做饭既经济实惠又干净卫生,她说:"那你还累呢。"看到她那么善解人意,我高兴地说:"有你这句话,我一点都不觉得累了,再说我还减肥呢,一举两得不是?"

为了让心笛多接触同龄人,我又给她介绍了一个叫林雪苗的姑娘,特意约在一家小餐馆见面。那天,我点完几道菜后借故离开,给心笛留出与雪苗单独聊天的机会。之后,雪苗加了心笛的QQ,二人便开始了网上聊天。再后来,她们一起相约购物、游玩儿、看话剧,成了十分要好的朋友。熟悉之后,心笛还给雪苗起了个昵称——林小猫,因为她说"雪苗"叫快了就像"小猫"。雪苗也特别喜欢心笛叫她小猫,因为她是个圆圆脸、既乖巧又很阳光的女孩儿,这个昵称真的很适合她。

一天,心笛问我:"××医院怎么走?我要去看林小猫。"原来,因为工作太卖力,雪苗小小年纪竟累得腰椎间盘突出,几天前住院了。我为心笛这么知道关心他人且重朋友情谊而高兴,可又担心久不单独出门的她路上不安全,就把她送到那家医院大门口,看着她一手拎着慰问品,一手拿着几本杂志走进了住院部。

我给心笛介绍的另一个女友,是比她大六岁的罗雅秋。雅秋已是四岁孩子的母亲,标致的面庞配上成熟女性的魅力。心笛很快喜欢上了这个美丽可亲的大姐姐。雅秋不仅陪她游玩购物,还主动提出让她去自己工作单位,体验体验走上社会的感受。在办公室,心笛帮忙打字、发邮件,俨然成了雅秋的助理。

不久,雅秋被派到一家中央单位挂职锻炼去了。一天,她给我发来短信:"阿姨,我特别想心笛。昨天回原单位办事,无意中,我在办公桌抽屉里发现了她写的两张纸。一张上面满满的全是我和她的名字,另一张只写了两个大字——怀秋。我当时鼻子一酸,眼泪都快掉下来了,知道她也想我了……"

记得心笛刚回国不久时,曾经大哭着对方毅说:"你去打他!"我和方毅心里都清楚她说的"他"是谁。方毅低声细语地劝她:"都是过去的事情了,何况他现在是你表姐夫……"看到我使眼色,他立刻住了口。我们都知道,这次失恋对心笛的伤害有多深,任由她哭了个酣畅淋漓。

2013年春节到了,方毅全家打算聚餐,这就难免要看到心笛那位"表姐夫"了。他小心翼翼地征求女儿意见,问她是否愿意参加。心笛半晌没有应答。看到方毅期盼的眼神,我对心笛说:宝贝儿,听我给你讲个佛家故事好吗?——

从前,有一个秀才和未婚妻约好要在某年某月结婚,可后来他的未婚妻却嫁给了别人。秀才经不起打击,一病不起,家人用尽各种办法都无能为力。

就在他奄奄一息的时候,有个云游僧人从他家附近经过,听说后决定点化他一下。

僧人来到他的床前,从怀里摸出一面镜子叫秀才看。秀才看到了茫茫大海,有一名被害女子一丝不挂地躺在沙滩上。第一个人路过时看了一眼,摇摇头,走了;第二个人看到后把衣服脱下来给女尸盖上,也走了;第三个人走过来,挖了个坑,小心翼翼地把女尸埋了。

看到秀才一脸疑惑,僧人告诉他:"那具海滩上的女尸就是你未婚妻的前世,你是第二个路过的人,曾给她盖过一件衣服,因而她对你有过好感。但是,她最终选择的是最后那个把她掩埋的人。那个人就是她现在的丈夫,这是他们的前世今缘。"

秀才经僧人点拨顿时大悟,"唰"地从床上坐起,病竟然痊愈了。抛开佛家的"因果报应"不论,人与人之间,冥冥之中还是有说不清的缘分啊!

我看看心笛,她还是没有表态。

可就在方毅已不抱希望准备出门时,心笛嘴里突然蹦出两个字:"我去。"

如同婴幼儿期每天都会发生变化一样,我欣喜地发现,随着心笛病情的好转,因药物抑制被堵住的情感闸门,正在一点点地打开。

为母则"弱"

为了让心笛尽可能多地与人接触,尽量不脱离社会,我和方毅先后介绍她去一两家熟人或朋友所在的单位,做些力所能及的事。但也正因为有熟人关照,那里的人们都对她关爱有加,不让她做哪怕繁重一点儿的事情,这也让心笛苦恼。

在我介绍的那家文化公司,一天,心笛参与一场演唱会的彩排。活动结束后运道具回公司,她想和大家一起往楼上搬东西,却被好心人劝阻:"东西太重,人手够了,你快去休息吧!"

去方毅介绍的单位,周围人对心笛更是呵护有加。每天不仅很少给她安排事做,还有人时不时过来察言观色、嘘寒问暖。中午,他们把热菜热饭准点送到心笛面前,吃完饭,又有人过来把餐具和剩饭菜端走。下班了,有车一族的员工还自动按车辆限行的日子排开,送她回家。

从方毅口中得知此事,我对他说:"这样不好吧?既给那家单位添了负担,也违背了我们为心笛治疗的初衷。你代我向他们转达谢意,这件事先告一段落吧。"

经过面试,心笛来到一家国有企业,开始了为期一个月的实习。但是,第一天回来后她便彻夜失眠,第二天尽管坚持去了,却被人发现,她一个人坐在角落里默默流泪。单位负责人得知情况,悄悄给我打了电话。

我猜想,也许是实习这一步跨度过大,导致心笛精神压力陡增的缘故吧。第三天凌晨,我问心笛早饭想吃什么,只见她的嘴一个劲儿"啵啵啵啵"地动,就是说不出一句话来。我试探着问她还要不要坚持,她没有正面回答,吃完早饭只说了句:"我走了。"结果,坚持自己去了那家实习单位。

一周下来,心笛才渐渐恢复了正常。

周末,我问她对实习的感觉如何,她回答了两个字:"没劲。"

原来,依然是周围人的过分关注和关照让她苦恼。按照美国心理学家的观点,导致心情郁闷和烦忧的一个重要方面,是一种无力感。接受帮助的人,一般来说会觉得自己相对弱小。心笛渴望好心的人们能够给她一个宽松的环境,把她当正常人对待。

于是,我与实习单位进行沟通,转达了心笛的愿望。此后,单位给心笛安排了专人带她,从打字、发邮件、整理文件等小事开始,每天让她做固定的工作。这单位是一家企业的分部,几乎都是中年以上的员工。一周后,又安排她到离家更远,但年轻人相对较多的总部去实习。尽管上下班要换两次地铁再乘一段公交,但心笛很愿意,并坚持了下来。

有道是"为母则刚",但为了让心笛重拾自信,我决定在她面前学会示弱。心笛的实习顺利结束后,与一位在实习中新交的女友相约赴印尼旅游。往常出门,都是我为她打点行装。这次,我提出让她自己收拾,还对她说:"你在国外生活多年,收拾行李这点儿事还不是小菜一碟？"不想，一检查她的行李箱才发现，有了内衣少了袜子，收了眼镜忘了相机……来接心笛上机场的车提前四个小时就到了，可在她出门后一小时，半路会合的那个女友发现，心笛没带护照。呜呼！抓"小"放"大"的我自知难辞其咎，只好风风火火地打车，把护照送到了指定地点。

在印尼，随行女友通过手机短信高兴地告诉我："心笛一路有点胆小怕生，刚开始对我有依赖感。但只要我一'示弱'，她就会立刻强起来，主动拿东西，用有限的英语问路。挺好！"看完短信，我感慨良多，心笛终于从自诩的"世界顶级人物"做回正常人了！

抑制不住由衷的喜悦，我把短信立即转发给方毅并与他交流："真是旁观者清啊，看来我们做父母的也要在孩子面前学会'示弱'。"

记得心笛很小的时候就有了很强的主人翁意识。一次，我在商场挑选衣服，三岁的心笛拉着我来到一件粉红色连衣裙前，仰起小脸告诉我："妈妈，你穿这个漂漂。"她四岁左右，一天我整理房间，也许认为一盆绿植在厅里摆放不起眼，她用小手指着屋子中间的位置，嘟着小嘴对我说："把它放在这儿。"看她那一脸认真的小模样，当时我笑得眼泪都快出来了。

现在，家里更换电器或添置家具，我都请心笛做参谋。我真诚地对她说："你是学经济的，有经济头脑。不像我，过日子一点儿计划都没有。"

由于药物对神经的麻痹作用，很长一段时间，心笛经常丢三落四，粗枝大叶。现在，药量减了，我开始锻炼她恢复过去的细致缜密。让她提醒我房间哪儿需要打扫，告诉她我是个家务方面"特别没眼力见儿的人"，果然，在心笛眼中到处都是卫生死角。

到该做饭的时间了，我让心笛从择菜、洗菜做起，慢慢学做简单的饭菜。无论她炒的菜是咸还是淡，我都一迭声地说："嗯，好吃，好吃！"

曾以为，有着近四年国外独立生活经验的心笛，自理能力应该很强，一个偶然却让她露了马脚。

一天晚上，心笛洗脚后拿着内衣、袜子进了卫生间，没一会儿又出来对我说："我洗不好。"我跟心笛说："谁说你洗不好？我记得你还上幼儿园的时候就自己洗袜子和手绢了。再说你在俄罗斯那几年，袜子都怎么洗的啊？"没想到她竟告诉我："每次，和别的衣服一起送洗衣房。"

心笛的回答，让我联想起去俄罗斯看她时的情形。在她住的大学宿舍，每层都有一间洗衣房。不过，那段时间她只把外衣外裤往那儿送洗过，内衣袜子我都一律代劳洗了。

今天，我丝毫不讲情面地把心笛重新推回卫生间，并引用她在《独活杂记》中提到的曾令她"爆吐"的实例，语重心长地对她说："那名留学生因为生活、学习不能自理，不得不发告示征人搭帮过日子。你既然不齿于那样的做法，把它作为搞笑桥段写进日记，又怎么能与那种人为伍呢？"

一会儿工夫，衣架上挂起了还在滴水的内衣和袜子。我高兴地夸奖她："不错啊宝贝儿，你不仅会洗衣服，还会制作水帘洞啦！"

还有一次，我切菜不小心划伤手指，其实只是个小口子，并无大碍,但我故意大呼小叫地让心笛为我拿创可贴,又大惊小怪地对她说:"你都看到了,这回轮到你照顾我啦!"我站在炉灶旁指点她炒菜。吃完饭,她还主动洗碗碟。忙活一通儿之后,又用关心且略带责怪的语气对我说:"你倒是去医院看看呀!"

呵呵,终于感受到"女儿是妈妈的贴身小棉袄"的滋味儿了!

女儿的"大朋友"

心笛把自己关在屋子里时,我对她说得最多的话是劝她"走出去","多看、多吃","不要无病呻吟"。现在回想起来,以上说法对于正常状态下的孩子可以,但对处在躁郁状态中的心笛,却很难奏效。不从根子上解决问题,即使勉强走出去了,结果还是挡不住复发。

其实从某种角度来说,真该为像心笛这样暂时患"精神感冒"的孩子庆幸,因为他们终于不用像千千万万孩子那样背负家长的重托,整天"癞蛤蟆垫桌子角——死撑活挨",可以名正言顺地躺下,睡一个长长的大觉了。

逢年过节,总接到铺天盖地的问候短信,其中最打动我的,是那条"别人都在关注你飞得高不高,我只关心你活得累不累,这就是朋友"。其实,这段话的最后换成"这就是母亲"也许更贴切。因为只有母亲最在乎自己的孩子累不累。然而,为了孩子的成长,严酷的现实又让这份母爱承载了太多的无奈。从孩子进入小学开始,大人们每天大多关心的是作业是不是得了"优",考试排在班里第几名、年级第几名，业余时间练了几小时的琴，考过了几级，能不能获得"特长生"的加分……

在陪伴心笛的日子里，在承担起她的朋友兼家庭医生双重角色的同时，我这台"家教电脑"也重新"格式化"，装进了新的"程序"。

如今，为做一个与心笛有共同语言的"知性妈妈"，我用一个月的时间，把凡是她买的书统统浏览了一遍：张爱玲的作品、郭敬明的《小时代》、苏童的《河岸》、韩寒的《他的国》、比尔·波特的《空谷幽兰》……

独生子女没有姐妹兄弟做伴，父母可以做他们的"大朋友"。我想：心笛之所以喜欢蔡明、苏小明，八成儿因为她们都是剧中女儿的"开心果"，是有点儿"二"的"快乐妈妈"，天性不乏幽默的我向她们看齐就是了。几个月下来我的体会是，其实做一个"知性妈妈""快乐妈妈"并不难，真谛只有两个字——放松。以放松的心态，真心接受并拥抱现在的心笛，对她不再像以往那样时而强颜欢笑地取悦，时而忧心忡忡地关注，而是学会在放手中适当加以引导。

我开始学着睁只眼闭只眼，做"好好妈妈"，凡事尽可能遵从心笛的意愿。一段时间过后，我发现这样的"放任"，竟收到了事半功倍的效果。

心笛封闭家中的那段时间，曾毫无节制地网上购物。她走出家门之后，又提出要去商场买衣服。我没有使用"苦肉计"，比如对她说这些年来我这个当妈妈的有多么不容易，而是采取了欲擒故纵的策略。我说："好，不过你先来帮我收拾一下换季服装吧。"当心笛看到我从衣柜里拿出一打又一打她网购的衣服时，感到十分惊讶："我什么时候买了这么多衣服啊？"此后，她再也不轻易提买衣服了。

我把不多的钱交给心笛，让她自己去附近商店购物，在餐厅吃饭，让她点餐并到收银台结账，常告诉她我上年纪了记性差，让她提醒我别忘事。同时，还为她哪怕一点点微不足道的变化"鼓与呼"。

走进餐厅，心笛以往都是对着菜谱几乎没有间隔地顺着点，直点得身边热心的服务员禁不住叫停："两位用差不多了，不然浪费啦！"这次，我照例示意服务员把菜谱递给心笛，她却一反常态，只点了两道菜就把菜谱往我面前一推。倒让我担心不够吃，建议是否再加一道。心笛却说："不用，点太多该剩了。"

一次，心笛在久久注视我之后问："你怎么老了呀？"听到这样温暖的问话，我才发现自己确已两鬓凝霜，原先只在额头、眼角的皱纹正顺势蔓延。今天，被"小棉袄"这么一关心，我不仅没有为年华逝去而悲哀，还跟心笛幽默了一把说："是呀，妈妈没有你这样的本事，能把年龄定格在二十岁，你这才叫留住青春呢！"

曾有数年的时间，在我内心深处一直有两个心笛——过去的和现在的。过去的她是身心合一的；现在的她只是被抽离了思想的外壳，各方面定格在二十岁上。我曾一次次在内心呼唤："女儿，快好起来吧，回归真正的自我吧！"虽然口口声声也说抑郁症是"心理感冒"，其实"心里明白腿打战"，你能把患感冒的孩子看成两个人吗？

我们只习惯于接受孩子自信、阳光、优秀的一面，当长期的压抑导致孩子把受挫折、不自信甚至萎靡的另一面释放出来时，做家长的总不能从内心认可，而把他们看作"魔鬼附身"的孩子。如果把他们所有病态中的失常举动与人格联系起来，比如对父母的打骂是"不孝"、对金钱的无度消费是"奢靡"、对周围人的口无遮拦是"缺乏教养"，不做任何事情是"虚度时光"……那就永远无法与他们接近，更不用说走进他们的内心了。事实是，被病魔缠身后的他们，又被矫枉过正的药物"拿"住，于是对于按常规该做的事情，他们力所不及，对于讲规范不该做的事情，又往往身不由己。

心理学有个"非爱行为"的概念，即以爱的名义对最亲近的人进行一种强制性的控制，让他按照自己的意愿去做。这其实是一种"非爱性"的掠夺——一是带附加条件的爱，对孩子提出过高、过多的要求；二是没有原则的爱，无原则、无限制地满足对方一切要求；三是强制或限制的爱，替对方做决定，强迫对方做不喜欢的事。"非爱行为"使得当事双方产生隔阂，无法感受到对方的爱，甚至成了仇人。

自从我和方毅离异后，双方都想加倍弥补心笛缺失的爱，所以都在物质上一味地满足她，同时又把自己的愿望强加于她，对她提出不切实际的要求。时至今日，我终于警醒：难怪心笛宁可"放"过沙袋也不放过我们。其实，在心笛貌似失去理智的行为背后，支撑她的是病魔也不曾摧毁殆尽的认知和思辨能力。

狄更斯说过："拥有好心态，比拥有一百种智慧更有力量。"我避开大道理，把想对心笛说的话浓缩成让她喜闻乐见的"精华"，如"四平、四然、四常"——

"四平",即平安最珍贵,平静最难得,平常最轻松,平淡最悠然。

"四然",即处人蔼然、处世超然、处物淡然、处事泰然。

"四常",即知足常乐、笑口常开、喜悦常伴、幸福常在。

我还用"与其……不如"和心笛一起做文字游戏——

"与其聪明绝顶,不如难得糊涂;与其锱铢必较,不如吃亏是福;与其多多益善,不如知足常乐;与其杞人忧天,不如顺其自然;与其好高骛远,不如脚踏实地;与其愤世嫉俗,不如随遇而安。"

其中"与其聪明绝顶,不如难得糊涂"和"与其杞人忧天,不如顺其自然"出自心笛之口,也许这正是她的所思所想吧。

"六一"儿童节到了,大人们之间相互调侃着发祝福短信。我也放下母亲"身段",编了个顺口溜送给心笛:

"你是压力锅,我就是减压阀;你是小蜜蜂,我就是向阳花;你是小蝌蚪,我就是大蛤蟆;你是小棉袄,我就是大马甲。"把她逗得开心大笑。

我还给自己定了"为母十忌说"。

一、忌说"想当年我像你这么大的时候";

二、忌说"看看人家×××,再看看你自己";

三、忌说"你以为就你是天才吗?";

四、忌说"你没看到我正忙着呢吗?";

五、忌说"希望你的朋友'往来无白丁'";

六、忌说"我女儿是最棒的,没人可比!";

七、忌说"我养你这么大,容易吗?";

八、忌说"我说的话你从来就当耳旁风";

九、忌说"还不是因为你爸爸";

十、忌说"你对你后妈比对我还好!"。

看着编好后的"为母十忌说",我被自己感动了……

双份的父爱和母爱

2014年年初的一天,坐在电脑前的心笛忽然对我冒出一句:"妈妈,我把你的资料放到网上了。"

"什么网?"我好奇地问。

"征婚网啊。"心笛头也不抬。

"嘿,这孩子,我可没这个心理准备。不征求我意见你就擅自做主啦?"

"既然你现在是自由的,我也已经自由了,那就走好各自的路,谁也没必要为了谁去活着。"心笛不紧不慢地说。

哪承想,女儿的这个心血来潮,真为我和现在的老公搭了桥。

他叫佟家辉,比我大五岁。从网上看了他的照片和资料,我感觉挺有眼缘。不久,也许是受该网站设置的"谁看过我"提示引导,我收到了佟家辉的第一封信。后来二人熟悉了,他对此还曾耿耿于怀,问我为什么要"拿一手",看到他的材料后不主动发信。我说:"既然你都说了还问我干吗?"他说:"哦,原来你还真的是拿我一手啊！"

通过网上交流，我发现自己与佟家辉有着不少相似的经历。他曾赴内蒙古插队、返城后进工厂、中年出国经商……不同的是比我多一道光环——九年如一日地服侍卧病在床的老母亲，为母亲所支付的赡养费、治疗费、保姆费等，花光了他多年在国外辛苦打拼的全部积蓄，被评为某年度区级"孝星"。

就这样，我和佟家辉见面、相识了。佟家辉告诉我，离婚有十几年了，儿子判给了他，也已经结婚生子。虽然在国外多年，也有过一段异国情缘，但最后无疾而终。回国后，他一直照顾体弱多病的老母亲。

不知是性格使然，还是在国外生活多年，不等我发问，佟家辉便如同竹筒倒豆子般，把自己这点儿事全抖搂给我听了。也许正是这种坦率和直接，佟家辉给我留下的最初印象是——不装。

我也如实告诉佟家辉，我有个患躁郁症的女儿，可能有相当长的时间要陪伴她。佟家辉的脸上不仅没有流露出一丝犹疑，还主动提出择日约双方的子女一起见一面。他也不介意我曾患过乳腺癌，说"离心脏远着呢"。

这天，我带着心笛，与佟家辉和他儿子佟磊在一家餐厅见面用餐。那天，心笛的情绪很稳定。已经三十岁的佟磊十分礼貌热情地与我和心笛打招呼，明显在为他父亲拉高印象分。事后，佟家辉对我说，几乎看不出心笛与常人有什么区别。

应佟家辉之邀，这天，我来到他家做客。佟磊懂事地对我说："阿姨，您不要总想着女儿的病，那样就会整天小心翼翼的。您就把她当作最正常、健康、聪明的女孩儿看吧。"一番话让我心中盈满暖意。

与心笛见面后，佟家辉悄悄对我说："从孩子的眼里，我好像看出她还是有心事呀！"几天后，通过一家心理培训机构，他报了为期半个月的催眠师培训班。

当时已是深秋。每天傍晚，佟家辉骑着电动车，往返近两个钟头去上课。没出一周，他告诉我腰疼的老毛病犯了。我劝他别太勉强，空一次吧。他却坚持要去，说是"一落课可就接不上了"。他还不无得意地对我说，老师在班上都讲了："佟家辉富有磁性的声音，很适合做催眠师呢！"

培训班快结业时，佟家辉问我要不要请上他们的授课老师，亲自为心笛做做催眠治疗。在征得心笛同意之后，我们陪她一同前往。

或许心笛还不能完全接受催眠疗法，治疗并没有如想象般顺利，提前结束了。这件事也从侧面告诉我，心理疾病各式各态，任何一种治疗术都不可能每发必中。尽管如此，佟家辉能把心笛的病放在心上，还是让我感动。

打从那时起，如何找到更有效的治疗方法，帮助心笛尽快康复，成了我和佟家辉交往过程中谈论最多的话题。如果一方从网上查找到有用的资料，即使深更半夜，也会兴奋地立刻发给对方。

佟家辉的善良与真诚打动了我，我们确立了男女朋友关系。这天，二人一同参加佟家辉一个老同学女儿的婚礼。一见面，佟家辉在把我介绍给他的老同学时说："这是我的未婚妻。"听到这样的介绍，我心里非常受用。曾担心在国外生活多年的佟家辉会不会比较开放，对婚姻的承诺是否会闪烁其词。今天，他在大庭广众之下的一声"未婚妻"，与其是说给众人听的，在我看来实则是对我的一份承诺、一份担当啊！

在我们交往的那段时间，我几乎每天都和佟家辉一起赶往医院，照看他已病入膏肓的老母亲，直到老人安详地合上双眼。

相互间默默的理解和关爱，让两颗孤独的心渐渐靠在了一起。半年后，结束十一年的单身生活，我与佟家辉领了结婚证。那段时间，心笛住在方毅那边，佟磊的爱人邓丽带着两岁半的女儿晴晴暂住丈母娘家。

平日里，佟磊不仅对我很尊重，而且非常亲热自然地称呼我"妈"。这天，我拿回家一张日报卡，吩咐佟磊下楼钉一个报箱，说过两天就要送报了。佟磊拿了钉子和榔头下楼，不一会儿，我就听到楼下传来一阵阵"妈""妈"的呼唤声。打开窗户一看，佟磊在仰头冲着我喊："妈，墙太硬，我拿的钉子弯了，你用塑料袋包几个钉子，给我扔下来！"

一个三十出头、已经当爸爸的大小伙子，在大庭广众之下毫不避讳地喊我"妈"，这让我心头阵阵发热：这孩子，随他爸，呵呵！我愈加喜爱这个继子了。

周末，邓丽带着女儿晴晴回来了。晴晴长得很像佟磊，圆圆的小脸、圆圆的眼睛、圆圆的鼻子、翘翘的小嘴儿，模样十分讨人喜爱。更让我喜不自胜的是邓丽只提醒了一遍让叫奶奶，晴晴便铆足了劲儿大声地一遍又一遍喊："奶奶！奶奶！奶奶！"于是，我忙不迭地答应："哎！哎！哎！"就在那一瞬间，我想的是：我有孙女啦！

晴晴的姥姥病了，邓丽把晴晴送到了佟家辉这里，可把我高兴坏了，一时不知怎么哄她开心好啦！在一张大床上，我用彩笔教晴晴画自己小时候在幼儿园画的小鸭子，边画边说："我得了个二鸭子，妈妈瞪我一眼珠子，爸爸打我三嘴巴子，我一噘嘴，变个小鸭子。"只四笔，一只正在浮水的小鸭子便跃然纸上。

晴晴想看《小苹果》视频，我打开了配乐是《小苹果》的视频，图片是去桂林时我为心笛拍的照片集锦。晴晴不解地问我："怎么是大人呀？"一句话提醒了我，那年已经二十五岁的心笛是我心中永远的小苹果，可在不满三岁的晴晴眼中，她是真正的大人呀！

玩儿到兴奋处，晴晴又开始一个劲儿拉长声叫"奶奶——奶奶——奶奶"，我也拉长声答应"哎——哎——哎"，接着问晴晴："奶奶的好宝贝儿，你听到回音了吗？""什么是回音呀？""你第一声叫完'奶奶'，后面再叫就是回音；奶奶答应完一声'哎'，后面再答应也是回音啦！赶明儿让爸爸带你去山里，体会一下真正的回音，好吗？晴晴饿了吧？奶奶去给你煮面面啦！""奶奶，你别站起来啊，要不床该塌了！"这个小鬼灵精，这是拐着弯儿说奶奶胖呀，呵呵！我用双手支撑着一点点蹭到了床沿边，喜滋滋地给晴晴煮面去了。

这天，方毅给我打来电话说因为要出差，他的现任妻子董燕又不在北京，想在周末把心笛送过来。我与佟家辉商量，是让心笛到他这边来，还是我回自己那边单独陪她。佟家辉毫不犹豫地说："你既然嫁给我了，我自然要把心笛当亲闺女对待。你回你自己那边，那和没嫁给我有什么区别啊？""老公，你真好！"

方毅的结婚对象董燕，我是未见其人先见其信。原来，打从心笛接受了董燕这位继母之后，已几次和她一起到国内外旅游。其间，董燕每到一地，都给方毅发手机短信报平安，方毅又把其中的部分短信转发给我。

自柬埔寨："心笛现在的状态是我认识她以来最好的。旅行团二十七个人，没有谁问过我孩子有什么异样。别人向心笛问话时，她都一一应答。还一路抢着帮我拿行李。高兴吧？"

自越南："我们都很好。心笛又来例假了，和上次的时间刚好。我觉得她身体机能已大有改变。一切放心吧！"

自西双版纳："心笛睡眠挺好，情绪也挺好的，头脑也清晰哦。我觉得她进步真的很大。看到这些你一定非常开心吧？"

……

其中，最让我感到欣慰的是董燕对心笛的细致入微，细到关心她的每次生理周期是否正常，亲生母亲也不过如此吧！

一次，我送心笛回方毅那儿，赶巧看到了董燕的儿子，是比心笛小三岁的弟弟。往常，方毅夫妇和心笛各住一室。此时正值学校放假，这个弟弟就把储物间腾出一块地方，勉强放了张床垫，将就休息。他告诉我，陪心笛散步时，他都把心笛的药放在上衣口袋里，随时可以拿给姐姐服用。他还懂事地对我说："阿姨，您放心吧。我会照顾好心笛姐的。"呵呵，俨然一个小大人！

与母爱缺失、父爱偏颇的童年和少年期相比，今天的心笛是幸运的。她拥有了两份母爱和父爱。同时，还有了理解、关心她的哥哥和弟弟。

有一种朋友叫舒薇和方毅

托尔斯泰说："幸福的家庭都是一样的，不幸的家庭各有各的不幸。"但在为了心笛专门学过两年心理学的我眼中，幸福的家庭各有各的幸福，而不幸的家庭"生病"后的症状，其实大体是一样的。

我不想纠结于过去，只希望和方毅在心笛的问题上能够达成一致。为此，再婚后的我和方毅，在心笛提出要和我们同住一段时间时，依然给予满足。这真不是件容易的事。同在一个屋檐下，以前做夫妻的时候，一张纸让我们合二为一。现在，没有了那张纸，二人形同陌路。既是路人，就要像普通异性一样授受不亲，即使在家里也不能穿着太随便。包括每天洗澡前后，都要穿戴整齐进出卫生间。没有比这种说夫妻不是夫妻、说亲人不是亲人的关系更尴尬的了。

方毅在河北购置了一套别墅，每逢周末，他和董燕便开车带上心笛和董燕的儿子一起去那里住。

"这两天心笛睡眠挺好的，她只要有事做就不会总睡觉了。清晨散步，今天种韭菜，浇草坪。"看到方毅发来的信息，我得寸进尺："能把心笛正在劳动的照片发我吗？"

除去劳动，方毅还给我发来多张心笛和董燕的朋友们一起游玩、吃饭的照片，我赞叹道："心笛的社交能力提高得惊人啊！"

"是啊！周末和朋友聚餐，心笛虽然没有和众人主动打招呼，但只要有人跟她说话都能应答。而且，她还有一个大的变化，不再撤微信，愿意与人交往了。"

方毅所说心笛常撤微信的情况，在心笛症状严重时尤为明显。一方面，她渴望与人沟通，同时又对此心怀恐惧，从而导致微信时上时撤。

因为方毅和董燕都在上班，除去节假日，心笛大部分时间还是住在我这里。心笛有了点滴进步，我都在第一时间给方毅发信息：

"今天跟心笛说话，她口齿清楚，表达成句，而不是一两个字地蹦了。"

"今天和心笛去看白百合主演的《滚蛋吧！肿瘤君》时，我看到她落泪了。"

"吃完晚饭，心笛问我中央台音乐节目几点开始，然后一直看。"

"真好，心笛已经多年不看电视啦！"不知道除了我和方毅，还有没有父母在为一个二十七八岁的女儿能主动看电视而如此开心的。

因为心笛大部分时间都在我这里，方毅主动给我账上转来三千元，作为心笛的生活费。

"钱转给你了。心笛醒了吗？心里总牵挂着她。你辛苦了！盼心笛能生活自理，等我们老了也就放心了。"

"一点点培养吧，你也不要舍不得，我总支使她的。"

"还是你行！"

"现在舍不得，以后我们老了动不了了，怎么办？还有，心笛的生活费已退还给你，我的养老金足够维持了。只希望心笛在你那边时，能像现在这样常带她去河北种种菜，多和人交往，我就再开心不过了。"

2015年"三八"节到了,我的微信提示音响起,信息来自方毅的手机:"我是心笛,祝节日快乐!"哈哈,原来是心笛用方毅的手机发来的祝福,我的心顿时掀起狂喜的波澜!尽管心知肚明,不会是心笛主动发来的。

父亲节来临,我提醒心笛:"给爸爸发个祝福吧?"于是,心笛拿过我的手机,给方毅发了"祝'阿熊'节日快乐。方心笛"。方毅立马回复:"谢谢心笛。你是爸爸的最爱!也祝你和'大猫'天天快乐!"

"阿熊"和"大猫"是心笛早前给方毅和我起的昵称,因为那时方毅经常佯装大熊张牙舞爪地逗心笛开心,我总拿着一只手动玩具猫给她唱《咪咪曲》。

提示音再次响起,是方毅的第二条信息:"心笛你好吗?几天没见你的信息了,但'大猫'经常夸你,让我勿挂念。'大猫'很爱你,天天做饭,和你一起散步锻炼身体。爸爸虽然没在你身边,但是很感谢'大猫'。她已是快六十岁的人了,身体还有病,能天天这样实属不易。我现在还在上班没有退休,不能帮上她。心笛,爸爸的好女儿,替爸爸为'大猫'分担点家务,让她也像你一样天天开心!"

方毅的一番话,让我瞬间泪奔……

第八章

一波三折

人生第一份工资

心笛在我这边时，还能一起出去看看电影，唱唱卡拉OK。到了方毅那边，白天他去上班，董燕又经常出差。一个人待在家中的心笛往往一觉睡到中午，叫个外卖，吃完之后躺在床上玩儿iPad。

2017年春节过后，我计划带心笛去泰国清迈旅游。都说清迈是特别适合自由行的地方，作为邓丽君独爱的小城，清迈的诱人之处大概就在于它本身。当人们想短暂逃离生活的乏味和干扰时，往往期望找个小城待着，清迈则成了我的不二之选。

清迈之行共计九天时间，母女俩散步在幽静却不乏精美的古城，逛夜间动物园、在周末夜市购买心仪的手工艺品、寻咖喱冬阴功的泰式美味、逛琳琅满目的寺庙、爬素贴山俯视清迈全貌、探供奉舍利子的双龙寺、去女子监狱感受按摩足疗的舒适惬意、到宁曼路上喝一杯咖啡……后来的几天，从早晨一睁眼出门到晚上回酒店，每天的行程安排得满满当当。

和我们住在同一酒店的一对老夫少妻，也是从北京过来，这天和他们相约一起去了双龙寺。路上，"少妻"问心笛多大了，做什么工作，心笛都是或者"嗯"或者"不"地回答。一开始夫妻二人以为心笛只是性格内向,渐渐地,便从她时不时地抖动双手或摆一下身子的情形中发现了问题。

回到酒店后,心笛径直回房间了。"少妻"悄悄问我:"你女儿这是服药反应吧?""是,你看出来了?""老夫"跟了一句:"别太担心,会好起来的。"

酒店经理也是中国人,一位四十来岁的高个子中年男士,姓梁。因为个子高,周围的朋友们都叫他大梁。一天傍晚,大梁从酒店外面打电话告诉我,有两个来自英语国家的客人要来住酒店,他有事赶不回来,店员 Lisa 又下班了,请我在客人到之后接待一下,只是不知道能否听懂客人的英语。我说:"这个好办,心笛的英语好,把这事儿交给她,你放心吧。"

嘴上这么说,可放下电话,我又隐隐担心:不错,这个不期而遇的机会,的确让心笛的英语有了用武之地。但她有个习惯,在与人交往的场合,稍嫌不自在便每每跑开,留下一地尴尬。

客人到店,我接下了二人手中的行李,请他们落座,然后用鼓励的眼神示意心笛与客人交流。客人问一句,心笛答一句,然后再翻译给我听。心笛说话的语气虽然明显透出犹疑和不自信,但她还是坚持下来了,没有像以往那样动辄跑开。按照心笛的翻译,我引导客人顺利入住了房间。随后,转过身来想给心笛一个大大的拥抱。然而,心笛却"哎呀"一声闪躲开了。

在接触中,大梁同样发现了心笛的状况,主动提出周末陪我们母女俩去逛跳蚤市场(旧货地摊)。中午吃饭时,他对心笛说:"聊聊天吧,说说这几天玩儿得开心吗?""开心",心笛只回答了这两个字，便没有下文了。大梁并不介意，主动给我们介绍起清迈的其他特色景点来。

回国后，借着旅游的余温，我不失时机地带心笛去看了心理医生，想再次检验一下旅游对心笛治疗躁郁症是否有一定疗效。

心理医生姓魏，在单独对心笛进行咨询后，给我写了一张字条，上写道："魏医生提醒，目前孩子的情况基本稳定，除旅游外，可以尝试做一些相对简单的工作。孩子出去工作，不仅是工资收入问题，而且是一份责任和义务。应该鼓励孩子走出家门，融入社会，自食其力，这比什么都重要。家长有义务和责任'把孩子赶出家门去工作'，帮助孩子调整好就业心态。只有走向社会，承受一定的委屈，孩子才能真正地独立和成长。"

就在我和佟家辉商议着如何按照魏医生的要求，鼓励心笛走出家门融入社会，可一时还没有找到良方的时候，这天，大梁的一条微信跃入我的眼帘："因为我要回国处理一些家事，如果有可能，我想请你再来清迈，帮忙打理两个月酒店，拜托。""可是我没有管理酒店的经验啊！""没关系，不用你做具体事情，只要每天督促酒店工作人员就是了。我会告诉你如何监管。"

都说天上不会掉馅儿饼，但此时的我感觉天上掉下一个大枕头，不偏不倚地垫到了正在打瞌睡的我的颈下。做梦也不会想到，只在清迈短短的九天自由行，偶然结识的大梁，居然对我如此信任，以致把自己在异国辛苦打拼经营的酒店交由我打理。我试探着问心笛："大梁叔叔让我过去帮助他打理酒店，你愿意一起去吗？"如果是其他女孩儿，遇到这样的好事也许早就一蹦三尺高，搂着妈妈的脖子连声欢呼"太好啦！太好啦！"，然而，那只是想象中的别人家的女儿，心笛只懒洋洋地回了一句"好啊"，便继续去看手机里的闫妮了。

我很快回复了大梁的微信，不过提出了一个附加条件，要带心笛一同前往。也许这早在大梁意料之中，他爽快地答应了，而且说了句特别暖心的话："你女儿非常优秀，她需要接触人，带着她一起飞过来吧。可以让她跟酒店的 Lisa 一起接待房客。"

5月初，我和心笛二度登上了飞往清迈的客机。在清迈机场出关，心笛填写两个人的英文出境单，我为她撩起挡在眼前的秀发。看着表格上一行行流利的英文在心笛的手下流淌而出，我故作无助状地对她说："女儿啊，这段时间老妈可就指着你啦！"

来接机的是酒店的泰国姑娘 Lisa，上次清迈自由行彼此已经认识。大梁之所以雇 Lisa 做店员，最大的原因是她谙熟中文。熟悉的街景，熟悉的酒店，只不过这次母女二人担起了 Lisa 甚至是大梁的职能——像数月前接待她们一样迎接各方游客。

起初，我对如何打理酒店做足了功课。然而让我始料不及的，不是门庭若市的手忙脚乱，而是门可罗雀的冷清悠闲。原来，泰国的5月是全年的"热季"，气温最高时达38度。因为上次来清迈旅游是春季，对于泰国的"热"只是耳闻，不承想竟热到一出门就汗如雨下的程度。Lisa 跟我开玩笑说："阿姨，天不下雨，你自己下起雨来啦！"我看着 Lisa："你看上去好像不那么怕热呀？""因为我是泰国人呀，习惯啦！"

到清迈才三天，一直沉默不语的心笛忽然迸出一句："我想回国。"这话让我听了一激灵，忙问："为什么？""太热，无聊。"别看心笛惜字如金，但说的四个字都在点上。天太热，让来自北方的母女二人难以承受；没游客，每天可不闲得无聊？

我刚想说些如"既来之，则安之"的话，心笛又蹦出两个字："走吧。"我以为她想回国的话茬儿还没过，心笛又补充了三个字："吃饭去。""嘿，宝贝儿，你这是成心逗老妈是吧？"

百无聊赖之时，北京的海莉给我发来了微信："妹妹，趁你在清迈，我想和侄女一起过去旅游。""太好啦！大姐您哪天过来？""已经在办签证了，应该就在下个礼拜。"海莉和侄女的到来，让酒店在5月终于开了张。海莉悄悄劝导我："机会难得，这段时间你不要大包大揽，要让心笛觉得你指着她。每天给她点儿零花钱，让她自由支配。"

于是，从第二天起，我把"财政大权"交给了心笛。第一天"执政"，我和心笛把海莉二人带到特色小吃店，为她们介绍好吃的猪脚饭、杧果饭和冬阴功汤等，结账时，心笛主动为两位友人买了单，还不忘付给服务员20泰铢小费。海莉不失时机地夸赞心笛："心笛不愧是管账高手，水平'杠杠'的！"

傍晚回到酒店，心笛问我："哪天开始工作？"我疼爱地摸了一下心笛的头："宝贝儿，你已经开始工作了呀。你陪海莉阿姨她们吃饭、购物，实际都是在工作呀！""哦！"

6月进入了雨季，游客们开始陆陆续续大包小提地来酒店入住了。白天主要由Lisa迎来送往，傍晚她下班后至第二天清晨，就由我和心笛盯着了。一个月下来，酒店的效益重新步入了正轨。

我无意中发现在 Lisa 的房间里，放着好几瓶供客人饮用的矿泉水，便问她平日里都是这样的吗。Lisa 回答是，而且保洁员也这么喝。由此，我看到了酒店管理中存在的漏洞。事情虽不大，但是如果让客人看到这种情况会怎么想？经过向大梁请示，我把 Lisa 和保洁员叫到一起，明确提出几点要求：1. 不能喝供客人饮用的矿泉水，只能喝桶装水；2. 客人遗忘在客房里的物品，要交到前台做失物招领；3. 不要在空着的客房内横躺竖卧、看电视等，只能在员工宿舍内休息。

大梁在国内得知酒店被我管理得井井有条，非常满意。尤其是鉴于心笛的表现，他主动提出给心笛发工资 20000 泰铢（合人民币 4000 元）。我由衷感激大梁的良苦用心。

心笛终于收获了人生第一份劳动成果。她给大梁发微信："大梁叔叔：谢谢你为我发工资，我会继续努力。方心笛"。

"应该谢谢妈妈"

当情绪处于低谷的时候，心笛拒绝做事。我让她去拍几张酒店照片挂到网上，她说"不"；让她教 Lisa 打中文月报表，她还是那个字："不"。我正万般无奈，偶尔看到了一篇朋友圈上的文章——

如果你种了一棵树，它长得不好，你不会责备它。你会观察它长得不好的原因。它可能需要肥料，或多些水，或少些阳光。你永远不会责备树，然而你却责备你的孩子。如果我们知道怎样去照顾他，他就会像树苗一样长得很好。责备根本没有用。永远不要责备，永远不要试图用理由和论辩来说服。它们不会产生任何积极效果。不要辩论，不要申诉，不要责备，只需努力去理解。

本着从心底理解还要把这份理解传导给心笛的初衷，我语气舒缓如细雨润物般问她："刚来清迈的那几天，你说无聊，我理解的意思就是无事做所以无聊，对吧？"

"嗯。"

"现在可做的事情就摆在你面前，而且又是你的强项，是举手之劳，那又何乐而不为呢？"

没有任何压力并充满理解和信任的一番话果然立时生效，心笛一下子坐了起来，随我来到酒店大堂。看到心笛对着电脑指点比画，Lisa 站在一旁唯唯诺诺、洗耳恭听的样子，我暗生欢喜，悄然离去。

周末了，我交给心笛 1000 泰铢，自己悄悄装上 1000，心说：闺女，上街后你尽管招呼吧，花爆了有老妈接着呢。

以前进了商场，都是我让心笛看衣服。今天经过服装店，心笛主动提出："进去看看吧？"她的脚步停留在一件白底衬红色横纹、肩膀部位是深蓝色的连衣裙前面，我看了一眼价格——800 泰铢，合人民币 160 多元，便建议心笛："漂亮大方，很适合你呀。而且物超所值，拿下呗！"心笛停顿了一下，说："还得吃饭呢。"

我明白心笛想的是什么。因为她是管家，1000 泰铢花去 800、还剩 200，午饭钱恐怕不够了。于是，我佯装翻包，拿出 1000 泰铢，故作惊喜地说："哇塞，我这儿居然摸出 1000，这下够啦！"

不只是管账，每次进餐厅，都是心笛负责点菜，只见她眼睛扫视了一下菜单，不到一分钟的时间，便抬手与服务员打招呼，然后手指着看好的几道菜用英语告诉对方。在中高档餐厅是要付小费的，待用过餐后，服务员递上了收款夹，在夹子的外壳上有个小卡子。心笛看懂了这个小机关，在把餐费放进夹子的同时，把 20 泰铢卡在了外壳上。

需要打车出行时，也都是心笛招手。有一回，她跟司机叽里咕噜说了句什么，司机"OK"了一声，发动了车子。我问她："你刚才跟司机说什么了？""我跟他说能便宜点儿吗？""哈哈，宝贝儿，你都会用英语砍价了？"

一个人的长项如深藏岩层的清泉，总是会在不经意间从岩石缝里滋出来。我自认，在俄罗斯某名牌大学专修金融信贷的心笛，在管家理财方面要甩出我好几条街。

我和心笛住的是酒店里的复式房，一楼是客厅和卫生间，二楼只是卧室。电冰箱在房间外的过道里，洗衣机在天台上。如果要做饭或加热食物，就得去酒店大厅的厨房了。一开始，心笛很不适应这样的居住环境。每天对我说得最多的话是："你去拿（水果、冷饮等）""你去洗（换下的衣服）""你去热（饭菜）"。

我膝盖不好，于是，以膝盖疼上下楼不方便为由，对心笛施以"苦肉计"，实则为了锻炼她的生活自理能力。每当这时，她先是无奈地"唉"一声，然后便该干吗干吗了。渐渐地，心笛的口头语"你去拿""你去洗""你去热"消失了，代之以要吃什么自己下楼去冰箱拿，脱下的内衣袜子自己洗，半成食品自己去加热。这些，对于一般像心笛这么大的女孩子来说早已不在话下，可在我的眼中，女儿的每一点变化都让我惊喜不已。

我感冒了。没有体温计，让心笛帮着摸摸头，她用温软的手着实地摸了一下说："很烫。"我说："你去问一下Lisa有没有退烧药。"看到心笛犹豫着，我退而求其次："要不你扶我下楼去找她？""不用。"心笛转身下楼，不一会儿，拿着一板白色药片上楼来了："Lisa说每次一片，一天三次。""谢谢宝贝儿，你这么照顾妈妈，妈妈的病好了一半啦！"

心笛每进步一分，我便"得寸进尺"。参观完邓丽君生前最后在清迈居住的美萍酒店，我对心笛说："现在的你哪儿哪儿都好，就是话太少。你每天大声说一句完整的话，比如：'我们今天去参观了邓丽君住过的美萍酒店。'"心笛说完整了，但声音很小。"好，有进步！声音再大些就更好啦！"

由于缺乏自信，心笛平日走路总是含着胸、低着头。我把以下几句话转发到心笛的手机上。

挺胸站直身体。这是保持自信的重要方法，会让你精神饱满。平时可对着镜子，强迫自己双肩后拉、挺起胸膛。

保持微笑。自信者通常能笑对一切，战胜烦恼。因此，常把微笑挂在嘴边，无论对提升自信度，还是拉近人际距离，都大有帮助。

双眼直视前方。"低头看脚"会让人觉得你在告诉他"我不想与你过多交流"。因此，提醒自己养成"抬起下巴、双眼前视"的习惯，会让你看上去更容易亲近。

要改变以上三条，对心笛来说的确有些积重难返。在公园，我看到并肩而行的心笛依然低着头默默行走时，便故意放慢脚步拉大与她的距离，看她有没有发现。结果，心笛还是径自低头前行，我便坐到路边树荫下一个石凳上，继续悄悄观察心笛的反应。结果她还真感觉到了，抬起头不见了我，便开始四处寻觅，以为我已走远，又加快脚步，直至小跑起来。待心笛跑出一段距离，我站起身跟在她后面边跑边笑。心笛听到身后的笑声，停住脚步回过身来。我喘息着对她说："公园人这么多，你可别再低着头走，把自己走丢了哟！继续抬头向前，去喝你最喜欢的蓝莓冰沙！"

一来二去，心笛走路时不再一直低头了。我借机因势利导："宝贝儿，你发现没？你越是低着头怕别人注视你，别人越觉得你很另类，反而投来更多好奇的目光。你正常抬头走路，和别人一样了，谁还会注意你呢？"这话很有效。心笛刚要低下头，又下意识地把头抬起。我见好就收，不再多说什么，当下火候儿刚刚好，因为心笛已经迈出第一步了。

心笛好友林雪苗得知我们在清迈短期工作，特意陪她妈妈来旅游并住进我们打理的酒店。起初，我以为林雪苗的到来一定会让心笛喜出望外，甚至假想着没准儿和她的"林小猫"得来个大大的拥抱呢。但不知是何原因，心笛见到林雪苗时，反应却有些冷漠。我也不想问她缘由，因为问的结果肯定是三个字："没什么"。

于是，我干脆不闻不问，陪林雪苗一行去超市带乐队的大餐厅用餐。心笛去前台拿了几张餐巾纸，我故意大声说："看，心笛给大家拿餐巾纸来了。"众人连声道谢，反倒让心笛有些难为情了。林雪苗对心笛说："姐们儿，等你回国后咱们还一起去吃大排档啊？"心笛不置可否，我赶紧端起水杯打破僵局："来来来，以水代酒，祝各位在清迈玩儿得开心！"

林雪苗回国了，与心笛相处的几天，就这样让她带着疑问和些许遗憾走了。一天，我问心笛来清迈后最喜欢的人是谁，心笛脱口而出："林小猫。"听到这三个字，我内心不由得涌上一阵酸楚：心笛啊心笛，你对朋友的这份情谊为什么就不能顺顺当当地表达出来，何苦这样憋屈自己又让他人误会呢？我又问心笛："那她跟你说回国一起去吃大排档，你怎么不搭腔呀？""她不会陪我了。"我终于明白了心笛的心事，原来林雪苗的事业、家庭一路走来顺风顺水，这让心笛多多少少产生了自卑。

为了帮助心笛重拾自信，我尽力给她创造接触各类人群的机会。这天，我和心笛来到郊区学做泰国饭。包春卷时，第一张刚卷到一半，心笛便说"我做不好"，然后就想撒手。"谁说你做不好的？来，我们一起重复一下师傅刚才讲的要领。"我示范了一下，心笛很快就学会了，而且包得不比我差。和我们一同来学做泰国料理的，还有好几位金发碧眼的来自英语国家的留学生，只见他们笨手笨脚地包来包去却总也包不好。一个德国青年看到心笛包的春卷，直冲她翘大拇指。

我想到这正是帮助心笛去掉自卑心理的好机会，于是让心笛教那个德国青年学包春卷,结果两个人包了两大盘。师傅让他们把包好的春卷下锅油炸,装盘后师傅的一句话让众人傻了眼:"每人吃自己包的。"因为,除了我、心笛和那个德国男青年,其他人哪里吃得到自己包的春卷?我悄声对心笛说:"咱们把春卷分给大家吃好吗?""嗯。"于是,母女俩把春卷分别夹到每个人的碟子里。那些"不劳而获"的洋学生高兴得手舞足蹈,兴高采烈地千恩万谢,心笛的嘴角终于涌上一丝久违的笑意。

在回城的路上,德国青年用英语问了我一句话,我让心笛帮忙翻译。心笛说:"他问我高中毕业了吗。"说完便抿着嘴笑,脸上还飘起一朵红晕,那份羞涩看上去可爱至极。交谈中,德国青年告诉我们,他是一名中学老师,利用暑假来清迈旅游一个月。接着,又问我们在清迈逗留多长时间。当听到心笛的回答后,他大张着嘴半天没合拢,然后蹦出完全出乎母女俩预料的一个词:"crazy(疯狂)!"

有些事,不经局外人提醒,你根本不会意识到它的"疯狂"程度。

告别众人,我对心笛说:"今天你的表现别说那些洋学生,妈妈也对你刮目相看!来,让妈妈拉拉你的手好吗?就一下。"心笛终于伸出了手,让我结结实实地拉了一把。我好想多拉上一会儿,但为兑现承诺,还是把手松开了。

一次帮心笛充电,我无意中发现心笛在日期的备忘录上写的两行字——

"应该谢谢妈妈!"

"必有后福。"

看到这两句话,我再也控制不住自己喜悦的心情,立刻从卧室跑到楼下泣不成声地说:"宝贝儿,你一切都好,就是妈妈的后福啊!"

伴女远行

从泰国回来后,我开始换位思考反省自己:虽然陪伴心笛无可厚非,但是结婚以来,我陪着心笛国内外跑,可与佟家辉至今还没有一次真正意义上的旅行。我决定好好地弥补一下对佟家辉情感的亏欠和责任的缺失。

之后的一段时间,心笛去到了方毅那里,我终于有机会与佟家辉过一段二人世界了。由我提议,报了旅行社组织的"台湾十日游",二人十分珍惜在一起的分分秒秒。

一路上,每次从旅游车上下来,佟家辉都要绅士般地伸出手来搭一下我的手,让同行的人好生羡慕。因为在车上闲着无聊时,人们道起家长里短来,最后都要说上一句:"唉,家家都有本难念的经。"因为买东西意见不统一,一对老夫妻当众戗戗起来。妻子要买一件首饰,丈夫认为是"陷阱",不同意。妻子生气地说:"这辈子我给你生了俩大儿子,花这点儿钱你都舍不得?"丈夫同样气哼哼地:"跟你说不通!都说家家有本难念的经,我看咱俩这本经最难念,动不动就戗戗!"听到这番话,佟家辉和我相视一笑。

"台湾游"后不到两个月,一天中午,我接到了方毅的电话,

第一句话照例是:"有个事和你商量一下。"直觉告诉我,肯定又是因为心笛,而事情是一个不是"商量"而是已经"决定",只是通知一下我而已的事情。因为方毅常说的一句话是:"为了孩子的健康和未来,父母要毫无条件地付出全部的爱。"

"前两天,董燕请来京的一位名叫沐心的女心理师吃饭,心笛也一起去了。聚餐的时候,沐心老师仔细观察了心笛的情形之后说心笛没病,让心笛到她在广东H市创办的一个心理培训机构接受培训,并在她的一家饭庄实习,逐步走向社会,融入集体。沐心老师保证心笛不出半年会有很大变化,两年后将完全康复。因为我和董燕都在工作,不能长时间陪心笛前往,你能否带她去H市那家培训机构,看看是不是像沐心老师说的那样。如果的确如此,你可以陪心笛十天半个月左右再自己回来。"

董燕认识沐心之前,在南方某地的一次"身心灵成长培训班"上,和一个叫闫茜的学友同住一个宿舍。几次深谈之后,董燕告诉闫茜,自己有个"侄女"患有躁郁症,全家为此十分忧虑。闫茜一听马上劝慰她说:"你不要太担心,我有位师父沐心是治疗心理疾病的专家。包括我本人还有我父亲,都是她治好的。"在董燕的眼中,闫茜这个学友身材高挑,气质出众,言谈举止也十分得体,完全想象不出曾经是一名抑郁症患者,便在心里琢磨,如果心笛在闫茜师父的疗愈下,有朝一日也能像她这样,对心笛本人和所有家人来说,岂不是天大的好事?

经闫茜介绍,她的师父沐心来北京出差时见了董燕和心笛,明确表示欢迎心笛去H市。待适应一段时间后可以选择适合的事情做,由闫茜做心笛的指导老师。但是因为大家工作都很多,平日里不会像父母那样对心笛照顾得无微不至,同时也为帮助心笛逐渐学会独立生活。

然后就有了方毅与我的电话联系,正一起吃午饭的佟家辉,看我把眼神转向他,冲我点了下头。于是,我便对电话那头说了两个字:"好吧。"之所以答应方毅,是因为我得知沐心已经医好了不少抑郁症患者,加上确实有类似闫茜那样曾经的抑郁症患者,在痊愈后成为优秀心理咨询师的先例,才考虑陪心笛去 H 市的。

虽然方毅跟心笛讲了去 H 市做公益的事,但我还是隐隐觉得这件事对心笛来说是一个重大的选择,她有可能会出现反复。果不其然,这天方毅给我发来短信:"之前心笛同意了,不知为何又说不去了。我再找机会做做她的工作吧。"

我深知心笛患病以来变数比较大,考虑或者迂回一下,10 月天气不冷不热,先带她选个地方去度假,然后去 H 市。

我开始上网搜寻带心笛前往度假的地方。几年来心笛已随我去过国内二十几个旅游胜地,要找一个她还没去过的景点还真不是件容易的事。终于,我把目光停留在了庐山。网上说,秋天是庐山一年中最好的季节,空气凉爽,阳光温和。清新、醉美、晶莹、梦幻……这样的世外桃源心笛一准儿喜欢,对,就去庐山!于是我给心笛发短信:"宝贝儿,咱们去 H 市前先上哪儿玩几天吧?"

"不。"

"那你有什么打算?"

"没有。"

"你想去哪儿?"

"北京。"

"你太幽默啦!去过庐山吗?"

"没有。再说吧。"

"看来你有点儿动心了,咱们就去庐山吧,那儿可凉快了,风景又美。三叠泉、桃花源、瀑布、鄱阳湖……啊,都是名胜哦!那就下周一去,咋样?"

"嗯。"

"那我订机票了?"

"是跟团吗?"

"你想跟团还是自由行?"

"自由行。"

"好,'欧儿'啦!"

庐山自由行结束,即将飞往 H 市的当晚,我满脑子都在想怎么给心笛解压的话。

"你最近看什么电影了?"

心笛抽不冷子的一句问话,让我欣喜异常!心说我东想西想了半天,人家根本就像个没事人一样嘛!压住狂喜的心,我故作若无其事地回答:"月初看了吴天明的《百鸟朝凤》,你最近看什么片子了?"

"动画片《愤怒的小鸟》。"

"等我们到了 H 市以后,一起去看新电影哈。咱们就看豆瓣评分 8.9 以上的。"

"嗯。"

199

10月17日傍晚,从我和心笛在南昌机场候机开始,闫茜便不时发来微信:"舒薇姐姐,欢迎你和心笛的到来。你们过来,是我的荣幸!我已安排司机到机场接你们。"因为晚点,到H市时已是深夜。我刚刚打开手机,又看到闫茜在问:"姐姐,你们想吃点什么呢?准备点稀饭或者面条好吗?"

虽然看到过董燕在好友群里发的闫茜的照片,站在别墅前迎候的闫茜还是让我眼前一亮:月光下的她,一张鹅蛋脸泛出白瓷般的光泽,一身白底黑点的旗袍更是把她的身材衬托得袅袅婷婷。我不由得发自内心地赞叹了一声:"闫老师,你身材真好真有气质!"闫茜脸上闪过一丝耐人寻味的笑意,便转移了话题:"太晚了,你们母女旅途劳顿,抓紧休息吧。晚安!"

第二天,我睁开眼刚刚打开手机,便看到闫茜发来的微信:"姐姐早上好!早饭已煮好,你和心笛起床用餐吧。姐姐以后请不要在心笛面前夸我,尤其是'身材好'这样的话,会无意中刺激到她。早上一定要让心笛六点钟起床,起床后要跟我做两个小时的运动,中午再睡午觉。我昨天观察到心笛的五官特美,很多人拿钱去整都整不到她这个样子。所以她只需要减一下肥就OK了,就是一个标准的大美女啦!"

我赶紧回复:"早上好闫茜老师!一觉睡到自然醒,昨夜辛苦你了!你提醒得是,我会注意的。只是看到你身材如此曼妙,有点儿情不自禁。"

"因为心笛智慧太高,当着她的面说话尤其要注意。还有她严重缺钙,早餐要喝牛奶吃鸡蛋,另外买点钙片每天早餐前吃两片。还有姐姐以后不要叫我'老师'了,南方这边有个习惯,无论对方年长几岁、十几岁甚至几十岁，一般都叫'阿姐'。而且你叫我'老师'我也有点不敢当。所以我叫你'姐姐'，你就叫我'妹妹'吧。"

"好的妹妹，谢谢你的周到啊！钙片我带了，心笛吃鸡蛋还行，就是不太爱喝牛奶。"

闫茜如此善解人意、细致周到，让我心生感动。

心笛第一天的工作，是为即将来饭庄实习的三个大学生收拾房间、洗床单被罩。一天下来，心笛回房间后跟我说："太累了，我不想白干。"

第三天早晨，三个实习生来到别墅。其中一人跟心笛打招呼，她只"嗯"了一声。另外两个人再跟她说话，她没吭声。

我给方毅发微信："跟你商量个事，为激发心笛的成就感，我想预支给闫茜老师2000元，月底由闫茜发给她。这两天我就跟闫老师说此事。"

方毅对我的想法不以为然："那里是爱的家和集体。心笛在那里学习、修行是为去掉对物质和金钱的占有和欲望，践行善良与奉献。爱与奉献和精神与境界的收获可能是心笛最需要的，也是闫茜老师指导和改变心笛的初衷。"

"因为去年在清迈时，酒店经理发给心笛工资让她很有成就感。闫茜老师同意了，我想如果这么做不妥的话她会指出来的。"

"什么环境培养什么人。清迈与这里不是一回事。"

"可心笛说了她不想白干。"

"鼓励心笛，所做的一切都会有福报的，做得越多，奉献越多，福报就会越大。眼前最大的福报是心笛自身的巨变，变得越来越好！关于心笛'不想白干'的说法，我谈谈我的看法。一是去 H 市的目的不是帮别人，而是别人在帮助我们。二是对方免费提供住宿，无偿培训。这么多年我们带心笛跑了那么多医院，见了那么多心理医生。哪家医院少收费？哪次咨询不是几百上千元？而像沐心、闫茜这样的爱心人士，又提供这样的环境，天下难觅。心笛灵魂是干净的，思想是单纯的，心地是善良的，我们做父母的应该加以引导。心笛的生活费我也会给闫茜老师的，绝不会给无私帮助我们的好人再添负担。"

"唯一的目的就是想让心笛稳定下来，否则会前功尽弃。另外，沐心和闫茜都同意给心笛代发工资的做法，2000 元比较合适，因为昨天来了三个实习大学生都给这个数。"

一听沐心和闫茜都同意了，方毅不再坚持。

心笛来到 H 市的第四天是周六，闫茜陪我和心笛逛超市、吃午饭。路上她对心笛说："宇宙白天放电让人工作，晚上停电让人休息。所以，我们应该顺应这个节奏，白天满负荷工作，晚上再养精蓄锐。"对于闫茜的一番话，我打从心底认同。因为服用药物，心笛整日躺在床上已成常态。我总是苦口婆心地对她说："你看妈妈也是每天在服治血压高的药，可你什么时候见我整天在床上躺着？"相对而言，闫茜"放电""停电"的说法更科学、更有说服力。但愿听腻了父母老生常谈的心笛，听得进这位指导老师的话。

新的一周，清晨，心笛跟着闫茜和实习学生一起去饭庄了。望着闫茜领着心笛的手出门的背影，我别有一番滋味在心头。因为，心笛平时是不肯轻易让我拉她的手的，包括有的时候想帮她捋捋头发什么的，也往往被她拒绝。此时的我，不由得对闫茜心生羡慕。

当晚，心笛随闫茜回到别墅后，我刚想问她今天感觉如何，闫茜的微信进来了："姐姐，你能来我房间一下吗？"

什么事这么神秘，要背着心笛说？带着几分疑惑，我来到三层闫茜的房间。闫茜住的是个套间，外厅布置成了瑜伽房，里间是卧室。

"姐姐，其实也没什么大事。首先，我非常理解你现在的想法，想弥补对心笛的爱，天下父母亲对子女都是一样的。但有时候我们这种爱已经成了一种枷锁，这种枷锁套在孩子身上，她就会以内在的一种声音呼唤——我不要这样的方式爱我，我需要自由，需要充分被尊重！随着父母对孩子爱的方式的改变，就会看到她有意想不到的效果和变化。你干了一辈子革命工作，也该歇歇啦！我的想法是，姐姐你呢，开开心心地在这边陪心笛几天就撤回吧，放心把她交给我，好吗？"

纠结的放飞

闫茜的话还真让我没有心理准备。因为就在昨天晚上，心笛睡觉之前还跟我说"在这里只待十天就回去"。我当时想，为了能够让心笛稳定下来，可能得多陪她几天。不然自己一个人回京的时候，心笛很有可能会闹着要一起走。于是，我把顾虑跟闫茜讲了，然后说了自己的打算：

"妹妹，心笛毕竟刚刚来，她还没有完全适应。另外，她可能还不知道跟你在一起工作到底是什么状态。所以我想多陪她一段时间，让她真正稳定下来。如果她的心留在了这里，估计到那个时候你轰都轰不走了，是吧？心笛过去在俄罗斯留学的那几年，我过去看她。她全程当向导，带着我去看电影《色戒》，去马林大剧院看《胡桃夹子》，逛超市购物还怪我超出她的预算了。她其实是一个非常有主见的孩子，因为她有这样的基础，再加上有你的陪伴指导，我对她很有信心。只是从她得了躁郁症以后，父母都是呵护备至，觉得陪护是最关键的，基本上对她都是呵护有加但是放手不足。我内心也想回去，但又有点纠结，所以得先说服一下自己。"

"也行哈姐姐，我会尊重你的建议和意见的。现在我不会让心笛干活儿的，因为以她目前的状况也做不了什么。我去哪里她跟着一起就好了，有个循序渐进的过程，今天我需要去饭庄请示一下师父，那边有个同事要接替我的工作，那样我就可以全程陪伴心笛啦！"

"全程陪伴"四个字让我大为感动！即使是亲人，又有多少能做到对像心笛这样的抑郁症患者全程陪伴呢？我的心在对自己说：面对这份真诚和担当，应该及早放手才是啊！

"姐姐，陪伴心笛这几天，我深深体会了当初师父帮助我疗愈有多么不容易。昨天我对师父说：'师父，以后我什么都听你的。否则太对不起你的良苦用心了。'你放心，我会像师父帮我疗愈一样让心笛早日痊愈的。"

"好的，那就太让妹妹费心了！心理学我学过一些皮毛，听老师讲过'不能工作'和'工作不能'是两个概念。前者是由身体上的病症导致,而后者确实属于心理上的问题了。心笛属于后者,所以要有一个疗愈的过程。在来之前她反复跟我说不想做义工,估计她想象的义工是出头露面呀,或者要与人打交道啊,可能比较犯怵。如果让她从简单的工作做起,应该没有问题,比如昨天帮着打扫卫生、收拾房间,她马上就投入了。但是要让她去迎来送往,可能会暂时困难一些。这些情况我跟妹妹交流一下,能做的事情你就尽量要求她去做吧。"

"好的,心笛没有持续工作过,需要多参加社会实践。因为脱离社会的时间太长了,她大脑的思维里没有内容,要多见人,多工作。"

"妹妹说得在理,一切听你安排。相信心笛在你的培养带领下会尽快融入社会的。"

"姐姐,那我们就交流到这里。你下楼去把心笛叫上来,我教她做瑜伽。"

我把已经躺倒在床上的心笛叫起来,一同来到闫茜做瑜伽的厅里。也许是因为难度有些大,没做几下,心笛就跑下楼去了。我刚想对闫茜说抱歉的话,闫茜先开口了:"姐姐,没事的哦,她可能是不习惯做瑜伽,因为要让身体先放松下来,然后才可以进入体式的练习。或者明天我先教她做减肥操吧?"

"好的妹妹。还有,明天是不是要心笛跟你一起早锻炼呀?"

"那太好啦!看能不能明天六点半叫醒她,慢慢来。中午可以多睡会儿午觉。才来几天,让她适应下,有个熟悉的过程。"

我回到房间后不一会儿,便给闫茜发了微信:"心笛同意闫茜老师的意见,明天一早跟着你锻炼。早餐我来做,晚安。"

早六点,心笛来到H市的第七天。我只在心笛耳边说了句:"宝贝儿起床了,去跟闫茜老师锻炼啦!"心笛噌地一下就起来了。过去在家里,如果这么早叫她,她绝对不会一下子就起来的。这让我喜不自胜!

晚上,闫茜照例单独与我交流。她直接问道:"姐姐,心笛的药停了吗?"我告诉她:"主治医生曾对我讲过,即使心笛融入社会,药也只能逐减,不能一下停掉,否则容易复发。"

"姐姐,请不要再给心笛用药了。因为心笛前一天晚上吃了药,第二天早上就会起不来,而且整个上午都会全身无力。她不吃药的话,精神会越来越好。因为这种药我父亲以前也用了好多年,自从我陪他来H市请师父疗愈以后就不再吃了,至今一直很好。"

"躁郁症患者用药,是所有抑郁症患者中最难把握的。它是在躁狂和抑郁之间不断波动的症状,有时连专业的医生都很难把控。所以,我有个顾虑,心笛已经吃了七年多的药,其间稳定时我们曾试着给她断过,而且还是缓慢断的,结果又复发了。复发之后只能再加量吃药,逐渐减到现在的恢复量。我担心:她如果再复发怎么办?"

"因为心笛用药的时间太长了,其实她是霍金那种高人,思维空间和社会程度很高,但身体和思维是不一致的、分离的、身不由己的。所以她尽管内心有冲动,想跟我一起工作,想多做事情,但肉体这个躯壳又由不得如她想的那样去做。师父给我的任务就是要把她身体先调理好。"

"心笛的身体跟不上她的思维,这确确实实是她的现状。"

"但是今天带心笛去饭庄,她看到我忙前忙后,开始坐不住了,主动去收银台帮忙,发现空调漏水也跑过来跟我说。她每天的进步真的非常大。所以,不能再用药物控制她,让她思维和行动继续分离了。"

在心笛是否坚持服药的问题上,我没能与闫茜达成一致,很想通过方毅再与闫茜沟通一下。恰巧,方毅发来了微信,他也无时无刻不在关注着宝贝女儿:

"心笛状态好吗?"

"每天都有新变化,昨天她回来告诉我在饭庄开会、扫地。今天早上 7:30 就随众人去饭庄了。闫茜坚持要给心笛停药,我已经把复发的可能性告诉她了,她说即使复发,沐心老师也有办法帮心笛调理。希望你能说服一下她,目前我就是这一点不放心。"

"沐心老师也在微信里跟我说,药物导致心笛现在身体很虚弱。我想既然把心笛交给了沐心,在那里接受闫茜的调理与培训,可视情况按两位老师的意见办。"

这天,我和心笛跟着闫茜和一名厨师来到一家餐馆品尝椰子鸡,想把这道菜引进饭庄。席间,闫茜对心笛说:"心笛宝贝,你是俄罗斯名牌大学的高才生,也给我取个好听的俄罗斯名字呗。""叶莲娜。"心笛脱口而出。厨师跟上一句:"那麻烦你也帮我取一个吧。"心笛回答:"我不太擅长起男人名。"幽默的回答逗得众人哈哈大笑。

闫茜继续跟心笛说:"过两天就让妈妈回去吧,让她去过自己的生活,好吗?我每天陪你训练、工作,你教我俄语,我每月给你开工资。过段时间如果你想回去的话,我送你走。"

傍晚，闫茜不无得意地跟我说："我向师父汇报了今天心笛的情况，师父说心笛都能跟大家调侃了，说明她的行为已经渐渐跟上思维啦！"

晚上睡觉前，心笛问我："明天干什么？"

"你主动问问闫茜老师呗！"

白天心笛刚刚接受了闫茜的微信好友申请。于是，她给闫茜发出了第一条信息。

"心笛宝贝，你太棒啦！明天和我一起去饭庄收银吧。"

心笛来到 H 市的第九天早上，闹钟铃声刚一响，心笛立即起身，和闫茜早锻炼之后，吃过我做的她最爱吃的鸡蛋摊饼，随闫茜去了饭庄。

傍晚，我给闫茜、心笛和三个实习生做好晚饭，静静地等候众人归来。忽然，手机提示音响了，一看是闫茜发来的语音，点开之后传来的却是心笛的声音："在忙，今晚我们不回去吃晚饭了。"

嘿，这孩子，都能当闫茜的"传令兵"啦！我不由高兴得手舞足蹈。

已经十点多钟了，屋外传来嘻嘻哈哈的欢笑声，我知道，是闫茜带着孩子们回来了。一进门，当着众人的面，闫茜兴高采烈地告诉我："今天心笛的状态非常棒。白天帮饭庄收银，晚上和大家一起宴请客户，一天都是开开心心、精神抖擞的。几天工夫，她已经跟大家很熟啦！回来的路上我问心笛：'你是不是觉得已经融入可爱的集体了？'她立刻回答'嗯'。"

"好啊好啊！呵呵！"我趁机胡噜了一下心笛的头，她没提防，不好意思地"哎呀"一声闪躲开了,但脸上明显带着笑意。我忙不迭地从冰箱里拿出冰镇西瓜:"来来来,都辛苦了!快吃西瓜,可甜啦!"

躺下后,我给方毅发微信,告诉他第二天准备买返京的机票,但还是担心:如果心笛知道了闹着要跟我一起走怎么办?

"我们共同努力让心笛留下来。希望用你的智慧,用一个她无法拒绝的理由脱身。"

"心笛一直说就在这里待十天,今天已经是第九天了,在这么敏感的日子里,我怎么跟她谈这件事?"

"相信沐心和闫茜老师,我们要狠心放手,天下不会再有这样的好机会。相信心笛离开我们一段之后一定会好起来的。"

第十天,我买好了两天后回北京的机票,犹豫着要不要当即告诉心笛。当天赶巧是我生日,沐心和闫茜得知后,让心笛在别墅陪我过生日。我兑现了来之前对心笛的承诺,和她吃完午饭后,一起看了电影《忍者神龟2:破影而出》。

看完电影回到别墅,母女俩刚一进门,屋里突然响起《生日快乐》的古筝独奏。然后,灯亮了,闫茜、三个实习生和平日总来给我们母女送早餐的李大姐都在,还有保洁阿姨和她的孙子。众人在古筝的伴奏下,鼓掌唱起了《生日快乐》歌,在餐桌上已经摆好了一个大蛋糕。看到这一切,我的眼睛湿润了:多么和谐可爱的大家庭,拿什么感谢你,我的家人们!

曲终人散后,我鼓足勇气告诉心笛,已经买好了后天回北京的机票。

"哦。"

心笛头冲里，背对着我，再也没出声，让我准备了一天的话全部烂在了肚子里。

第十一天，心笛照例和闫茜一起去了饭庄。晚上，沐心请我去饭庄列席了工作例会。心笛坐在闫茜的身旁低头不语，但我看得出来，她在静静地听每个人的发言。

睡下后，心笛问我："明天有人送你去机场吗？"

"有，有啊，宝贝儿你太贴心啦！"我一迭声地回答。此时此刻，还有比心笛这句话更让我放心的吗？

半夜，我转过身来，发现心笛坐在床边。原来心笛一直没睡啊！就着洒进屋内的月光，看到心笛抬起手在悄悄拭泪，我立刻回转身去用被角捂住了嘴……

闫茜本来计划和心笛第二天一起去机场送我，可就在上午十点左右，她下楼来告诉我："姐姐，刚接师父通知，等会儿要去饭庄开全员会。"

"那心笛是不是也要去啊？"

"是的姐姐，你让心笛准备一下，我们半小时之后出发。"

去饭庄前，我伸出双手拥抱心笛，心笛接受了。

闫茜和心笛出门了。我望着心笛的背影，忽然觉得这样告别，无论对我还是心笛，比难舍难分地送我去机场更好。

我在手机上给心笛写了六条"注意事项"：1. 空塑料袋在床头柜里，垃圾扔到大门口的垃圾桶内；2. 钱和身份证在粉红色小背包里；3. 喝水用厨房的电热壶烧（记得每天喝白开水哦）；4. 睡觉前切记锁好门；5. 洗澡前先打开总开关；6. 平时自己多买些酸奶、水果吃。

牵肠挂肚

回京后的第一天清早，醒来一看时钟已经九点多了，自己都觉得奇怪，我居然也有睡到自然醒的时候，而且是离开心笛的第一天！我立刻把这份感受与闫茜分享：

"妹妹早上好！今天我一觉睡到大天亮，而且昨天晚上一沾枕头就睡着了。这一来说明我把心笛交给你一百个放心，二来在我临走那天晚上，心笛问我是否有人送的时候，我就觉得她已经脱离自我开始关注父母、关注他人啦。这是让我最开心的！也可能这就是我一觉睡到大天亮的原因吧，呵呵！我觉得心笛的巨大变化与你十多天来一点一滴的培养是密切相关的。"

"姐姐早安！我希望心笛重新在家庭和朋友中树立良好的正常人的形象，这是第一。第二，我相信心笛是最棒的，才华也好，能量也罢，将来会在社会上有一席之地，也会为社会做出巨大的贡献。即使心笛偶尔出现一些症状，我也会竭力保护她的。昨天我带心笛去做头发的时候，直接跟发型师介绍说心笛是我从北京过来的朋友，发型师和助理对心笛都很尊重。三个小时里，心笛的状态也非常好，没出现任何的不正常。"

闫茜对心笛的情况如此有画面感的详尽描述，是我求之不得的。

"有你这么呵护心笛，我真是从心底万分感激啊！我会全力配合你，有什么需要我做的请随时跟我说吧。"

"你走以后，关于心笛的心理成长和变化我会随时与你沟通。更有师父的教诲和激励，请姐姐百分之百放心。师父今天还说心笛福报很大。"

"你和师父的精心培养呵护就是她最大的福报！"

回京后一周，我和佟家辉计划婚后的第二次旅行。可就在这个当口，闫茜发来的一条信息让我顿时不知所措，马上给方毅发微信道：

"刚才闫茜给我发了一条信息说，今天她跟心笛聊天的时候不知道是触到什么点上了，心笛让她滚出去。还有心笛昨天很平稳，但是今天又大笑大叫了。她说的这两个情况估计是与给心笛停药有关，让我有些担心。"

"知道了。闫茜每天忙里忙外的，还要关照心笛，我跟她说别把给我们发信息反映情况当作每天必做的一个事。我们也要做到跟她有事联系，没事就放手，好吧？"

真是鸡同鸭讲，我心说：像今天闫茜反映的这两个情况，不说不是更让人担心吗？

我正急得六神无主，闫茜的微信又进来了："姐姐，事情都过去了。我和心笛正在外面吃饭。为了尊重心笛，暂时不给你们发照片和视频，这也是心笛父亲的意思。"

"好，祝你们吃好玩儿好！"我的一颗心像空气锤一样忽高忽低，完全被闫茜带着上下跳。听到这番话，悬着的心暂时回落下来。

"姐姐晚上好！今天晚上师父带我们去饭庄吃饭。心笛特别开心，吃完饭回来的路上，她轻声地哼歌，把我们全都逗乐了。今天她的情绪稳定下来了，师父说她明天会更好的。你放心吧。不过有个要求啊，你跟心笛父亲也说一下，希望在我为心笛疗愈的三个月之内，你们尽量不要过来探望她。三个月之后再说嘛！因为做什么事情我不想前功尽弃，想按照我的计划步骤一步一步来，请你们相信我，心笛会越来越好的。"

"好的妹妹，暂时我是不会过去的。心笛父亲那边我也跟他说一下，沟通好。"

又过去一周，其间我偶尔会收到心笛发来的一两句语音："闫老师今天请我看电影了。""我今天请闫老师吃饭了。"这孩子，真懂事！我在 H 市的时候，曾经跟心笛说过："闫茜姐姐带你去吃饭、看电影、做美发美甲，你也可以请姐姐吃顿饭呀！"结果，她还真做到啦！我立刻回信息鼓励心笛：

"宝贝儿，你真棒！我还听闫老师说你现在已经跟大家融入一起了，能脱口叫出饭庄某人的姓名甚至小名，妈妈高兴得睡不着觉啦！一切都是好的开始，妈妈相信你会越做越好的。为你点赞哦！"

"嘻嘻！"心笛回复我一个笑脸表情。

我满心喜悦地把母女的这段对话转发给闫茜，结果却收到她如下回复：

"姐姐，我想为了让心笛完全具备独立的人格，一段时间内你可不可以不给她打电话或是发信息？希望姐姐能够配合，感恩。"

这真是事与愿违呀！我后悔得直敲自己的脑袋，一时感觉真的难以接受。冷静下来后，又认为闫茜的话不无道理，哪怕忍痛也要配合："好的妹妹，我知道父母断乳其实比子女还难。这段时间我先不跟心笛联系，有什么情况咱们单独沟通。让她感觉到她现在是和你在一个单独的空间里，父母已经不再介入。"

"答应我不给心笛发任何信息。"

"说到做到，绝不食言。"二人就差隔着手机屏幕拉钩了。

"修得心宁静，天下皆是家。"每当想念心笛到不能自持时，我就无数次地默念这句话。

"姐姐晚上好。心笛今天白天的情绪挺稳定的。晚上，师父让我带她去饭庄吃饭的时候，有两个外国朋友还有来自香港、深圳的朋友，一桌八九个人。一开始，心笛的表现还是很好的，但吃着吃着就开始大笑。师父很生气，把心笛叫到旁边的房间批评她，说她当众这样做有失体统。"

闫茜的话让我首先想到的是心笛的无助！因为我太知道女儿是一个极要面子的孩子。正常情况下，别说让她做出什么有失体统的事，有时还会提醒我。

"妹妹，因为我深知心笛这个情况，跟你沟通一下。可能她控制不住笑的原因是停药，过去只要停药半个月以上，就会出现这种不分场合哈哈大笑的症状，尤其是在公共场合，比如公交车上，有的乘客以惊讶、侧目等各种眼神看她。如果在稳定的情况下，她是绝对不会这样的，所以我想替她说两句话，也希望你和师父能够理解这一点呀！我现在特别担心心笛会复发，因为停药半个月到二十天是复发的危险期,过去曾有过两三次复发。她走在马路上,根本就不管周围什么情况而大笑的时候,我只能跟着她一起笑,让路人以为好像母女俩在聊什么开心的事儿。但实际上我的心在滴血……"

闫茜好像没有专心听我在讲什么,自顾自地继续往下说:

"师父还接着跟心笛说:'你要明白闫茜老师不是每天只服务你一人的,我们每天要接待来自全球的朋友。闫茜老师是一个外交官,是负有重要使命的,她不可能把整个时间都给你。相反,你应该帮助她做一些事才对。'"

无论闫茜是否在听,我继续为心笛申辩:"我有一种预感,心笛离复发已经不远了。因为医生诊断她属于躁狂型抑郁症,躁狂发作的时候就会出现这些症状。有两次大夫还让她住院呢,是我和她父亲坚持没有让她住。所以我想把她病情的严重性告诉你,也劳烦你跟师父解释一下,她真的不是故意的。我建议像心笛这种状态,凡是外事活动见外宾和贵客的场合,暂时不要让她出面了,以免影响公司的形象。"

听到我这么说,闫茜终于接了话茬:"姐姐,没事儿的,师父说心笛需要见人,需要适当受刺激。她目前躁狂的症状并不是很严重,我还是有方法帮助她控制的。从你走了以后我带心笛出去,她有时候也是哈哈大笑的,我根本就不去理会别人怎么看。因为在我心目中,心笛是正常的。目前倒不是希望心笛做多少事,我们先观察一下再说。她到今天来了有多少天了?"

"我们是 10 月 17 号到的,到今天整二十天了。"

"实际上从你走以后,我就给心笛的药彻底停了,而且坚决不会再给她用药。"

"依以往的情况看，停药二十天左右，可以说现在是进入复发的高危期了。"我特别在"复发的高危期"几个字上加重了语气。

"今天我观察她的体形了，瘦了好多哟！肤色白里透红，走路时脚上也是非常有力的。我觉得她是在逐渐恢复的一个状态。我的角色还是对心笛温柔以待，如果我不温柔、不爱她的话，她也不会心甘情愿待在这里。师父偶尔刺激一下心笛，也是她的疗愈手段。我们一个做黑脸一个做红脸，就像扮演父亲母亲的角色。所以你不用过于担心。"

显然，闫茜对我所言完全置若罔闻，而且一味坚持己见。

我一夜无眠，眼睁睁盼到天亮，便急不可耐地给闫茜发微信：

"妹妹早上好！因为心笛的事情，昨夜我又失眠了。依她目前的状态，很可能已经复发，每天吃的两种药中有一种叫德巴金（丙戊酸钠），是起稳定作用的，吃了也不会发胖。医生曾强调过另一种叫奥氮平的药停减了而德巴金不能停。如果心笛持续昨天的状态，可否恢复吃一段此药？"

"早上好姐姐！心笛很好，没事儿！我会继续努力陪伴心笛，绝不给她用药。你不必担心。"

放下手机，我不无忧虑地对佟家辉说："你说照这样下去，我怎么能不担心？"佟家辉说："我看咱们的旅行计划还是往后延吧？目前这种情况，你一路上也不会安宁，玩儿不好的。"

牵肠挂肚的一个月过后，闫茜给我发来微信。对于承诺不介入闫茜对心笛疗愈的我来说，那真是"微信"抵万金——

"姐姐晚上好！今天心笛总在反复自言自语说着两个词：'卑

微''幼稚'。你分析她是不是在说董燕姐姐啊？因为昨天我才通过心笛父亲得知，董燕姐姐是心笛的继母。"

对于闫茜的臆想和猜测，我脑海里首先涌现的一句话竟是"家不和，被邻欺"。我意识到，必须让闫茜知道，为了心笛，这些年来自己和方毅、董燕处得就像一个大家庭，心笛拥有双份的母爱和父爱！

"妹妹，虽说董燕是心笛的继母，但据我所知她是非常爱心笛的，甚至对心笛视如己出，是特别善良、有爱心的人。除了不是亲生母亲，我觉得该做的她真的都做到了。心笛在目前这种思维混乱状态下说出的话，并不能反映她真实的情况，不能据此判断是不是现在的继母对她不好、是不是对父母再婚有想法等。所以像她今天说的这两个词不一定有所指，就是自言自语念叨罢了。有可能我们要做一个最坏的打算，最终心笛有可能回北京，去医院恢复她原来的那些治疗。这也许是我的错觉，因为这两天听你反映的情况，我有一种心笛好像在不断倒退的感觉。"

"姐姐呀，心笛毕竟是长达八年的患者，所以需要给我们多点儿时间，不能急于求成。就像师父说打造我用了整整一年的时间。如果心笛想回北京或者我和师父觉得她需要回北京的话，会主动跟你联系。因为这些事情都还没发生，你最好不要有这个打算，我们也不需要这种宇宙能量不是上升的打算。所以希望你还是继续支持我们的工作，对我们抱有百分之百的信任。在宇宙空间的能量里，信任是非常重要的。你要明白这一点啊！"

盼星星盼月亮，又是一个月过去，我终于盼来了闫茜的短信——

"姐姐,这一个星期师父在小小地惩罚心笛,软硬兼施地。因为她总叫外卖,我已经没收了她的手机。再一个是让她做几日的辟谷。师父让我怎么做,我就怎么做。我今天跟心笛说了:'师父惩罚你,我也同样地跟你一起受罚啊。我这段时间也瘦了好多哦。'"

回京风波

"辟谷"这个词,我早已有所耳闻,但其中的科学原理还有待研究。虽然不知道闫茜是如何对心笛实施辟谷的,我还是咬牙表示了支持:

"心笛松散惯了,现在一下让她整个收起来再发出去是很难的,需要有这么一个过程,所以妹妹就按师父的要求办吧。不过我有个请求,因为很长一段时间不和心笛单独联系了,你能不能给我发一张她的照片。我不是担心她,是想她啊!"

晚上,闫茜发给我一张心笛躺在床上闭着眼的照片。"姐姐,理解你!现在发给你。她睡着了,我就偷偷拍了一张。"

只见这张照片心笛躺在没有床单和枕头的床垫上,用被子遮住了半张脸。我顿觉心揪在了一起。但转念又想想,也许这是对心笛"苦其心志,劳其筋骨"的磨砺吧。于是,我从另一个角度与闫茜沟通:

"妹妹,我的想法不是说要看到心笛就这么躺着,而是能站起来与你一起做事,希望还能看到她刚去饭庄时英姿勃发的样子。哪怕帮助你做一顿饭,跟着你一起去饭庄。恕我直言,看到她现在的状态,我多少还是有点失望。心笛现在还是不能够帮你做事,就她目前还是这样一个状态,可能还需要慢慢来。我希望她能懂得:一个没有感恩之心,一个受到照顾、得到好处却没有想要回报对方、为对方做些什么的人,最终是个人生的输家。"

闫茜直接发过来语音:"姐姐你放心,师父说心笛11月份过后就会好的,你们耐心等待一下。因为我会按师父的疗愈方法一步一步来,再过一段时间,心笛可就不是现在这个样子了啊!还有我们的疗愈是让她的内心和灵魂苏醒过来,而不是仅仅让她的身体受我们控制,让她做什么就做什么,这个是没有用的。姐姐,你还要明白一点啊!心笛都躺了六七年了,你叫我们怎么快速让她站起来。而且之前你所有让她做事的方式只是为了让她服从你,跟着你的节奏走,那不是疗愈的正确方法!"

接下来,闫茜越说越激动,音频也随之升高,直至震得我耳根发麻——

"希望你和心笛父亲支持我们的工作,如果你们还对我们不放心,只有两个办法了:要么让心笛继续留在这里,要么你们来接她回北京去!"

我连发两条希望闫茜千万不要误会、没有任何不放心之类的信息。但是没用,闫茜犹自我行我素地大声嘶吼:

"你们如果心疼我的辛苦和付出的话,应该是给予更多的理解与支持,而不是那么多的建议!我想如果你们有更好的办法或方法的话,心笛早就好了,是吧?也没必要送到我们这里来。我讲话是比较直的,大家都知道我们这个圈子。你也知道曾经因为心笛我总被师父骂吧？我们哪一个不希望她好起来？但这需要时间、时间呀！你们那么急要做什么呀你们！？"

"妹妹，我没想到会惹你生这么大的气而且这么激动，这真是我没有想到的，实在太抱歉了！现在你这样激动，我就不再说别的了啊！我先抱歉啦！等到咱们静下心来以后再交流啊！好的，祝你一天顺利啦！"

我发出这条信息后，被提示"对方开启了朋友验证，你还不是他（她）朋友，请先发送朋友验证请求，对方验证通过后，才能聊天。"

立时天塌地陷！我心说：完了完了，怎么会这样？！

"不行，我要去H市看个究竟。"佟家辉听了我的话，也表示赞同，并且劝我说："甭担心，我陪你一起去。大不了把心笛直接接回来就是了。"再婚以来，让我最感欣慰的是，佟家辉总在关键时刻给我起到定心丸的作用。

当我告诉方毅准备二赴H市的打算后，方毅说："你先不用过去，董燕和她的一个女友准备去H市看心笛。"

11月中旬，董燕和女友范琳驱车赶到H市。范琳是一名三十出头的心理咨询师，想通过董燕介绍，加入沐心的心理咨询机构。

这天，我和佟家辉来到小妹舒敏家聚会，因为舒敏要让我和大妹舒红一起见一下她的准儿媳。

就在下午将近三点时，突然，方毅的电话打到我的手机上。对此，佟家辉早已见怪不怪，他知道，我和方毅的"藕断丝连"都是为了心笛。但因为有舒红的准儿媳在场，为顾及影响，我来到另一间屋接听电话。

电话那边,方毅说话的语气透出明显的焦虑。他告诉我,董燕刚刚与他通了话,经过向别墅的保洁员和饭庄员工侧面了解,发现闫茜在虐待心笛。每天早晨,心笛还没有起床,闫茜等人吃完早饭也不叫心笛便出门了。空留心笛孤单一人整天躺在床上,眼睛直勾勾地望着天花板。因为中午没饭吃,心笛只能叫外卖。闫茜又没收了心笛的手机,说是不能买垃圾食品,而且吃不了,浪费严重。董燕说心笛的房间极其脏乱,身上头上都是汗馊味儿。给她带的点心一下子吃掉了大半盒,这是过去绝对不会出现的情况。要不是饿极了,心笛无论如何也不会这样狼吞虎咽吃东西的。

听方毅说到这些,我的心瞬间提到了嗓子眼儿,一个月来最担心的事情还是发生了!电话那边,方毅的声音哽咽起来:"董燕让我们都想想,用什么办法让心笛回来。再这样下去,孩子就被她们毁了……"

"我知道了,幸亏董燕赶过去了,我来想办法。"因为有前面一波的铺垫,我显得比方毅要冷静些。想到自己手机里存有董燕的电话号码,那还是我们第一次见面时互留的。但想到两个妹妹和家人都在,便先忍了回去。

傍晚回到自己家,我平复了一下心情,拨通了董燕的电话。不通则已,和董燕的一番对话,让原本还算冷静的我彻底崩溃了!

"老方说得还算轻描淡写,实际情况比这要严重得多。心笛平日里饿到不行了,冰箱里又什么都没有,只好用方便面蘸辣酱吃。最后,方便面也没了,她跑到超市去,拿起两个面包和一瓶饮料,跟老板娘说赊账，等家人来结。这些是我去超市时听老板娘告诉我的，我赶紧为心笛结清了账单。现在，心笛不仅肉体上被闫茜迫害，心灵上也受到极大摧残。见到我来了，她脸上毫无表情，没有半点见到亲人的喜悦。人都饿成那样了，我给她打包带回的几样菜，她都不敢当着我的面吃，而是趁我不注意时，像一头受惊的小鹿，偷偷抓上一盒菜就往自己房间跑。风卷残云地吃完后，又悄悄跑到厨房，把其他的餐盒统统摞起来，捧着再跑回房间。"

听到董燕的这番话，我禁不住大放悲声："我可怜的孩子啊，你可遭了大罪了！妈妈一定要把你救出来哦！"

"我们想悄悄把心笛带回北京去，就是不知道会不会被她们发觉。"

待稍稍平复下来后，我想到了一个办法：以心笛的表弟即将结婚为由，向沐心为心笛请假，名正言顺地回来，而且再也不回去了！

晚八点左右，我给沐心发了短信："沐总，今天我跟两个妹妹一起吃饭，小妹说我外甥要结婚了，希望心笛能回来参加婚礼。我想如果可以，请董燕陪心笛回京一段时间。她和弟弟感情极深，如果不出席弟弟的婚礼，于情于理都说不过去。祈望准假，多谢！"

沐心很快回复了我："可以的舒薇姐。闫茜这两天因为劳累过度，她的情绪化比较严重，估计是旧病复发了，所以她目前任何传达的语言都是不正确的。你千万不要介入这件事，否则会更加复杂。你沉默就好。我会处理好。切记！"

就在我按沐心所言准备保持沉默时，两小时后，闫茜又恢复了和我的微信朋友关系并发来信息："姐姐晚上好！你可不可以帮帮我呀？我被董燕姐姐赶出门啦！我的手机还有所有的衣服都在屋里。事情是这样子的，因为董燕姐姐昨天一过来看到心笛的情况，就指着我的鼻子把我臭骂了一顿。我认为自己又没有做错什么，便毫不示弱地跟她顶了嘴。她就把我赶出门了。"

我没有回复，闫茜又发来第二条微信："我刚刚才接到通知，听师父说董燕姐姐要把心笛带回北京。心笛不吃药那么长时间，状态真的很好，应该说是非常好，跟之前相比已经好了三分之二吧，如果再给我们一些时间会全好的。怎么突然之间要把心笛带回北京去啊？"

我给沐心发短信，告诉她："刚才闫茜给我发微信，说她被董燕轰出来了，让我救救她。"沐心告诉我，她现在被闫茜搞得一个头两个大，几年来自己接受的最大挑战不是创业的艰辛而是带闫茜。闫茜有家族遗传精神病史，在感情上又曾经遭遇过欺骗，以致一度精神失常。沐心说自己个性坚强从来不轻易哭，但调理闫茜的那一年却悄悄流过许多泪，不知熬过了多少个不眠之夜。终于把她调整到比正常人还要优秀的程度，才把心笛交给了她。不想发生了如今让我们做父母的如此焦心的事情。

大约一小时后，沐心回复我："我已经安排好。你安心过节吧。"

"这么说，闫茜和董燕的事情你已经协调好了？"我有些将信将疑。

"是的。心笛比闫茜当初的情况要好得多，何况又是一个具有高度智慧的孩子，你们生了一个好女儿。我会培养她，从今天起心笛由我亲自来带。还有董燕姐，我让她先回去，以免再和闫茜发生冲突。她的女友范琳已经加入我的心理咨询机构了，也会配合我一起疗愈心笛的。时间未到，以后你们会看得到。"

天使降人间

一场"回京风波"因沐心亲自出马陪伴心笛而偃旗息鼓。其间，她发给我很多心笛的照片，有清晨范琳陪心笛跑步锻炼的，有在健身房跳舞的，还有晚上在饭庄和大家一起开心用餐的。沐心又跟上一句："这么多人爱心笛，您该把心放到肚子里了吧？"

把心笛直接交给沐心，曾经是我想都不敢想的。她掌管着心理咨询中心和饭庄等摊子，怎么能有时间和精力专门为心笛做疗愈？但是今天，她真的做到了，而且如此周到，这一切让我焦灼的心情的确平复了不少。

年底，沐心给我打来电话："舒薇姐你好！再过几天就要举办'选美大赛'了，我是组委会主席，实在忙不过来。你能否过来陪心笛一段时间？"

"好的，沐总。我能过来，现在就买明天的机票。"沐心的邀请，此时于我而言，可真是求之不得呀！

到H市后，我终于在饭庄见到了日思夜想的心笛。和两个月前相比，心笛的确瘦了许多。虽然偶有发笑和自语，但是比我预料中的情形要好些。沐心告诉我："闫茜已经基本恢复正常，希望能继续陪伴心笛。我陪心笛这段时间，她每天吃住工作在饭庄，有了很大变化。但是饭庄的住宿条件不是很好，正好你也来了，和闫茜、心笛住到新搬的丽苑别墅，一切重新开始，相信闫茜能够回到从前的。"

回想当初与闫茜和心笛在一起的那些美好回忆，我很认同沐心"一切重新开始"的说法，于是和心笛搬进了丽苑别墅。闫茜还是和第一次见面时一样地热情，但是又让我隐隐感觉这种热情里有几丝尴尬，毕竟自己是被她曾经删除过的"好友"啊！

丽苑别墅也是三层，但和过去的那套相比小了很多，结构也有所不同。二层有两间房，三层没有了套间，只是一个卧室。闫茜跟我提议，她和心笛住在二层，我住三层，这样便于她每天叫心笛起床、锻炼和出工。对于这样的安排，我无可非议。

这天傍晚，一阵阵笑声从二楼传进我的耳朵里，一开始以为是心笛在笑，细听却是闫茜的。我想也许是闫茜在哄心笛开心，再听，只有闫茜的声音。我想看个究竟，便下到二层，发现笑声是从闫茜屋里传出的，一声接一声，持续了得有近三分钟。我暗惊：坏了，莫非天天听心笛笑，闫茜受到了传染？正担心着，忽然闫茜开了门，咯咯咯又笑了一阵后，对站在楼梯口有些茫然的我说："姐姐你忙，我带心笛一起出去看夜场电影《我不是潘金莲》。"

第二天，闫茜带心笛去学芭蕾；第三天，又带她去做健美操。我望着她们出门时的背影，心生欢喜：看来沐心还真是料事如神啊！

一周过去，相安无事。这天傍晚，我正在看书，忽然听到从楼下传来闫茜一声高过一声的训骂："你什么时候学会说谎了？学历再高又有什么用？不懂感恩，你长大了就是个废人！"几近歇斯底里，最高处都喊破了音。

我以为闫茜在训斥心笛，蹑手蹑脚地下楼。结果发现声音依然是从闫茜屋里传出的，虽然关着门，但几乎能掀了屋顶的声音震得整个别墅都在战栗。我打开心笛的房门，只见她蜷缩在床脚，那情形如同她在被训斥一样。

我想无须去过问闫茜在和谁发飙，这个时候最贴心的做法是关怀。于是做了鸡蛋西红柿面，轻轻敲门让闫茜下楼去吃。屋内的主人以一副仿佛什么事儿都没发生的口气回答我："姐姐，没事了，刚才在训一个曾经的学生。我一会儿下去吃。"

站在屋外的我，已经完全搞不清在这栋别墅里究竟谁才是真正的病人了。

"选美大赛"之后，沐心挽留我，为她的一部书改为网络大电影做编剧。不过要搬出丽苑别墅，到剧组人员集中的紫郡别墅去住。紫郡别墅与丽苑别墅相距近20公里，让我和心笛一下子变成了"咫尺天涯"。而最让我担心的是闫茜的喜怒无常，我把这种忧虑对沐心讲了。沐心说："闫茜虽然处事我行我素，好在她对我言听计从，我会随时训导她，而且你也可以每周末去丽苑别墅看看心笛。"

沐心安排我和一个叫桦东的山东小伙儿住同一别墅，我住二层，桦东选择睡在一层的沙发上。我问桦东为什么不住三层空着的房间，他说自己年轻，不讲究，把三层留给临时来的客人住。桦东，二十八岁，一个相貌阳光俊朗、身材健硕有型的帅小伙。见到桦东的第一面，让我不由自主想到了四个字——"璞玉浑金"。也许是和我年龄差距太大，大到没有了性别感，沐心才安排我们住到同一栋别墅里吧？桦东的名片上印的是"影视公司剧务"，在网络大电影没有正式开拍前，他每天要去饭庄收银。

桦东给我的第一印象是勤奋，每天从饭庄回来，还要听上一两个小时"喜马拉雅"音频分享平台的有声小说。我起得早，去买早点的时候把桦东的也带回来。因为只有一辆自行车，桦东上下班骑车都带上我。但是因为相互尚不了解和年龄的差异，也只是停留在客客气气、相互照应的层面。

在饭庄，桦东见到了随闫茜同来的心笛。看到心笛不时地自语、痴笑，当晚回到别墅后，他对我说："阿姨，你女儿这样下去不行，得想办法了。"

在饭庄，心笛口渴时会到吧台拿一罐可乐或其他饮料喝。我曾跟桦东说过这个情况，告诉他如果心笛拿了什么，让他记上账，我过后付。几天过去，桦东也没跟我谈及过此事，我便主动问起。桦东说："阿姨，这是小事儿，我都给垫上了。我最担心的是心笛目前所处的环境，你还是得经常过去看看她。"

周末到了，我给闫茜打电话说要过丽苑别墅看心笛。闫茜的答复是："姐姐，从现在起，请你不要过问心笛的任何情况。疗愈重新开始！"虽然可以振振有词地告诉闫茜，是沐心同意每周末我可以过来看一次心笛的，但是为了照顾闫茜的情绪，我采用了"迂回战术"，让方毅快递过来一些心笛的春秋季衣服，以此为借口过丽苑别墅去。

闫茜一听我要过去，立刻说："你把衣服放饭庄吧，我们去的时候拿。"

"我已经跟师父请示，她同意了。半个月不见心笛，我很想她。"不得已，我还是搬出了沐心。

"姐姐呀，你知道吗？中国也好，整个世界也好，父母对孩子的教育太失败了！人如果不吃苦就不懂得珍惜，分不清什么是对什么是错。很简单的一个宇宙真理，你们父母总不能守护她一辈子吧？你们如果把心笛当一个正常人，却还在操心她的衣服，你觉得这样做妥吗？你是一个明事理的人，我问你，心笛一个三十岁的人了，智商还这么高，你觉得还需要为她的这些东西操心吗？啊？！"

"我已经说了，只是给心笛送几件厚衣服，因为她现在这边都是夏天的衣服。仅此而已，好吧？"

"那你今天搬过来照顾心笛好了，我从今以后不管了，就这么定了啊！"说罢，闫茜挂断了电话。

我给闫茜发微信，又一次被提示"你还不是他（她）朋友，请先发送朋友验证请求，对方验证通过后，才能聊天。"呜呼！要不要把这一切告诉沐心？我心说还是算了，结果已经表明：像闫茜这样没有完全康复的抑郁症患者是无法疗愈心笛的。还是由我自己来解决吧。

待我傍晚赶到丽苑别墅，只见心笛蜷缩在床上不停地大笑、自语，地下散落着几个已经干得像石块儿一样的馒头，窗台上放着一盘剩菜，一群飞虫在上面起舞。我又来到厨房，发现冰箱里空空如也，连片菜叶都没有。我想先给心笛煮一袋方便面，又发现打不着煤气灶，原来阀门被人关了。联想起闫茜曾说心笛烧穿过一口蒸锅，我立时明白了一切。

我问心笛:"闫老师几天没回来了?"心笛回答:"三天了。"三天?也就是说,已经整整三天,心笛没有吃过一口东西。难怪馒头硬得像石块儿,飞虫在馊掉的剩菜上盘旋,更难怪闫茜死活不肯让我过来……这样的环境无论如何不能让心笛继续待下去了!一个念头涌出我的脑海——赶紧带心笛逃离这里,越快越好!

当晚,桦东赶来丽苑别墅帮我收拾行李。他告诉我,春节前他也准备回家了,只希望我和心笛一切都好。我感激地对桦东说:"谢谢你这段时间对我和心笛的照顾。明天我们一大早赶往G市,就不惊动你了。保持联系,后会有期!"桦东要回紫郡别墅了,他主动与心笛打招呼,心笛却没有反应。我刚要对他说什么,他笑着摆摆手,说了句:"阿姨我走了,明天到G市后报个平安。"

当天晚上,我预订了出租车。第二天一大早,我把余下的化妆品和清洁用品收拾停当,便叫心笛起床。结果,让我意想不到的事情发生了,心笛死活不肯起床。我绝想不到,以为是带心笛出苦海,结果她却不想走,实在让我百思不得其解。大门外,出租车司机已经开始按喇叭召唤我们上车。心笛却来一句"你自己走吧",接着忽地一下用被子盖住了头。这可如何是好?

我想,先把司机稳住再说。于是走出别墅,把情况简单跟司机说了。司机说:"我还约好了下一单,时间不等人,你得赶紧想办法了。"情急之下,我对司机说:"师傅,没别的办法,只好我们两个人把她拽上车了。""一个生人去拽她会不会更抵触啊?"我也觉得真是有点强人所难,但又无可奈何地说:"师傅,真难为你了,要不试试怎么样?""也只好这样了。唉,你这做母亲的可真不容易。"感觉到有四只手在拽自己,心笛撩开被子说了句:"干吗呀?"嘴上这么说,但她的身子却就势随着我和司机的拉扯坐了起来,我们没有太费力气就扶着下楼又上了车。

谢天谢地!

车子开动了,我如释重负,长长地舒了一口气。

第九章

浴火重生

母女同疗

在赶往 G 市的路上，以春节即将到来带心笛去旅游为由，我给沐心发了一条信息。十分钟后微信提示音响起，我以为来信息者是沐心，不想点开后却是方毅："我听闫茜说，在她的调理下，心笛病情平稳还减了体重，成效明显，在朝好的方向发展。你带心笛旅游散心可以，但要送回 H 市。这也是沐心的意见，请予以尊重。如果你不是带她去旅游，而是要把她带走不归，不经我同意，你没有这个权利！"

我本想告诉方毅，因为事发突然没有来得及跟他商量，也想告诉他没有告诉沐心是因为担心再次被她劝留。但方毅信息的最后那句"你没有这个权利"触到了我的底线，我的犟劲儿上来了——"心笛已经被闫茜伤害成这样，你还在以抚养权来威胁我？难道你忘了闫茜虐待心笛的过往了吗？莫非你也被她洗了脑？既然如此，我们还有什么沟通的必要？！"

由于心笛连续数月没有服药，恢复吃药成了一大难题。无奈之下，我用擀面棍把药片砸成粉末，背着心笛悄悄放进饮料或粥里，让她服下。其中一种稳定剂是缓释片，应该是通过温水送服后在胃中一点点被稀释吸收的。心笛直接喝了放入药粉的汤汤水水，少了稀释的过程，反让她的情绪变得愈加烦躁甚至失控。

一天深夜，心笛肚子饿了，自己到厨房热饭吃。我听到动静后下楼想搭把手，当看到心笛往锅里倒入了太多的油而且完全没有停住的意思时，我说了句："宝贝儿，可以了，油吃太多对身体不好。"然后下意识地按住了心笛倒油的右手。孰料这一举动引得心笛勃然大怒，她一把扔掉油瓶，揪住我的真丝睡衣一通撕扯，"唰啦"一声，把睡衣从胸口一直撕到了膝盖。

一天傍晚散步，母女二人走着走着，心笛突然像一头小狮子一样，一下子把我推倒在地，然后径直朝前走去。我艰难地从地上爬起来，不敢与心笛同行，怕被她再次突袭。打从那天起，只要和心笛外出，我都是远远跟在后面。如果心真能滴血，在我身后已是一串长长的血印。

最痛不欲生的时候，我甚至想过和心笛一起了断！转念又想：心笛这么年轻，人生才刚刚开始。况且一切又不是她的过，不如狠心放手，我一个人走吧。再转念想：我如果一走了之了，又有谁来陪伴她呢？

万般无奈之下，我做了一个大胆的决定，把心笛带回北京尽速治疗。这个决定是冒着两大风险的，一是到了机场，心笛的反常表现很有可能因被工作人员察觉而过不了安检，二是我平日散步都不敢与心笛并肩同行，要和心笛紧挨着坐在飞机座位上，在四个小时的飞行里，分分钟都有可能受到来自她的袭击。

尽管如此，为了心笛能早日就医，我豁出去了！当天早晨，我没敢给心笛再服缓释片，只把一片安定药捣碎后放入了心笛的粥里。心笛只喝了半碗粥，药量不够，可又要去机场了，我在心里祈祷着：但愿一路平安无事，阿弥陀佛！

托运行李取机票时，我特意跟工作人员为心笛要了一张坐在窗口的机票。在安检口，我让心笛排在自己前面，心惊胆战地注视着她的情绪和一举一动。还好，心笛很平静，顺利通过了安检。登机落座后，她眼望着窗外，依然十分平静，让我一直悬着的心终于放下了一半。

四小时后，飞机平稳降落在首都机场。我打了个车和心笛坐在后座，副驾驶座上是一个拼车的小伙子。离家只有一个拐弯的距离了，百分之九十九的安全行程即将结束，就在我另一半悬着的心刚要放回原处的当口，突然，心笛冲我来了句："我逗逗你吧！"说完，一把薅下我的眼镜，三下五除二便拧成了麻花状，一把扔到前面司机和小伙子的中间，把二人吓了一大跳！

神经紧绷了一天的我，此时倒显得异常冷静，我对同行的小伙子说："真不好意思，你能把眼镜递给我吗？"回过神儿来的小伙子立马捡起眼镜，还找到了其中一块已经飞脱框外的镜片，回身递给我。车开到小区门口，司机和小伙子同时下车，帮我从后备厢里拿出行李。不知是没了眼镜还是因为感动，眼前一片薄雾的我向二人连连致谢。这时，已经在小区门口迎候的佟家辉走上前来，接过二人手中的行李箱和背包。

我想办法让心笛送服下足量的药，和佟家辉一同陪心笛来到医院，准备给她办理住院手续。佟家辉陪心笛在候诊室落座，我来到急诊科咨询台前。

"大夫……"话未出口,我的眼泪瞬间流了下来,哽咽到无法说下去。

待心绪稍微平缓下来,我问咨询台的护士是否有床位。回答是,当天床位已满,让我三天后再带孩子过来看看。

我让佟家辉带着心笛先走了,转身再次走进医院,为自己办了就诊卡。按照惯例,第一次就诊的病人要进行全方位的检查,这样医生才能做出诊断,对症下药。在通过患者主诉了解现病史、既往史、个人史、家族史的基础上,进行体查和常规辅助检查。最后,要做上百道心理测试题,以对患者的心理活动和人格特征进行评估和鉴定。

最终,大夫对我的病情所做的诊断是:重度焦虑症、中度抑郁症和轻度恐惧症。其中重度焦虑症的常见表现为:"对某些问题或人际关系交往过分担心和烦恼,有恐慌的预感,容易被惊吓,感到脑子一片空白。对此明知没有必要,但又无法控制。容易心烦意乱,忧心忡忡,难以集中注意力,经常睡眠不好、头痛和身体不适。容易疲劳,工作学习效率明显下降。严重时经常感到口干、心悸、头晕、出汗、气短、胃部不适、尿频和性功能减低等。对上述症状难以忍受,但又无法摆脱……"

拿着诊断书,我的脑子里首先冒出的一个想法竟然是:嘿,不来是不来,一来就给老娘玩了个全活儿!

从医院回到家,舒红赶来看望心笛,已经到一会儿了。舒红对我说:"姐,我听家辉大哥说你想让心笛住院。我的想法是,心笛刚刚回来,真不想让她再受到惊吓。刚才你没回来之前,我跟心笛谈了很多。一听说要送她住院,她向我保证再也不对你动手了。你听我一句劝，心笛住院的事还是往后放一放吧。"已是"泥菩萨过河"的我最终接受了舒红的提议。

服下抗焦虑和镇静催眠的药物后不久，我全身乏力，扶着床沿直接瘫软在床上。我开始体会到了为什么心笛不肯起床，不是不想起，是根本起不来呀！

过去，无论老同学、同事还是其他各种名头的聚会，我大多是召集人。现在却发怵见人，最怕听到的信息是×月×日聚会。本来一直坚持每天傍晚散步的我，到点后却窝在沙发里一动也不想动……

从我确诊那天起，每次再去医院，都是先为心笛挂双相情感障碍专家门诊，再为自己挂焦虑症普通门诊。欧阳萍医生在得知心笛不肯服药的现状之后，为她改开了一种无色无味的口服液，每次只需用吸管吸出应服用的量，放在非碳酸饮料或者矿泉水中，神不知鬼不觉地让心笛服下。欧阳萍医生这次贴心的调药，一下子解决了困扰我多日的难题。

2018年春节过后，为了能让我安心静养一段时间，舒红带心笛去威海度假，收拾行李时连同心笛的医保卡也带走了。我去到医院，想给自己开药的同时用我的医保卡为心笛取药。我试探着跟开药的大夫说："大夫，我女儿去外地度假带走了医保卡……"大夫立刻回道："您想用自己的卡给女儿取药是吧？"大夫问清心笛吃的什么药，二话没说就开了方子。

自心笛在这家精神科医院就诊以来，在我的印象中，每次无论是陪心笛来复查，还是只给她取药，医生包括护士在内大多是和颜悦色，极具耐心，有的还非常幽默风趣。除了医德，我认为还有一种人文关怀在里面。

可以假想一下，精神疾病患者和其家属如同深陷泥沼中，他们在向社会特别是医疗机构伸出请求援助之手。面对如此令人揪心的场景，即使是见怪不怪的医护人员，首先想到的是无论如何先拉上一把吧？照理说，我的取药方式显然是不合常规的，医生完全有理由拒绝。但出于职业敏感，面对眼前这名目光中充满期待、犹疑和几分歉意的母亲，对于这种不情之请，这位大夫显然是不忍心让我再添焦虑。

服用了一个疗程的药物之后，我感觉好多了，已经没有了最初强烈的药物反应，心头不再阵阵发紧，走路也不再东倒西歪。虽然想到要参加各种聚会还是有些犯怵，但真正去到现场，被众人的情绪一感染，也就自然而然地融入其中了。

接下来让我纠结的是：该不该继续服药？回想九年前让心笛服用了第一片药之后，断药成了最让我心惊胆战的事。因为有了对药物的依赖，心笛每次停药都以复发告终。毕竟自己是初犯而且病情还没到很严重的程度，况且心笛又暂时不在身边，我决定冒一下险，看看能否把药停了。试想母女二人都有了药物依赖，半斤八两，以后谁能照顾谁呢？

停药两周后，效果出乎预料地好。神清气爽的我不再一味地坐在电脑前，走出家门，竟有一种想张开双臂拥抱蓝天的冲动！这一刻我知道，自己已经战胜了刚刚伸出爪尖的病魔，令对方无奈地干号一声过后，灰溜溜地化作一股青烟飘散了。

"最重要的工作"

心笛跟着舒红从威海回来了。半个月后,我的焦虑症刚刚得到缓解,便开始考虑下一步如何为心笛采用更积极的疗法。

"阿姨,你和心笛最近都好吗?"桦东给我发来了问候信息。

"心笛恢复服药后见好,刚跟我妹妹从威海回来。我还行。怎么好一阵没你的消息了呀?"每当朋友问起我和心笛的情况时,我总是只谈心笛,说自己时往往只用"我还行"三个字一带而过。

桦东告诉我,春节前他辞职离开了 H 市,先回山东临沂看望父母,然后就去了深圳。那边有个在 H 市搞选美大赛时认识的影视公司薛总对他很赏识,请他过去为拍摄一部网络大电影《倾城》做场务。做着做着,因为时长不够需要加戏份,为节约成本,薛总把目光停留在了举着追光灯满场跑的桦东身上。论形象,桦东丝毫不逊色于男一号,可他既非科班出身,又不是网红。抱着让桦东试试看的想法,薛总给他安排了后来成了女一号男友的海归角色。结果,桦东十分上镜,演得也还自然,顺理成章地成了男二号。

"看来,你大展宏图的时机就要到啦,加油!"我为桦东点了个大大的赞。

"阿姨,网大停机后我暂时回家了。为心笛的事情,也在考虑怎么能帮一帮你。临沂这个地方论医疗条件虽然比不上北京,但沂水蒙山的自然环境应该对她的恢复很有好处。我姨听说了心笛的事,和我一起见了一位中医吴大夫,把心笛的情况当面跟他说了。吴大夫建议,带心笛过临沂来,用中医加食疗为她调理。还有更重要的,要多带心笛去山里,接触大自然,不要总窝在喧闹的城市。

通过综合疗法，用少则三个月最多一年的时间帮助心笛完全康复。我想你们这次来就住我公寓。"

我一听桦东对心笛这么上心，马上回答："这真太好啦！你太有心了！我跟家人商量一下，看什么时间陪心笛过去。不过如果住你那里，每月我要象征性地给你住宿费哦。"

"不用，水电费你们自己交就行。"

"那怎么可以？还是给你，我们才住得踏实。"

"吴大夫说，让你们在临沂先住半个月左右，通过他的方子给心笛试着治疗一下。"

"中医加食疗不用针和药，估计心笛相对容易接受。"

"抓紧吧，不能再拖了。"

"说得是，有你这么上心，这次帮助心笛治愈我信心满满！"

我跟佟家辉转述了桦东的话，他听后不无担忧地说："你自己刚刚调整好，又要陪心笛去外地了。""好老公，你再支持我一次。我保证，这次把心笛调理好，以后天天陪你。"

因为晴晴要上幼儿园，邓丽带着她从姥姥家搬到佟家辉这边来了。佟家辉每天接送晴晴，还要为佟磊邓丽二人忙早晚饭。过去一直把照顾老母亲当作事业的佟家辉，在母亲去世后的几年里仿佛失去了存在感。现在，这种存在感好像回来了一样，每天忙得不亦乐乎。于是，我们二人就在这种各忙各的生活节奏中适应了彼此。

"没准儿等你熬到头了，我还在半山腰转磨呢！"佟家辉如是说。

就在已经买好我和心笛的机票、准备三天后动身去临沂时，桦东发来了微信："今天薛总给我打电话了，要我去深圳。说那边新成立了一个公司，让我当市场部经理。我还没答应他。"

"是个机会啊，你去吧，别耽误了你的事业。要不我先把票退了，等你忙完这阵再说吧？"

"说不上是什么事业。薛总说如果3月底前不赶过去，可能就找其他人了。你猜我怎么说？"

"怎么说？"

"我跟薛总说非常感谢他的信任，不过我这里的事更重要，必须忙完才能过去。如果不同意，那只能辜负他了。阿姨你千万别退票，过来吧。就这么定了。只要能帮助心笛治疗。"

当天，我在朋友圈上看到桦东写下这样一句话——

请把时间给该给的人，
把真心给亲人给真朋友吧。

这天，桦东发给我一台老式洗衣机的照片，说是给我们准备的，不过没冰箱。我感激地说："你太有心了！""我的公寓不大，一室一厅，卧室就一张床，不过够大，你们凑合住吧。我办了张卡拉OK的月卡，你们可以去唱歌。"

"太好啦！我们一起去唱。可问题是你住哪儿呢？"

"我先住我妈那儿。你们安好，就是我最重要的工作。你看还需要什么？写字台上有架电子琴，没事儿的时候可以弹。"

"心笛会，小时候学过。"

一句"你们安好，就是我最重要的工作"，似汩汩暖流温润了我几近焦灼的心田。我把对桦东的感激之情付诸笔端，写了如下诗句——

> 我庆幸拥有这样的朋友,
> 能够看到我笑容背后的忧愁,
> 一语不发默默地向我伸出援手。
>
> 我庆幸拥有这样的朋友,
> 分明有着自己不便推辞的事由,
> 却把时间留出只为满足我的需求。
>
> 我庆幸拥有这样的朋友,
> 把所有事情都想在前头,
> 一份份惊喜感动得我热泪横流……
>
> 人的一生能拥有几位这样的朋友?
> 庆幸之余唯有倍加珍惜别无所求。
> 你是我生命的丛林心灵的驿站,
> 让我们并肩走过,永远握紧对方的手!

当我把这首诗发给桦东后,他回了四个字:"这朋友好",我同样回了四个字:"为你而作"。"我没那么好,嘿嘿!""毫不夸张,句句属实——纪实作品。"

我在网上买了一台双开门冰箱,预计在和心笛还没动身前快递会先到,我告诉桦东注意接收。

"这个不好吧？"

"既然是亲人，不说两家话。就当我是给咱家买的。"

"哈哈，那好吧。你们来之前我买点儿东西放里面。"

3月21日，我和心笛来到临沂桦东的家时已是傍晚，他买好六七种水果放在了冰箱里。第二天，他陪我们登上电视塔旋转餐厅吃自助餐。

当晚，桦东开车带我们来到临沂车站一起跳广场舞。那阵势，别说跟着跳了，看着都让人眼花缭乱。但见每个跳舞的人，无论男女老少，一个个如满血复活。上半身基本不动，全是脚下的舞步在踢腾挪转，如急促的鼓点敲击着大地。桦东本是学舞出身，只见他如鸟归林鱼入水般地汇入了舞林乐海中。也许是音乐的节奏太过撩人身不由己，心笛在外围独自跳了起来，动作颇似迈克尔·杰克逊。我赶忙乐不可支地用手机为心笛摄像。

桦东边跳舞边给我发来一段视频："心笛要和我旁边这个女孩儿一样跳得那么欢快，那她就没事儿了。"

我给桦东回发了一段心笛正在跳独舞的视频："虽说是独舞，对心笛来说已经是不小的进步啦！"

"哈哈，这个要发给你的亲人们看看。希望这次来临沂是心笛转变的开始。"

"已转发我两个妹妹。是呀，全托你的福啦！"

"阿姨，我给你介绍个朋友。"桦东不知何时从舞林乐海中抽身而出，来到了我面前。桦东把身边一个三十多岁的型男介绍给我："他叫苏春生，你们聊聊吧，他的经历可能对心笛有帮助。"苏春生直言自己曾经是一个重度抑郁症患者，起因为婚姻的失败。他先后住过两次院。第二次出院后，开始正视现实，为独自抚养未成年的儿子，平日里跑长途运输。忙累的最大好处是让他渐渐忘记了伤痛，人也变得开朗乐观起来。

看着眼前的苏春生，我无论怎样也无法将他与"重度抑郁症患者"画上等号，甚至感觉他比正常人还要开朗健谈。望着在跳独舞的心笛，苏春生说，表面上看她也很快乐，其实还是活在自己的世界里。苏春生的话让我若有所思，看来有着相似经历的人最能感同身受啊！

三天后，对心笛的中医疗法正式开始。长得慈眉善目、说话和颜悦色的吴大夫在给心笛把脉之后，向我讲述了他为心笛设计的完整的治疗方案。

一、食疗。早晨吃一碗红枣、西洋参、黑豆、麦片、核桃打成的糊糊，每隔三天喝一次糁。糁是临沂的一种传统名吃，主要原料是牛肉和麦米、面粉，辅以葱姜及盐、酱油、胡椒粉、味精、五香粉、香油、醋等作料，用大骨汤熬制，工艺十分精细复杂，不仅具有超高的营养价值，而且入口鲜香醇厚，余味无穷。桦东每隔三天起大早到吴大夫指定的一家早点铺去买糁，据说这家的糁掺了十几种中药，能帮助调理人的身体机能。晚餐只喝一碗薏仁粥。

二、足浴和浴疗。足浴是用盐、醋和花椒煮水，兑上温水后泡40分钟左右。浴疗是用吴大夫自制的草药泡澡，每天一次，一次20分钟至30分钟。

三、铺灸和易筋经。铺灸是把姜和中草药掺在一起，加热后分别铺在前身和后背，将二者的作用渗透到体内，驱除身体疾病深层的湿寒之气。易筋经包括内经和外经两种锻炼方法，各有 12 势。吴大夫对心笛计划用内经，即以一定的姿势，借呼吸诱导，逐步加强筋脉和脏腑的功能。大多数采取静止性用力。

第一次教心笛做易筋经，随吴大夫一起来到公寓的还有桦东的姨文玲。

"这里是你们的家"

文玲四十六七岁，五官生动，长长的秀发用彩色发圈扎起，斜垂在左侧高高隆起的胸前，为本来凹凸有致的身材又增添了几分妩媚。见过我和心笛后，她热情地对我说："姐，这里就是你们的家。不知为什么，你和心笛给我的第一感觉长得怪像我们家的人。如果不知道，生人见了你和桦东很有可能会把你们当成母子俩呢！"文玲具备典型的山东大嫂热情爽朗的性格，与我一见如故。

"话虽这么说，但是我们这次来临沂，不仅麻烦桦东，还给妹妹添事儿了……"不等我把话说完，文玲便打断了我的话："嗨，这点事儿算什么呀姐。咱们这就请吴大夫开始吧？"

吴大夫让文玲为心笛做易筋经练法演示。文玲麻利地将长发盘起，躺在铺好的垫子上，按照吴大夫的要求，一招一式做给心笛看。我在一旁摄像，镜头中的文玲动作舒展，体轻如燕，完全不像近五十岁的女人。

易筋经演示完毕，不等文玲歇口气，吴大夫继续给她派活儿："你改天去把心笛从小到大的照片洗上一二十张，挂在她的床头。"

吴大夫走出公寓的大门时，对我说："心笛的环境需要阴阳平衡，身边最好有个异性陪伴。当然，我指的不是那种亲密关系。包括同住一个屋檐下，一起去到山上海边玩儿、唱唱卡拉OK……"

我和心笛来到临沂一周了，还没见过桦东的妈妈文兰。从文玲口中，我得知她的姐夫体弱多病指不上，姐姐为了支撑一大家子，自己经营着一个理发店，带大桦东和他哥哥两个儿子，日子曾经过得非常艰难。她说："最难的时候，俺姐拿酱油当油用。"不用再说其他，只这一句话就太有说服力了。我还从未听身边的谁说过日子艰辛到这步田地。平日里，桦东在与我的交流中曾说过："我现在想得最多的是，自己该像一个爷们一样认真地过好后面的生活。要有能力照顾自己的父母，有能力保护好自己未知在何处的媳妇。"

每当我问起桦东是否应该去拜访一下文兰时，他总是说："我妈不会说话，等过几天再说吧。"

按照吴大夫的话，桦东准备从文兰那里搬回公寓住。临来前的傍晚，他给我发来微信："阿姨，我妈让你们明早来家里吃饭。"

我跟心笛说了桦东妈妈的邀请，心笛立刻表示"想去"。

第二天一早，桦东发来微信："阿姨，你们准备一下，我这就过去接你们。"

"好的，告诉你妈妈不要太麻烦。还有心笛的情况可以告诉她，不当之处还望包涵。"

文兰五十出头，容貌虽然不及妹妹文玲生动，但是眉眼间藏不住的秀美，从她略显沧桑的面庞上溢出。在我眼中，桦东吸取了妈妈的优点并且发扬光大了。我和心笛一进屋，文兰先是憨厚地笑着让座,旋即便转身回厨房,瞬间把她忙活一早上的饭菜端上了桌。心笛也不叫人,只顾埋头吃饭。文兰见她吃完一碗饭后,要给她添。我提醒心笛说:"如果你吃好了,就跟阿姨说一声谢谢。"心笛没有出声,文兰立刻说:"不说话那就是没吃饱,来来,再来一碗。"心笛不说谢谢也不回答是否吃好了,却直接对我说了三个字:"回去吧。"

当天晚上,文兰和桦东一起把铺盖拿到公寓来,同时拎来了几大塑料袋的肉、蔬菜、水果和煎饼。

从桦东搬回公寓的第二天起,每天早六点半,他的闹钟铃声便开始响起——

> 货有过期日,人有看腻时。你在我心里,能牛×几时——滴嘚儿咚滴嘚儿咚;低头靠勇气,抬头靠实力哦——滴嘚儿咚滴嘚儿咚;爱上过雄鹰的女人怎么会爱上乌鸦——滴嘚儿咚滴嘚儿咚;分手后的思念不是思念,是犯贱——滴嘚儿咚滴嘚儿咚;人生如戏,全靠演技——滴嘚儿咚滴嘚儿咚;待我强大,给你天下——滴嘚儿咚滴嘚儿咚;上帝是公平的,因为他对谁都不公平——滴嘚儿咚滴嘚儿咚;小鸟虽小,可它玩儿的却是整个天空——滴嘚儿咚滴嘚儿咚……

我起床准备做早餐了,想帮桦东把闹铃关掉,让他再睡会儿。可这铃声实在太有特色,我又想听清每一句话,于是便伴随着铃声的节奏炒菜,直到桦东自己从睡梦中醒来摸到手机把闹铃关掉了。

从第二天起,我还是在闹钟铃声响起的时候把它关了。因为,桦东把卧室让给我和心笛，自己睡的是客厅的沙发。沙发很窄，身高一米八〇的他根本无法平躺，每夜都是蜷缩着睡觉。本来睡着就不舒服，还这么早醒，让我很是心疼，心说还是让他再多睡一会儿吧。

我看好了一款坐卧两用沙发，可桦东坚持不让买，他准备睡到更宽些的窗台上。我担心地说："窗台这么硬，可怎么睡呀？""这好办。"桦东让文兰拿来他小时候练爬行的玩具泡沫垫，放在窗台底层，再铺上厚厚的褥子和毛毯。躺上之后他说，比在沙发上睡舒服多了。可是第二天早上，这间朝阳的客厅早早地被阳光挥洒覆盖，如睡佛披上了金身的桦东很快就被晒醒了。因为还太困，他只得从窗台上翻身咕噜一下掉落在窄窄的沙发上，侧着身子再凑合眯一会儿。

每天一睁眼，桦东跟我说的第一句话就是："今天我们去×××玩儿吧？"他开车带着我和心笛，把方圆三百多公里的景点几乎都游遍了。就是这每日一玩儿，让我第一次知道，原来沂蒙革命老区，这个用自己的乳汁救活解放军战士的"红嫂"的故乡，更是中华文明的重要发祥地。这里有发明了珠算法、大幅推进了数学史进程的"算圣"刘洪；因为继母"卧冰求鲤"的事迹被传颂了千百年，并被列入著名的"二十四孝"中的"孝圣"王祥；神机妙算辅佐刘备三分天下的"智圣"诸葛亮；一篇《兰亭序》大气磅礴成为千古绝唱的"书圣"王羲之；主张以孝恕忠信为核心的儒家思想的"宗圣"曾子。考古学家还从临沂地区银雀山下一古代汉墓中，挖掘出了"兵圣"孙子写在竹片上的《孙子兵书》。

让心笛表现出最开心兴奋的，是去书法广场那天。只见她手举相机，恨不得把广场上刻制的古今书法家一千多幅作品全部拍下来。我放缓了脚步，在后面看着亦步亦趋地跟着桦东的心笛。虽然她的实际年龄比桦东还大两岁，但此时桦东边走边关切地回头看着心笛的样子，更像是个大哥哥。

桦东住在乡下的姥爷病了，他想开车前去看望，问我和心笛是否也一起去。我认为这对从没去过农村、不知种地为何物的心笛是一个绝好的机会。马上回答："好啊，我特想让心笛去你老家干点儿农活。"心笛当时也表示愿意去。可临到动身的时候，她又说不想去了，躺在床上脸冲着墙装睡。

桦东悄声对我说："阿姨，应该培养心笛说一不二的习惯。你说是吧？"我点头称是，但又面露难色。桦东立刻明白了，来了句："看我的。"说罢，他拿着手机走进卧室放音乐，把音量调到很大。也就两分钟，心笛起身说："太吵了，还是走吧。"桦东朝我挤了一下眼，一脸的得意。

带上适合老人吃的水果和糕点，桦东开车和我、心笛前往他姥姥家所在的兰陵县。桦东先把车开到了他姥姥家承包的庄稼地里，这块地平日由和他姥姥姥爷住在一起的舅舅、舅妈打理。本来想让心笛摘点辣椒、苦瓜什么的，体验一把干农活的感觉。可当三个人走进田里，发现成熟的辣椒和苦瓜已经被摘光了，余下一些还没长成的，只让心笛看了个景儿。也好，毕竟在田里走了一遭。

走进桦东姥姥家，文兰和文玲已经在前一天赶来了。桦东的姥爷看上去气色还好，文玲说昨天请吴大夫一起过来给姥爷看了一下，开了几服中药，还列了每日三餐的食谱。

进屋后,心笛说要上厕所,文玲指点她进了院子里紧靠外墙的茅厕,可刚进去立马就出来了。我问:"你上(厕所)了吗?"她说:"不上了。"我走进茅厕后看到,和自己十八岁时去农村插队时的茅厕大小差不多,但已经有了很大的改进。那时家家户户的茅厕都是只挖一个坑,每隔一周淘一次用于施肥,是真正意义上的旱厕。桦东姥姥家的茅厕,坑内用水泥磨了一个斜面,下面有一个沟。如厕后,通过压水桶下面的塑料管把水压到便池里。虽然将旱厕改造成了水厕,粪便依然不浪费,打开茅厕后面的盖子就可以淘走施肥。即便是这样已经有很大改善的茅厕,心笛还是上不惯,宁可忍着。

文兰和文玲忙着做饭,桦东的姥姥爱说爱笑,只是口音重,有些听不大懂的地方我就问桦东。姥姥的言谈话语中,无不透露出对桦东这个外孙发自心底的疼爱。桦东是姥姥一手带大的,打小虽然淘气但是很会体贴照顾人。只是在他十岁时经历的一件事,可把姥姥吓得不轻。

一天,桦东和几个年龄差不多的男孩子在村里一个很深的死水沟里洗澡。虽说是洗澡,但因为河沟中间的水太深,要是不会游泳很容易被淹到。桦东当时在河沟中间游,不会水的大多在岸边洗澡。他游了一阵回到岸边,看见一群人手都向河沟中间指。桦东往河心一看,只见着一只手,在那里拼命挥舞。

岸上的人越聚越多,但是没有一个下去救的。桦东什么也没想,反身下到河沟里,游到中间想把那人救上岸。谁知被淹的人用两只手一下抱住他的肚子,然后又用两条腿紧紧夹住了他的腿,他的下半身整个儿动不了了。当时把桦东吓得呀!幸好被淹的人只抱住了桦东的下半身,他用两只手啪啪啪拼命地划,带着那人一点点终于游到了岸边,岸上的人连拉带拽地把他们两人拉上了岸。

上岸之后桦东才看清,他救的是远房的一个亲戚,虽然只比他大一岁,论辈分还得叫这人一声舅。上岸后,"他舅"也不说声谢谢,回家后也没跟他妈说,可能是怕挨骂吧?

"幸亏我们年龄相当,如果是个大人,我根本带不动,可能还要被他拖住一起淹死了。"桦东补充道。

"还不知道你有这么一段故事呢,怎么没听你说起过呀?这么小就学雷锋做好事不留名啦!"我对桦东赞不绝口,他却挠着头憨笑着说:"其实当时我什么也没顾上想,过后又觉得只要人没事儿就行。嘿嘿!"

姥姥转过头问心笛:"爱喝豆浆吗?"看到心笛点头,她便忙着用大柴锅给全家人熬制豆浆去了。

回临沂的路上,心笛十分开心,坐在车后排情不自禁哼起了小曲儿。桦东边开车边侧着头对心笛说:"心笛,你这么开心,能再跟我们聊上几句吗?"

"我想上厕所。"哦,把这茬儿忘了。桦东把车停在了休息站。

桦东看到我面露倦意,便说:"阿姨,闭上眼睡会儿吧。""还真有点儿乏,那我眯一会儿,不陪你聊了。"

"收获颇丰。"心笛冒出这文绉绉的四个字,让睡意蒙眬中的我以为是在做梦。

我睁开眼,看见桦东在笑,回过头,心笛又接着哼她的小曲了。原来一切都是真的。呵呵!

"生活博士"

一转眼,我和心笛来到临沂近一个月了。这天,我跟桦东说:"我看心笛越来越开心,而且话也渐渐多起来了。"

"哈哈,很好,一步一步来。阿姨,我有个想法,你们母女同疗,心笛吃什么你吃什么,你身体也会越来越好。她泡脚你也泡,你俩一块儿泡估计她更开心。总之她做什么你都陪做。"

"好啊,我发现你还真有先见之明。刚好吴大夫打来电话,明天起让他助理小玉过来给心笛做铺灸。吴大夫告诉我,如果心笛不配合,就让我先做给她看,告诉她有多舒服,然后再给她做。"

"不过啊阿姨,我认为中医也好,食疗也罢,这些虽然都已经见到成效,但是我希望心笛能体会到,她应该坚强起来,不能让你继续这么累。要不,我改天私下跟她谈谈?"

"好啊,我希望能有像你这样的朋友跟她好好谈谈。我跟她说什么都是老一套,一点不新鲜了。"

"总之,别再用错的方法待她就是了。得分析原因,找到解决的办法。有时候跟她说话要狠一点,说醒她。现在感觉她好像还在封闭自己。跟她接触这段时间我发现,心笛其实是可以跟人交流的,但时间很短。比如我问她喜欢什么,她说喜欢瑜伽,也喜欢跑步。但一会儿再问她什么,就不言语了。"

"是的,交流还不连贯。"

"我做事的想法和方式都比较独特,虽然我文化程度不高,但是不传统。哈哈!"桦东如是说。

"感觉你想问题、做事真的很成熟,完全不像这个年龄的人。

这些跟文化程度无关，你是'生活博士'。"

"别别，那我可不敢当。成熟谈不上，有心为他人着想而已。"

"这就是最大的成熟啊！"

为了让心笛起床出去运动，桦东几乎用尽了浑身解数。打开窗帘让阳光直射在床上，被晒得睁不开眼的心笛只好起身；趁心笛上厕所的时候，把她的外衣拿到客厅，再把卧室的门锁上，无奈之下心笛只得就范；还有前面那招，坐在心笛床边把手机音量调到最大播放音乐，最终她不堪其扰只得起身更衣。以上各招屡试不爽，渐渐地，只要桦东跟心笛说上一句"换好衣服出去了"，她立马更衣出门，比桦东和我的动作还快。

这天午饭后，桦东出门了。我正在擦桌子，只见心笛从卧室里出来，招呼也不打，直接穿着拖鞋出了门。我不由暗喜：心笛不用督促自动走出了家门！于是赶紧换好衣服下了电梯。

我以为她会像往日一样，坐在大厅的椅子上等我。可是当我下楼后却没有在大厅见到心笛，于是走出旋转门，想象着她会在公寓外。然而，还是不见她的身影。外面不知何时下起了中雨，难道是心笛因为下雨一时改主意又回房间了？我返回电梯上到12层，房间门口还是没有她，便又下到一层，问服务台的女服务生："请问你看到我女儿了吗？"

因为已经在这家酒店公寓住了近一个月，我跟几个女服务生已经很熟了。"抱歉阿姨，刚才连着来了几拨客人，特别忙，还真没注意啊！要不您给她打一下手机？""唉，她要是带了手机我何至于这么着急呀！"

说着话，又来了一拨客人，服务生赶忙掉头接待。我心里反复念着"你去哪儿了呀我的小祖宗?!"，又多次反复上下电梯，还是没有看到心笛的踪影。我顿时没了主张。

无奈之下，失魂落魄的我走出公寓拨通了桦东的手机："桦东你在哪儿？心笛不见了！天还下着雨呢，你说她能去哪儿啊？"

"阿姨，我在沂南办事一时赶不回去。要不您上三楼的保安部去调一下监控录像看看？"

"哦。"

"你不用急，说不定什么时候她自己就回去了。"桦东安慰着心急如焚的我。

就在我刚要回身进公寓的当口，忽见心笛从雨中低头走了过来。我惊喜万分地迎上前去："心笛你去哪儿了？都快急死妈妈了！快快快，先进公寓，这雨越下越大了。"

心笛站着没动，直到她身后徐徐跟上一辆出租车，这才进了公寓大门。司机打开车窗对我说："您是她家人吧？她还没交车费呢。"我问司机："她这是去哪儿了？""她刚才打车让我送她去机场，到了机场没下车又让我开回来了。"我一看计价器上显示着"46元"，马上用手机微信付了账。

公寓距机场很近，心笛打车来回也就半个多小时，我却经历了如火上房般的焦灼。现在，火终于熄灭，我赶紧给桦东打电话："让你猜中了，哈哈！万事不急，分析。"

"可问题是，心笛出公寓后打车去了趟机场，又坐同一辆车返回。"

"哦？她身上有钱？"

253

"没有啊。司机在公寓外等着，跟我要的车钱。可能是我最近总要求她配合调理，有些操之过急了？"

为了寻找答案，我上楼后问心笛为什么连招呼都不打穿着拖鞋打车去了机场。她只幽幽地回了一句："都来快一个月了。"

桦东回来后，我边跟桦东聊着边给心笛洗被雨淋湿的衣服，无意中从她的裤子口袋里发现了一张酒店公寓的名片，上面有地址。我把名片递给桦东："你看，我这儿急得没了魂，人家却早有准备。""酒店名片？太有心了！哈哈！阿姨，所以我觉得心笛在处理很多事情上大脑是清晰的，可还真不知道她怎么想的，老是心里有话不跟人说。"

"我问心笛了，她只说了句'都来快一个月了'。"

"哦，这段时间每天闷在屋里做铺灸和易筋经，她在屋里待不住了。要不，我们选个远点儿的地方去转转？"

"听你的，我也不清楚去哪儿好。"

"这两天看天气，要不去枣庄的台儿庄？"

"好啊！"

慢说台儿庄"商贾迤逦，一河渔火，歌声十里，夜不罢市"（据《峄县志》记载）的景色，让我和心笛有多流连忘返，单就临沂至台儿庄古城单程135公里、往返270公里的路程自驾，就要开近十个小时。桦东在回来的路上，因为太累，不得不在半道停下来，将车座后移，把脚抬起来放在方向盘上歇一会儿，然后又接着开。坐在副驾驶座上的我，此时真恨自己帮不上忙。

在一家旅游纪念品专卖店，一种吊坠是人名中一个字的钥匙扣吸引了桦东的视线。他先选择了"兰、玲、薇、东"四个单字的，我在一旁心领神会。接下来，他又选了"方心笛"三个字的。也就是说，买下的钥匙扣里带全名的只有给心笛一人的！这个有心之举在几分钟后得到了最高性价比的回报，在餐桌上，当桦东把坠有"方心笛"字样的三个钥匙扣送给心笛的时候，只见她把它们摆成一排，边唱边左右摆动起双臂打起了节拍："……我会牢牢记住你的脸，我会珍惜你给的思念，这些日子在我心中，永远都不会抹去……"

台儿庄古城之行后，心笛最大的变化就是每天主动要求出门，今天是"去唱歌吧"，明天是"去足疗吧"。要不就是"去吃什么吧""去看什么吧"。这天唱完卡拉OK，我对她说："你能够主动要求走出家门，是来临沂后最大的进步。但是妈妈觉得你的生活不能总是唱歌看电影，要让自己有事做。就先从家务事做起，比如打扫卫生、做饭、洗碗，你选哪样？"心笛选择了做饭，还说："赶紧回去吧，要不来不及（做饭）了。"

第二天，心笛起了个大早。用鸡蛋、西红柿和牛肉粒炒了意式螺旋粉，还做了锅热汤面。桦东还在睡觉，我和心笛先吃了。吃完后，心笛主动说："出去吧。"于是我给桦东微信留言："我们出去散步了，炒锅里有意式螺旋粉，煮锅里有热汤面，都是心笛做的。"

大约半小时后，醒来的桦东回复："阿姨，告诉心笛，螺旋粉和热汤面都挺好吃。嘻嘻！"

心笛最开始做饭，每次都做得很多。西红柿鸡蛋面、冬瓜疙瘩汤……一做一大锅，也放很多油、醋、酱油等作料。对此，我并不去过多指摘,一顿吃不完下顿接着吃。渐渐地,再有了经验后,心笛做的饭口味儿越来越适中了。以前,我曾把吃她做的饭当负担,渐渐地竟有了期待,不知宝贝女儿下一顿又会是什么杰作。一天傍晚,心笛拿了三根香蕉进厨房,口里声声说着"我要做炸香蕉"。只见她把香蕉剥皮后切成段,用面粉和白糖裹上,待油热后放入调过味儿的香蕉,不一会儿,外焦里嫩、香气四溢的炸香蕉就出锅啦!

看着心笛在一点点进步,桦东私下里对我说:"阿姨,你是不是可以提醒一下心笛,每天把自己打扮得漂漂亮亮,比如穿一些女孩儿们喜欢的时尚衣服,再把头发梳理得干净整洁,这样也有自信出门前照照镜子,让自己对生活充满热爱。"

一番话,说得我心里既熨帖又有些惭愧。身为妈妈,心细的程度远不如一个大男孩儿呢!曾经的心笛也是穿衣很有品位、喜爱梳妆打扮的。她在二十出头的年龄,每次逛街都要选一两件很适合自己的衣服,平日里,手和脚都涂上漂亮的指甲油。

"你太有心了!明天我就带她去商场选衣服。"

"好,我开车送你们去。"

"我们是亲人"

"河水在流,时间在走,我们在老。有什么理由不过好每一天?开心活着,和亲人多在一起,和喜欢的人多在一起。奋斗一辈子,幸福一辈子,会生活,懂生活,享受生活。——桦东"

这是桦东在微信朋友圈发表的感言。此时已是 4 月下旬，我和心笛来到临沂已经一个月了。

某日，我让心笛打开电脑上网看节目，发现心笛看得十分入神。见她如此专注，我忍不住凑过去看，原来心笛打开了桦东设在桌面的一个文件夹——

"人生最痛苦的，是还活着却不能走出家门"，这句话说出的心理是什么？对父亲说他毁了自己的童年，这反映出了女孩儿的哪些心理阴影？孩子的问题好像一部分是家长给的，压力太大，长期压抑，已经潜伏。正常孩子的童年玩游戏，大些了吃吃喝喝、游玩，再大了便开始谈对象、去酒吧和 KTV……可这个女孩儿从童年到成年，这些好像都没有，所以才会对父亲说他毁了她的童年是吗？妈妈给她买沙袋供她宣泄，她却不肯打，反映出了这个女孩儿是多么善良。原因是家长的压制又不能反抗，长期抑郁，报复也无力，所以导致最终患上抑郁症……

我刚扫了一眼前两行就已经看出，这是桦东写的日记。在 H 市时我曾送给他一本于 2013 年出版的《有多少母爱可以重来》，他肯定是认真看了，才会分析得如此入情入理。

傍晚，我告诉桦东，心笛看到了他放在桌面的日记。桦东白皙的脸颊瞬间飞红："哟，我忘删了。"

"幸亏没删。很好呀！你分析得很客观，我收藏了。"

我因要事需回京办理，但心笛的中医治疗还在进行中，不能随我同行。桦东对我说:"阿姨,你就安心把心笛交给我吧,几天都行。"

"我最多一周就能回来,把心笛交给'生活博士'我当然放心啦!不过,你还不能对她要求太过,要不她身上有钱,买张机票回北京了。"一个月前心笛不打招呼打车去机场那场虚惊,让我至今心有余悸。

"嗯,放心吧。正好这几天你也可以睡个安稳觉了,好好放松一下。"

毕竟桦东和心笛独处一室多有不便,我回京期间,文兰和文玲白天各自忙,晚上轮流过来陪心笛。自己回京几日,给桦东和他的家人添了更多麻烦,我从心底感觉过意不去。每天,我都要分别问候一下他们是否休息好了,叮嘱不要围着心笛转,反过来可以让她给大家做饭。文玲说:"姐你放心,心笛没有影响我休息,我和她在一起很开心。我们现在已经是亲人了,你这么客气反倒见外啦!"文兰不善言辞,总是一句话:"心笛怪好,忙你的,别惦记。"

我回京后第三天,桦东发来几张心笛的照片,有卧室不打扫的,也有餐桌杯盘狼藉的。

"心笛老毛病又犯了,你不要替她收拾,尤其是她的房间。"

"呵呵!我带着她一起打扫了。"

第四天,桦东发来信息:"中午我叫心笛出去吃饭,她不起床,我就硬拉。""你甭管她,饿了自然会跟你出门。"

"我治不了她,就不是我了。"桦东给我发来心笛已经在吃火锅的照片。

"心笛招手叫服务员说要点菜,声音之大都吓了我一跳!吃饭的时候跟我说了得有十几句话,之后,我跟她说了一些话,她也都有回应。饭后出大厅时,见到一个造型很有特色的雕塑,她还主动问我:'你看它像不像个火箭头?'"

"呵呵,什么地方那么浪漫?"

"上海餐厅,这里安静,有音乐,她边吃边唱。"说着话,桦东又给我发过一个视频来。

我看了说:"嚯,她抬头走路啦!说了十几句话,又抬头走路,一天之内解决两大问题,你牛!"

心笛总是低头走路的毛病,在清迈时我曾刻意纠正过,但是自从她病情复发后又回到了原点,这让我十分头疼。桦东不知用了什么高招,引导心笛昂起头走了一段路,让我佩服得就差给他跪了……

转眼一周过去。就在我收拾行囊准备动身返回临沂前,桦东发来了心笛在读书的视频。

"哈哈!我再带两本过去。"

"最好带恰当的,比如有趣的,以前童年时喜欢读的,都行。"

我快到临沂时,桦东带心笛去机场接。下飞机时刚刚打开手机,就收到了桦东发来的视频。在停车场,心笛带着哭腔问桦东:"怎么还不来啊?你给她发个信息吧。"

在取行李的当儿,我给桦东回信息:"刚才看了你发的视频,发现心笛跟你沟通已完全顺畅。还有,她对我有感情,谢谢你摄下这一幕。这一切都是你的功劳,在父母手里九年了,她也没有这么大的进步。"

"在这种环境没变化,没道理。一会儿你一见到她就知道了。"

"是啊,没有比这种环境更好的条件了,金石都该开啦。"

在停车场,我看到心笛的第一眼,果然发现她气色、眼神都有了变化,眉宇也舒展了。

蚌病成珠

某日,我接到了心笛的 N 个微信好友群邀请,第一个想到告诉桦东:"心笛主动邀请你我群聊了!她现在是三个群的群主,分别邀请了你和我、她父亲和我,还有我和我两个妹妹。她这回可算玩儿大啦!"

"哈哈!好啊,玩儿微信社交面会不断扩大。"

就在我告诉桦东心笛开始由"麦霸"向"微霸"转变的第二天,桦东给我转发了他给心笛的第一条微信——

心笛,你知道什么叫生活吗?其中的含义又是什么吗?就是自己快乐,让身边的人快乐,与人分享你的快乐。多与人交流,你放弃全世界的人,全世界的人相应地怎么能理你?你能像现在这样与人交流,多好!我们都这么大了,要自强自立。我们到了该照顾父母的年龄,不应该再让妈妈为你操劳。她很累,你要懂事,坚强勤劳一点,学会照顾妈妈。从现在起要珍惜身边照顾你的亲人,做一份力所能及的工作。要知道,没有一个人可以照顾你一辈子。自己想想吧。

我问桦东:"她给你回信了吗?"
"还没。"
心笛用我的手机给桦东发了一条彩信:

> 生活就像茫茫海上的小船,勇敢乘风破浪。而你,就像不远前方默默张开双手的港湾。

这是一张手机锁屏照片,蓝蓝的海水与蔚蓝的天空只隔着一道深蓝色的线,依稀可以看到对岸的岛屿。一只小小的帆船在奋力向对岸疾驶……

桦东给我回复了一个笑脸表情,我告诉他:"彩信是心笛用我手机发给你的,由此我想她现在头脑非常清楚。"
"不错啊,她需要环境和亲人朋友。"
"我今天去医院做焦虑症复查,大夫跟我说:'你不要多想,以你现在这种状态陪伴孩子,对你和她都不好。'"
"阿姨,你有时候想得太多,心太累了。"
"也许你的劝告起了作用,这两天心笛很照顾我。以前她在朋友圈净发明星的链接,现在开始发一些比较动情的歌曲了。昨天还给我转发了她在"唱吧"里录的歌——《小幸运》《有你陪着我》《想唱就唱》《爱笑的眼睛》《当爱在靠近》《风中有朵雨做的云》《匆匆那年》《原来你也在这里》《红磨坊》……"
"哈哈,你的功劳最大。"

"没那回事,心笛要是一直在我手里,现在指不定什么样呢。你想啊,我为她都得焦虑症了,还纠正得了她吗?还有,你虽然从未对我说过,其实我知道,你是顶着压力来帮助我们的,因为很多人对抑郁症患者是存在误解和偏见的。"

"是的,曾经有人问我:为什么不去工作,好好挣钱?年龄也不小了,怎么和有抑郁症的人天天在一块儿?问我是怎么想的。其实我做的一切就是出于本性,我想的就是:挣钱的机会总会有,耽搁一阵不算什么,但是人的健康如果耽误了,会导致一个家庭的不幸。"

"心笛在临沂期间,主要仰仗你们全家人对她的关爱,这种爱对她起了决定性作用,让她的情感最终得以表达出来。很多抑郁症患者就是因为不能表达,或者表达得不到回应才越来越严重的。"

"我见过不少情商很差的人,他们不会换位思考,心里想为他人好却不去了解对方的需求是什么,仅凭一己之见就把意志强加给对方,结果适得其反。你们在临沂那段时间,我曾经单独跟心笛聊了很多,她多少听进去一些。很多事还是得讲究方法,有针对性的方法对她一定有好处。在与心笛互动的过程中,我看出了很多根源上的问题,针对问题采取对策。我发现尤其在她安静的时候是谈话的最好契机,于是给她讲人情温暖和她过去的事情,然后再讲道理,往往她都能听进去。

"还有,对心笛来说环境很重要,一定要让她感到亲人朋友的亲情和友情,她才不会对生活失去希望。我了解她,就是对亲情啊爱情啊等诸多的情绝望了,才会导致之前那个样子。现在的心笛,真的和我刚开始认识时判若两人。从各方面给她创造更好的环境，加上亲情和友情，让她对生活充满信心，慢慢地会越来越好。我也就是有心做了这些，一步一步地启发她，让她感受到真情所在。没想到我的土思想土办法还挺管用。我在做好事，自己也有成就感。呵呵！希望从现在起，你们就把心笛当正常人一样，让她该干吗干吗，干活、散步、吃饭、聊天……你们把当她正常人，时间久了，渐渐地，她就一切都正常起来了。"

"句句在理，真不愧是'生活博士'！可以说现在是心笛最好的时候了，相信她会如你所言越来越好的，这要托你和你家人的福了！"

"很庆幸大家一起让心笛开始与亲人和朋友有了呼应，也开始接受现实了。所做的一切努力和付出的时间没有白费。"

"你为心笛的康复做了这么多，还失去了当时摆在眼前的工作机会。从现在起，你要全力以赴找事做了，如果想来北京发展，我可以帮你介绍。"

"阿姨，我还是想在临沂做事，不想再离开家人。"

"明白了，为你祝福！"

"有能力爱自己，才有余力爱别人。"看到心笛在她和我、方毅三人群里发的这句话，我被深深地震撼到了！立即在群里转发分享了这样一段话："蚌病成珠，苦难就像上帝在蚌体内留下的沙子，沙子所带来的疼痛刺激它不断分泌黏液，试图融化这粒沙子。经年累月之后，沙子不再是沙子，而是变成了一颗光彩夺目的珍珠。"

自幼酷爱读书的心笛，从上中学起到罹患躁郁症之前，曾购买过大量她喜爱的中外作家的作品，包括余华的《活着》、张爱玲的

《红玫瑰与白玫瑰》、村上春树的《1Q84》、比尔·波特的《空谷幽兰》……留学时,在开往俄罗斯的航班上,她曾一路看完了王朔的《和我们的女儿谈话》。今天,心笛从书架上把这些她曾经爱不释手的书一本本取下重温。

某日,欧阳萍医生主动添加我为微信好友,这让我惊喜异常!要知道,有的患者家属想在线向某些医生咨询,都迟迟得不到答复。与欧阳萍医生的实时互动,让我真正享受到了成为"上帝"的礼遇。

"欧阳萍主任:我想向您请教一下,我女儿现在基本停药了,状态一直很好。照此下去,可以给她彻底停服了吧?"

"治愈精神疾病有四个标准:心境稳定;心情快乐;行为积极;社会适应良好,社会功能恢复。达到这四个治愈标准后,即便春天和秋天出现季节变化,也很少复发。假如你女儿真的足够好了,可以试着完全停药,即使偶尔有波动,也可以扛过去;如果扛不过去,再重新治疗,也会逐渐好转的。"

"您这么说,我心里有底啦!感激之情难以言表!"

2018年底,应大梁之邀,我再次来到泰国。协助大梁的一位亲戚,为一部中外合拍的院线电影做编剧。在曼谷期间,我收到心笛发来的信息。这是一张手写的图片,上面写着两个字——"想你"。泪腺被心笛熟悉的手迹碰触,泪水便如泄洪般再也收不住了……回想过去的十年,我曾经跟闺密说过这样一段话:"有道是父母想念子女就像流水一样,一直在流;而子女想念父母就像风吹树叶,风吹一下,就动一下,风不吹,就不动。可是在我这儿,风吹了都不动。"今天，风没有吹，可是树叶动了！

方毅发来数张照片，告诉我心笛已经开始在某国家级心理教育机构接受培训。主题为"连接生命之源，活出自在人生"。照片上的心笛分别在学习心理学课程、在练功房起舞、在派对上唱歌……心笛的照片，每一张脸上都荡漾着一种被水冲洗过的透亮澄明的微笑。

经过一段时间的心理培训后，心笛做了她人生第一次重大的自主抉择——到一家市级青少年心理援助中心接受团体心理咨询，同时做一名志愿者。

当心笛把她的打算原原本本告诉我时，我的第一感觉是既在意料之外又在情理之中。如同幼时的心笛在幼儿园毕业典礼上制造的小小"爆炸性新闻"。

"意料之外"，是没想到心笛自愿接受团体心理咨询。据我所知，团体咨询的规模一般在十几人到几十人，参加者相互间的交流与启发、支持和鼓励，特别有利于改善人际关系，增强社会适应能力，促进自身人格成长。但达成以上一切的前提，须是本人自愿，性格极端孤僻、自我封闭和有严重心理障碍的人不宜参加。

心理学上，一般心理问题、严重心理问题和精神疾病是由轻而重的三个不同层次，其判断标志之一为是否主动求医。心笛主动提出参与团体心理咨询，证明她已经挣脱了精神疾病的桎梏，并已跨越严重心理问题的屏障，仅限于一般心理问题了。

"情理之中"，是让心笛做志愿者也是我的初衷。考虑到她病情虽有了很大好转，但一步踏入职场，所要经受的压力可想而知。先做一名志愿者，既融入了社会又能奉献爱心。况且，谁又能去为难一个只求奉献不求索取的志愿者呢？最关键的是：助人的同时，有助于增强自信。

被喜悦冲昏头脑的我"二"话连篇地对心笛说："只要是你的真心选择，能够开心做事、快乐生活，大猫有三头六臂的话，就会举三双手赞成，如果是千手观音，就举五百双手赞成。呵呵！"

我拜访了青少年心理援助中心为心笛做"一对一"心理咨询的叶子老师。叶子老师高兴地告诉我，经过几个月的培训，心笛的社会功能恢复得很快。她所要做的，就是要帮助心笛实现"无助—自救—传递爱"的三段式飞跃。叶子老师鼓励心笛在QQ空间里写下自己的经历，分享感受，那些内容得到了众多网友的呼应与声援。心笛在QQ空间里这样写道：

少年的我会时时在意他人眼中的自己，不惜将自己包装成朋友喜欢的样子，却又在独处时怅然若失。我时常羡慕身边的好朋友，都可以拥有一段稳定、健康的亲密关系，可以做到独立又依赖。但是我自己却如太宰治在《人间失格》中写道："胆小鬼连幸福都会害怕，碰到棉花都会受伤，有时还会被幸福所伤。"我非常不愿意让他人看到自己孤独内向的一面，所以经常会偷偷躲起来，释放自己压抑已久的情绪。

起病前后的很长一段时间里，我总纠结"生活的意义，人存在的意义"。在这些年的自我内心重塑和调整过程中，这已经不再是个问题了。生活的意义就是生活本身，人存在的意义,也在于存在本身。每一分,每一秒,我们的存在,都在构建着多姿多彩,甚至酸甜苦辣俱全的生活。某种程度上,带病好好生活,也是一种强大的存在的意义。

从治疗到康复,必须有药物作为基础,不脱离适当的社会工作,配合心理调整、正念思维训练,同时要有好的家庭支持和良性积极的亲密关系。幸运的是,这一切我都不同程度地具备,成为我现在和未来继续健康稳定的保障。

感谢在我生命中重要的人,他们都是我与病魔对抗路上的坚强后盾。我相信,黑暗不会永无止境,我也明白,要驱除黑暗,只有自己成为那道光。在成长的道路上我并不孤独,因为除了我的父母,有许多人在努力与我同行。他们陪伴我从迷茫中找到目标,在孤单中生出勇气,让我有了铠甲,去与病魔战斗甚至共舞,激励我向阳而生!

……

2019年7月,在心笛的生日到来当天,我找出为零至六岁时的心笛写的《宝宝日记》。在抽屉的一角,无意间发现了一个动物卡通封面的小硬皮本。因其小,以致这么多年过去,时至今日才被我关注到。跃入我眼帘的,是心笛在十五岁时写下的日记。看着看着,竟被里面的内容一点点吸空了全部情感——

姓名:舒薇

出生年月:1957年 × 月

年龄:45岁

生肖：鸡

星座：巨蟹

最爱唱的歌：《我想有个家》《我曾用心爱着你》《爱的奉献》《小罗（螺）号》《小小少年》《四季歌》

最爱看的电视剧：《忠诚》《黑洞》《橘子红了》《像雾像雨又像风》

最爱听的歌：《我心飞翔》《同一首歌》《常回家看看》

最爱喝的饮料：椰汁、芒（杧）果汁

最爱吃的食物：红烧鳝鱼、尖椒炒腰花、西芹百合、粟米羹、莲藕排骨汤

最喜欢的明星：朴（濮）存昕、周迅、巩俐、冯巩

最喜欢的歌星：毛阿敏、费翔

最大的爱好：写作、唱歌、旅游

最喜欢养什么动物：松鼠

最大的理想：当一名作家

泪眼蒙眬中，我连夜为心笛写下了浸透母爱的生日祝福——

亲爱的女儿：

三十二年前的此时此刻，你啼哭着来到人间。夜不能寐，我翻开了写给你的《宝宝日记》，里面有你的小脚印、有趣的事、童稚的笑……然而最打动我的，却是你十五岁时写我的这篇专页。

有道是"知女莫如母",今天我要把这句话改写为"知母莫如女"。无论当年你是采访我,还是凭了解写下我的这一切,单就你在日记中写下妈妈专页的这颗孝心,已让我成为世上最幸福的妈妈!在属于你的特殊日子里,妈妈也送你几句祝福吧——

一、如果你感到难过,就细细地感受这份悲伤,像陪伴最心爱的人一样,与它同在;如果你想流泪,不要压抑,不要逃避,不要因此嫌弃自己软弱,因为泪水是疗愈的甘泉,能够流泪,说明你心中还怀有温暖,还能感知情怀,还没有坚硬到没有出口;如果你感到快乐,就像"鲍比"一样喵一喵,告诉你周围的亲人和小伙伴们自己有多开心。

二、这个世界本来就设置了这么多条条框框,我们不必格格都入。没有最好,只有最适应。几年前妈妈为你写过一首《了好歌》,今天再送你一首《五好歌》,以表达老妈对你勇敢走向社会的声援——运动锻炼,健康就好;旅行唱歌,开心就好;融入社会,成长就好;恋爱结婚,幸福就好;悟道修行,平安就好。

三、父母给了你生命,但是无法替代你的人生。有句土话说得好:"娘能生儿身,不能生儿命。"妈妈相信,你所受的苦、吃的亏、担的责、扛的罪、忍的痛,到最后都会变成光,照亮你今后的路。

女儿,生日快乐!
妈妈永远爱你!

尾声

2020年新春到来，一场突如其来的新冠病毒感染疫情，瞬间打破了人们宁静安详的生活。

雪上加霜的是，2021年10月，我的乳腺癌复发了，再次接受了手术治疗。

心笛所在的心理援助中心在疫情缓解之时刚刚恢复培训，为了不影响她安心做一名志愿者，我没有告诉她这个消息。只是跟方毅商量，我可能有相当长的一段时间不能陪伴心笛，只好请他多担待了。

不久，心笛还是得知了我的病情。一天，我小妹舒敏在微信上叮嘱她："你妈妈旧病复发，这段时间你要多去看看她。"得知此讯，心笛第一时间跟心理援助中心的老师请了假，风风火火地赶来看望我。

"还疼吧？"只这三个字，像一只温暖的小手，抚平了我身体袭来的阵阵伤痛和内心曾经的崩溃绝望。望着她关切的眼神，我回道："没大事儿，宝贝儿别担心。"

从那天起，我几乎每天都收到心笛的微信问候——

"您是不是在休息？"

"身体如何啊？"

"这段时间还写书吗?"

……

我从 2012 年提前退休至今一直笔耕不辍。转眼十年过去了,在陪伴心笛的同时,已出版了包括纪实文学、长篇小说、散文集、人物传记等 5 部书籍。2023 年初,当我计划创作一本有关养老的书时,在脑海中闪出的一个念头让我激动不已:这本书何不让文字功底不错的心笛与我一起合著?"50 后"和"80 后"母女共写一本有关养老的书,两代人可以从不同的角度去理解养老这一现实问题。

当我把这一想法跟心笛说了之后,她毫不犹豫地答应了。于是,我们从走访养老院开始,足迹遍布区民政局、街道养老驿站、郊区日间照料中心,先后采访了五十余位原型人物和他们的亲属。后经过近一年的潜心创作,这本书即将付梓。

看着心笛恢复到正常的生活,并能和我一起著书立说,我获得了一种前所未有的成就感。因为,我和女儿一起完成了一件让我们永生骄傲的事情。

某日,心笛给我发来一首她在"唱吧"里录的歌:《这世界需要你》。其中的一段歌词,唱出了我们母女二人的心声——

　　星星在等待你

　　月亮在陪伴你

　　太阳每天迎接你

　　这世界需要你

　　只要那火热的旋律

在风雨中响起

人间处处皆春意

生活微笑着继续……

后记

2009年，我二十二岁的女儿心笛不幸罹患躁郁症，经多方艰难的治疗，依旧没能摆脱不断复发的魔咒。我一边反思自己对女儿曾经缺位的母爱，一边千方百计尝试各种办法，寻医问药、旅游、相亲、适度工作……结果均以失败告终。在陪伴心笛走过与躁郁症抗争的全程中，已记不清有多少个不眠之夜我们母女共同度过，有多少泪水一起汇流。直到幸运地遇见了某精神科医院的申大龙和欧阳萍医生，心笛得以走上了正规的心理疾病治疗之路。

　　通过自身经历，我体会到身为精神疾病患者的母亲，才会有一种痛彻心扉的体验，也才能把它强化为一种不能不说的责任和勇气。2013年5月，我出版了纪实文学作品《有多少母爱可以重来》。初衷是把自己陪伴心笛经历的磨难和泪托出，哪怕挽救一名有过轻生念头的精神疾病患者，还一个家庭以欢声笑语、平安祥和，也不枉自己以带血的伤口留此存照。

　　此书一经出版，很多国内，甚至在国外的读者通过出版社找到了我，特别是受抑郁症、躁郁症等相关心理疾病困扰的父母，就孩子的心理和教育问题向我寻求帮助，每一次，我都是耐心而真诚地与读者们分享。所幸自己不仅所学专业是教育学，而且在陪伴心笛治疗期间，还系统地学习了心理学相关的理论知识，并了解了大量的治疗案例。这些心血的付出和努力，最终不仅实现了与女儿心笛的母女同疗，而且也帮助很多的心理疾病患者及其家人逐步走出痛苦的深渊。

其间，我和心笛的父亲分别组成了新的家庭。为了心笛，面临在世人看来既要和现任"同舟共济"，又要与原配"藕断丝连"这种几乎无解的难题，我与前夫及他的现任妻子成为朋友。

为了让心笛能够逐渐步入社会，我曾受朋友之邀带她前往泰国清迈帮助打理酒店，让心笛拿到了人生第一份工资，发出"谢谢妈妈"的心声。在误将心笛送到一家无法实现救助效果的心理培训机构后，她的躁郁症复发并加重，我也因焦虑过度身染重疴。幸遇山东青年桦东一家，向我们母女二人伸出了热忱援助之手。他把我们接到他的家乡临沂，并和家人一起帮助我们母女同疗。

逐渐打开心门并日渐康复的心笛，回京后自愿报名到一家市级青少年心理援助中心接受团体心理咨询，同时做一名志愿者。在心理援助中心叶子老师的帮助下，她将自己的成长经历与患友共享，实现了"无助—自救—传递爱"的三段式飞跃。

感谢云南人民出版社和果麦文化的编辑，使我有机会在原版作品的基础上，将我和心笛自2009年以来母女共同成长的经历囊括其中，把这些饱蘸泪水的感悟，献给关注子女心理健康的父母和成长中的孩子们。同时期盼全社会能够关注情感障碍及其他精神障碍患者这样的特殊人群，给予他们精神上的理解和支持、实际的善待与关爱。

紫萱

2025年5月6日

有多少母爱可以重来

作者_紫萱

编辑_段冶　　封面设计_文薇　　内文排版_朱镜霖　　主管_来佳音
技术编辑_丁占旭　　责任印制_刘淼　　出品人_李静

果麦
www.goldmye.com

以 微 小 的 力 量 推 动 文 明

图书在版编目（CIP）数据

有多少母爱可以重来 / 紫萱著. -- 昆明：云南人民出版社, 2025.7. -- ISBN 978-7-222-24018-6

Ⅰ.I25

中国国家版本馆CIP数据核字第2025AU8797号

责任编辑：刘　娟　张丽园
责任校对：李　爽
责任印制：李寒东

有多少母爱可以重来
YOU DUOSHAO MUAI KEYI CHONGLAI
紫萱　著

出　版	云南人民出版社
发　行	云南人民出版社
	果麦文化传媒股份有限公司
社　址	昆明市环城西路609号
邮　编	650034
网　址	www.ynpph.com.cn
E-mail	ynrms@sina.com
开　本	880mm×1230mm　1/32
印　张	9
印　数	1—5,000
字　数	201千字
版　次	2025年7月第1版　2025年7月第1次印刷
印　刷	北京盛通印刷股份有限公司
书　号	ISBN 978-7-222-24018-6
定　价	49.00元

如发现印装质量问题，影响阅读，请联系021—64386496调换